지금
당신의 자녀가 흔들리고 있다 ❷

지금
당신의 자녀가 흔들리고 있다 ❷

이 성 호 (연세대학교 교육학과 교수) 지음

문이당

책머리에

내가 《지금 당신의 자녀가 흔들리고 있다》라는 수필집을 낸 것은 1994년 11월초, 그러니까 작년 늦가을의 일이었다. 그 책은 그때 서문에서도 밝혔듯이, 내가 지난 20년간 대학에서 학생들을 가르치고 연구하면서, 또 두 사내아이의 아버지로서 그들의 20년 넘는 성장을 지켜보고 도와주면서, 그들을 무엇으로 어떻게 가르쳐야만 하는가를 생각하며 겪은 경험들을 자전적으로 정리한 것이었다.

마침 그 책이 출판될 무렵, 나는 세 차례에 걸쳐 KBS 1TV '아침마당' 프로에서 책 제목 그대로의 주제를 갖고, 학부모를 대상으로 초청특강을 하게 되었다. 학부모들의 자녀 교육에 대한 관심과 열의가 본래 대단한 데다, 방송 강의와 책 출판이 함께 어우러져서, 그 책은 전혀 생각하지도 않은 '베스트셀러' 반열에 올랐다. 참으로 수많은 사람들이 그 책을 읽어 주었다. 그리고 지금까지 계속되고 있지만, 수많은 사람들이 전화를 걸어 주었고, 편지를 보내 주었다. 전국 곳곳에서 강의 요청도 쇄도하였다. 우선 그 모든 분들의 정성 어린 질문, 강의 요청, 격려에 일일이 응해드리지 못했음을 죄송스럽게 생각한다.

 그토록 수많은 분들이 지적하고, 요청한 것 중 가장 많았던 의견
은, '지금 흔들리는 우리의 자녀들을 어떻게 해야만 바로 서도록 도
울 수 있는가'에 대한 방법을 좀 더 구체적으로 적어 줄 수 없겠느냐
는 것이었다. 물론, 그러한 방법들이 체계적이지는 못하였지만,《지
금 당신의 자녀가 흔들리고 있다》의 책 곳곳에도 설명되어 있었다.
그럼에도 그 책을 읽은 많은 사람들의 요구는 그러한 내용을 좀 더
폭넓고 체계 있게, 그리고 손에 잡히도록 보다 명쾌하게 적어 줄 수
없겠느냐 하는 것이었다.

 이번에, 속편 비슷하게 똑같은 제목으로《지금 당신의 자녀가 흔
들리고 있다 2》를 다시금 내게 된 것은, 바로 그러한 많은 사람들의
요구와 바람에 조금이나마 보탬을 드리기 위해서이다. 또 이 속편은,
'지금 당신의 자녀가 흔들리고 있다'라는 문제를 불러일으켰던 장본
인으로서, 그에 대한 해결대안도 제시해야 되지 않겠느냐는 학자적
양심과 자책감에서 쓰여졌다고 하겠다. 전화와 편지를 통해서, 또는
직접 찾아오셔서 당신의 자녀들에 대한 여러 가지 문제를 의논해 온
수많은 부모들에게 일일이 조언을 해드리지 못하였기에, 이렇게 공

개적으로 나의 짧은 생각이나마 적어 드리는 것이 예의가 아닐까 하는 생각이 마음에 가득 찼다.

많은 사람들이 이러한 성격의 책을 곧바로 내주길 원했지만, 그렇게 빨리 내지 못하고 머뭇거리다 이제서야 내게 된 것은 머릿속에 맴도는 생각들을 그렇게 빨리 정리하기가 어려웠기 때문이었다. 게다가, 본래 나의 전공분야인 대학교육에 관련하여 몇 년 동안에 걸쳐 계속해 왔던 〈세계의 대학교수〉라는 연구를 속히 마무리지어 출판해야 했기 때문에, 그만큼 미루어졌던 것이다.

또한, 책이 빛을 좀 보았다고 해서, 금세 또 다른 책을, 그것도 똑같은 제목의 책을 내는 것은 그저 돈 벌기 위한 목적이 아닌가 하는 생각이 내 마음속에 꽉 차 있었음을 고백하지 않을 수 없다. 더욱이, 《지금 당신의 자녀가 흔들리고 있다》가 출간된 이후, 여기저기서 '흔들린다'라는 용어를 이용한 자녀 교육에 관한 비슷한 성격의 많은 책들이 봇물 터지듯 나오고 있는데, 그 싸움에 내가 다시금 끼어드는 것 같아 이 책을 또 내는 것이 마음에 내키지 않기도 하였다.

그럼에도 내 생각, 특히 이번의 책 《지금 당신의 자녀가 흔들리고 있다 2》에서 담으려는 내용을 사전에 특강의 형식으로 들었던 많은 사람들이 자꾸 나를 부추겼고, 또 나는 그 꾐에 못 이기는 체 넘어가면서 이 책을 출간하게 된 것이다. 이번의 《지금 당신의 자녀가 흔들리고 있다 2》에서는, 앞서 작년에 출간되었던 똑같은 제목의 책에서 제기하였던 여러 가지 문제들에 대한 일종의 처방 또는 해결전략을 적는 데 초점을 맞추었다. 그렇기에 책의 내용과 그 서술도 어찌 보면 교과서적인 성격을 띠고 있음을 미리 밝혀 둔다.

이번의 책은 모두 여섯 개의 장(章)으로 나누어 묶었다. 우선 제1장에서는 자녀 교육에 관하여, 우리 부모들이 무의식적, 타성적으로 잘못 생각하고 있는 몇 가지 기본적인 원칙들을 예시하였다. 제2장에서는 신세대의 성장배경과 갈등을 따져 보았고, 제3장에서는 이들 신세대를 이해하기 위해서는 부모들이 그들과 대화를 어떻게 하면 좋겠는가를 적었다. 제4장에서는 우리의 흔들리는 자녀들에게 어떠한 사고와 행동을 하도록 부모들이 도와야만 하겠는가를 생각해 보았다. 그리고 제5장에서는 부모들은 자녀들에게 어떠한 모습이어야만 하고, 또 어떻게 해야 자녀들을 변화시킬 수 있겠는가를 다루었다. 마지막으로, 제6장에서는 자녀의 성장을 돕고 행동을 변화시키는 데 있어 부모들이 알아 두면 좋을 법한 몇 가지 방법들을 모았다.

　이번의 이 책을 내는 데에는, 앞서 얘기하였듯이 작년에 나온 《지금 당신의 자녀가 흔들리고 있다》를 읽고 공감해 준 여러분들의 따뜻한 격려가 큰 힘이 되어 주었기에, 다시금 그 모든 분들께 감사를 드리지 않을 수 없다. 그리고 끝으로 다시금 이 책을 온갖 정성을 기울여 만들어 준 문이당 가족들에게도 고마움을 표한다.

1995년 6월
연세대학교 중앙도서관에서
이　성　호

제1장

어떤 믿음으로 자녀를 교육할 것인가

꽤나 오래 전 어느 시골 마을에 자녀 교육에 관하여 나름대로 확고한 신념을 가진 한 어머니가 있었다. 그렇다고, 그 어머니가 남달리 공부를 많이 했기에 그런 신념을 갖게 된 것은 아니었다. 그저 평범한 농가에서 태어났고 역시 한 농촌 남자와 결혼해서 아기 낳고 농사지으며 사는 평범한 시골 아주머니였다. 학교라야 왜정 시대 때 초등학교를 겨우 다녔을 뿐인데도 그 어머니는 일상생활 속에서 자녀 교육에 대한 자신의 분명한 의지와 철학을 세웠다. 결국 그 어머니의 신념은 자녀들이 올바르게 성장하는 밑바탕을 이루었던 것이다.

그 어머니가 가졌던 자녀 교육에 대한 믿음 중의 한 가지는, 「무슨 일에서든 아이들을 칭찬해 주는 것이 좋다」라는 생각이었다. 그래서 자녀들에게 칭찬을 아끼지 않았으며, 실제로 그러한 칭찬은 아이들이 보다 잘하려는 마음을 갖도록 하고 자신을 긍정적으로 생각하도록 하는 데 큰 도움이 되었다.

그 옛날 수많은 어머니들처럼 생활경험을 통해 터득한 그 어머니의 생각은 심리학 교과서에도 나오는 이론이다. 많은 심리학자나 교육학자들은, 칭찬은 성취동기를 강화하거나 긍정적 자아 지각을 형성하는 데 있어 매우 중요한 요인 중 한 가지임을 밝히고 있다.

그러나 문제는 그러한 이론이 그 어떤 경우에든 반드시 100퍼센트 절대적으로 적용될 수 있는 것이 아니라는 점이다. 세상에는 물론 100퍼센트 참인 절대적인 진리도 많은 반면에, 부분적으로만 참인 경우도 많다. 경우에 따라서만 참일 수밖에 없는 진리를 마치 100퍼센트 절대적인 진리로 믿고 그것에 예속될 때 문제가 터져 나오게 되는 것을 이 시골 아주머니의 경우를 예로 살펴본다.

이 아주머니에게는 당시 일곱 살짜리 은석이라는 큰아들과 다섯 살짜리 진석이라는 작은아들이 있었다. 어느 날 저녁 은석은 들에서 일을 하고 돌아온 엄마에게 예쁜 브로치 하나를 내보였다.

「엄마, 이게 뭐야?」

「너, 그거 어디서 났니?」

「응, 엄마 있잖아, 그거 주운 거야! 아까 영길이네 집에 놀러 갔었는데, 왜 거기 뽕나무 옆길 있잖아, 그 길에서 주운 거야. 예쁘지? 근데 이게 뭐야?」

「눈도 밝기는! 이건 이렇게 옷에다 꽂는 거야. 애들이 갖고 노는 것은 아냐.」

「그럼, 엄마 가져.」

「엄마가 갖기는. 도대체 어떤 여자가 이런 걸 잃어버렸을까? 새것 같은데……. 혹시, 너 이거 영길이네 집에서 가져온 건 아니지? 정말 주웠니?」

「그래, 정말 주운 거야. 진석이도 봤어, 그렇지 진석아?」

「응, 아까 형아가 주웠어. 근데 나 달라니까 안 줘. 엄마 갖다 줘야 된대.」

「그래, 알았어. 그런데 누가 칠칠찮게 이런 걸 잃어버렸을까?」

엄마는 아이가 주워 온 브로치를 보고 주인을 찾아 주었으면 좋겠다고 생각했다. 그러나 그런 것을 잃어버렸다는 동네 사람은 없었다. 며칠째 브로치는 경대 위에 무심히 놓여 있었다. 그러던 어느 날, 엄마는 문득 그 브로치가 생각나서 옷깃에 꽂았다. 그까짓 브로치 하나, 더욱이 길에 떨어진 것을 아이가 주워 온 것인데 내가 꽂은들 무슨 큰 잘못이겠냐 싶어서 엄마는 별 생각 없이 꽂고 다녔다.

그러나 그때 시골에서는 여자들이 그런 브로치를 구하기란 여간 쉽지가 않았기 때문에 보는 여자들마다 그 브로치에 눈길이 닿았다. 마침 그 집에 마실 왔던 몇몇 동네 아줌마들이 은석 엄마에게 물었다.

「은석 엄마, 브로치 예쁜데! 영감님이 사다 주셨나? 아니면 접때 장에 갔다 오더니 하나 샀우?」

「예뻐? 사다 주긴 누가 사다 주겠우? 우리 영감이 그런 걸 사다 주면 해가 서쪽에서 뜨게.」

「하기야 어디 영감들이 그런 걸 사다 주겠우?」

「아니, 우리 은석이 접때 길에서 주웠대. 누가 잃어버렸는가 봐. 그런데 누가 잃어버렸는지 알 수가 있어야지. 그래서 그냥 이렇게 내가 달았어. 어때 예뻐?」

「아주 예뻐!」

「하여간 우리 은석이 말이오, 어째 그리도 눈이 밝은지 길을 다녀도 그냥 안 다닌다니까. 우리는 아무리 돌아다녀도 생전 동전 하나 주워 본 적이 없는데, 쟤는 겨우 걸어다닐 때부터 뭐든 잘 주워. 조그만 게 눈이 그렇게 밝을 수가 없어!」

「그래도 은석 엄마는 사다 주는 영감이 없으면, 주워다 주는 아들이라도 있지. 우린 뭐, 누가 사다 주길 하나 주워다 주길 하나.」

은석도 옆에서 엄마와 동네 아줌마들의 얘기를 듣고 있었다. 모두들 은석을 대견스럽다는 듯이 쳐다보았다. 게다가 한 아주머니는 은석의 머리까지 쓰다듬어 주었다. 은석은 생각했다. 자기가 주워다 준 브로치 하나에 엄마가 얼마나 기뻐하고 있는가를. 그리고 「그러면 그렇지, 내가 얼마나 눈이 좋은데, 나는 길을 다녀도 그냥 안 다녀」 하며 스스로 대견스러워했다.

은석은 그 후에도 엄마한테서 칭찬을 받기 위해 길에 다니면서 이것저것 주워 왔다. 크고 작은 것, 쓸모 있는 것 없는 것 할 것 없이 별것을 다 주워 왔다. 머리핀도, 병뚜껑도, 비닐끈도, 빈 농약병도……. 어떤 때는 무엇인가 줍기 위해 일부러 돌아다닌 적도 있었다. 그런 은석에게 엄마는 언제나 환히 웃으면서 칭찬을 했다.

「하여튼, 너는 알아줘야 돼. 아마 너만큼 잘 줍는 애는 대한민국 천
지에 없을 거야.」

그러나 어떤 경우에는 꾸중도 하였다.

「야, 넌 별것을 다 주워 오니? 이건 갖다 버려!」

은석 생각에 엄마의 칭찬이 점점 줄어드는 듯싶었다. 칭찬을 듣고
싶어하는 은석은 뭘 주워다 드리면 엄마한테 더 큰 칭찬을 들을 수
있을까 생각했다. 그러나 어디 길바닥에 그런 좋은 것이 많이 떨어
져 있겠는가?

결국, 아이는 점차 커가면서 '줍는 것'이 아니라 '가져오는 것'을 생
각했다. 어느새 은석은 자기도 모르게 남의 집 열려 있는 대문으로
들어가서 그 집 아이들과 놀다가, 혹은 혼자 그냥 어슬렁거리다가 이
것저것 줍는 척하며 집어 들었다. 그리고 집에 와서는 언제나 이리
저리 둘러대면서 길에서 주웠다고 말했다. 처음에 엄마는 정말 주워
온 것으로 알고 역시 칭찬을 아끼지 않았다.

그러나 얼마 후, 은석이 보다 큰 물건이나 보다 값진 물건을 가져
왔을 때, 엄마는 그것이 그저 길바닥에서 주워 온 것이 아님을 깨닫
고 아이에게 매우 심한 꾸중을 하였다. 그러나 벌써 초등학교 4학년
이 된 은석의 그런 버릇은 한두 번 꾸중으로 고쳐지기 어려울 만큼
몸에 배고 말았다.

마침 은석이 초등학교를 졸업할 무렵, 은석이네는 읍내로 이사를
했고 그 사이에 동생이 셋으로 불어났다. 은석은 어린 동생들 때문
에 바쁜 엄마로부터 별다른 가르침을 받지 못한 채 사춘기로 접어들
었다. 읍내로 이사 나온 은석에게는 마당이 더 넓어진 셈이었다. 은
석의 줍는 버릇은 결국 도벽으로 굳어졌고, 그 후 경찰서를 자주 드
나들다가 나중엔 소년원에 이르게 되었다. 그리고 더 커서는 교도소
를 전전하다가 끝내 병이 악화되어 세상에서 빛을 보지 못하고 죽어

갔다.

적절한 때, 적절한 상황에서 적절한 꾸중과 벌을 가하지 않고 지극히 맹목적이고 무조건적인 '칭찬'만을 소신으로 삼았던 은석 엄마의 자녀 교육은 끝내 자신의 자녀를 파멸로 마감하게 하였던 것이다. 물론, 이러한 일은 지극히 예외적인 경우라고 접어 둘 수도 있다. 그러나 이러한 일은 정도의 차이는 있을지언정 여러 경우에서 비슷한 양태로 일어나고 있는 것이 현실이다. 그러므로 자녀 교육에 있어서 부모가 어떠한 신념과 철학을 갖고 있느냐가 결국 자녀의 성장 방향을 결정짓는 데 막대한 영향을 미치는 것이다.

우리 모두가 경험을 통해 익히 알고 있는 진리지만, 인간은 깊이 사유하는 동물이다. 사람들은 자기 스스로 생각하고 믿는 데 따라 행동한다. 따라서 그가 어떤 생각, 어떤 믿음을 갖고 있는가를 이해함은 그의 행동이 어떤 결과를 가져올 것인가를 예측하는 데 있어서 매우 중요한 전제요소가 된다.

결국 문제가 되는 것은 인간의 행동을 지배하는 소신, 철학, 믿음 등이 얼마나 제대로 된 것이냐 하는 점이다. 참으로 올바른 소신이냐, 참으로 신뢰할 만한 철학이냐, 바람직한 믿음이냐 하는 그런 의문이다. 신념이 올바르지 못한 것이라고 할 때 그러한 신념에 기초하여 이루어지는 그릇된 행동은 두말할 나위 없이 행동하는 주체인 자기 자신에게만 문제를 가져오는 것이 아니라, 그의 행동의 대상이 되는 많은 다른 사람들에게까지 심대한 영향을 미치게 된다.

몇 달 전 어느 교육부장관이 그의 발언이 문제가 되어 해임된 것도 바로 그러한 연유에서이다. 그가 지니고 있었던 그릇된 역사의식과 왜곡된 역사관은 그 자신의 행동에만 문제를 가져오는 것이 아니다. 그가 교육부장관으로서 일국의 교육정책을 수립하고 집행해 나가는 데 있어서도 그의 그릇된 생각은 알게 모르게 그 속에 스며들게 될 것이며, 그것은 수많은 학생들에게까지 엄청난 영향을 미칠 수도 있는 것이었기 때문에 그를 결국 해임으로까지 몰고 갔던 것 아닌가?

이러한 신념의 옳고 그름의 문제는 가정에서의 자녀 교육에서도 매우 중요하다. 그렇다면 지금까지 우리네 부모들은 자녀 교육에 대하여 어떠한 신념을 갖고 있었을까? 혹 바람직스럽지 못한 신념을 갖고 있었던 것은 아니었는가, 아니면 부분적으로만 참일 수밖에 없는 것을 마치 모든 경우에서 참인 것처럼 믿고 있었던 것은 아니었는가, 또는 남들도 다 그렇게 생각하고 있으니까 별로 심각하게 따져 보지도 않고 인습적으로 그러한 신념을 자기 자신도 알게 모르게 받아들이게 된 것은 아닌가? 한번쯤 깊이 돌아보아야 할 것이다.

그러므로 제1장인 「어떤 믿음으로 자녀를 교육할 것인가」에서는 자녀 교육에 대하여 우리가 혹 잘못 이해하고 있을 법한 신념의 문제들을 지적하면서 바람직한 신념의 자세를 일곱 가지로 제시하고 있다. 물론 여기에 제시하는 일곱 가지의 '바람직한' 신념의 자세는 내 자신이 주관적으로 생각하고 판단한 것이기 때문에 애정 어린 반박이 제기될 수도 있음을 전제해 둔다. 그렇기에 이 책을 읽는 모든 사람들이 그대로 동조해 주기를 바라기보다는 예리한 비판과 숙고를 통해 자녀 교육에 대한 각자의 올바르고 확고한 신념을 세워 주길 기대한다.

또한 이 일곱 가지의 믿음은 어떤 이론적 체계에 근거하여 추출된 것이 결코 아니다. 지금까지 20여 년간 학교에서 학생들을 가르친 교수로서, 또 자식이 스무 살이 되도록 성장하는 것을 지켜보고 도와준 그저 평범한 아버지로서 살아오면서 평소에 느끼고 부딪치고 고민하는 가운데 필자 자신이 갖게 된 것임을 밝혀 둔다.

자녀는 키우는 것이 아니라 스스로 성장한다

가을이 한창일 때, 국화 전시장에 가보면 누구나 쉽게 느낄 수 있는 것이 한 가지 있다. 국화의 모양을 예쁘게 가꾸기 위하여 사람들이 온갖 조작을 다했구나 하는 점이다. 국화를 원하는 어떤 형태로 키우기 위하여 미리 철사 따위로 국화줄기를 붙들어 매고 비틀어 매다가 정 말 안 듣고 제멋대로 자라나는 가지가 있으면 잘라내 버린 것이다. 또 국화줄기 사이사이에 가느다란 막대기를 꽂아 놓기도 하였고 작고 얇은 나무판으로 꽃과 꽃 사이를 가로막아 놓기도 하였다.

그 꽃을 재배하는 사람은 그 꽃을 보려는 많은 사람들에게 갖가지 기쁨을 느끼게 하려는 것이다. 그리고 그는 「어쩜, 국화꽃이 꼭 토끼 모양을 하고 있을까? 어쩜, 저 국화꽃은 꼭 새가 하늘을 나는 모양을 하고 있을까?」 하는 탄성을 자아내게 하는 데서 보람을 느낄지도 모른다. 물론 그는 국화꽃 그 자체의 수려함이나 아름다움도 소중하게 생각하였겠지만, 국화꽃으로 온갖 형태를 창출할 수도 있다는 예술적, 미적 가능성도 퍽이나 소중하게 생각하였을 성싶다.

국화야 한낱 식물이니까 그럴 수 있는 것 아니냐 하는 데는 이의

가 없다. 그러나 이 이야기를 꺼낸 것은 우리 부모들이 자녀들을 가르치는 데 있어서도 마치 국화꽃 키우듯 마음대로 조절할 수 있다는 믿음을 갖고 있는 것은 아니냐 하는 의문이 있기 때문이다.

자녀 교육에 관하여 많은 부모들이 무의식적으로 갖고 있는 공통된 믿음의 하나는 「자녀를 키운다」는 생각이다. 그래서 많은 부모들은 어떻게 하면 자녀를 「잘 키울 수 있겠는가」를 궁리한다. 또 요즘 같은 세상에서 「자녀 키우기가 몹시 힘들다」고 탄식하는 부모들의 이야기를 쉽게 들을 수 있다. 이 책에 앞서 작년에 펴낸 《지금 당신의 자녀가 흔들리고 있다》 출간 이후 받은 질문 가운데도 어떻게 하면 자녀를 잘 키울 수 있는지를 가르쳐 달라는 주문이 가장 많았다. 그렇다면 우리의 자녀들도 국화꽃을 키우듯 부모 마음대로 키우는 것인가?

「자녀를 키운다」는 믿음 속에서 「자녀를 부모 마음대로 키울 수 있는 것 아니냐」 하는 생각이 바탕에 깔려 있음을 느낀다. 하기야 행동주의 심리학은 그러한 믿음의 가능성을 뒷받침해 주기도 하였다. 행동주의 심리학자들은 한 인간의 성장과 발달을 누군가의 의지대로 얼마든지 바꾸어 나갈 수 있다는 믿음을 많은 동물실험을 통하여 입증하였다. 마침내 미국의 어떤 행동주의 심리학자는 이렇게까지 말하지 않았던가.

「보라, 내게 10명의 어린아이들을 맡겨 달라. 그리고 내가 원하는 환경조건을 갖출 수 있도록만 해달라. 그러면 나는 그 환경조건 속에서 어린아이들을 당신들이 원하는 대로 변화시켜 낼 것이다. 의사, 변호사, 목사로 만들기를 원하면 그렇게 해줄 것이다. 또한 바람직하지는 못하지만, 그를 강도로 키워 달라면 강도로 키울 수도 있다.」

물론, 행동주의 심리학의 그러한 인간행동 변화의 이론은 교육발전과 인간행동 이해에 엄청난 기여를 하였다. 그렇다고 여기에서 행동주의 심리학 자체나 그 이론에 대하여 논쟁을 하고자 하는 것은 아니다. 행동주의 심리학의 이론은 교육에 있어서 매우 긍정적인 공헌을 하기도 했지만, 그러한 이론을 잘못 이해하여 맹종적으로 무조건 따르고 받아들이면 또 다른 엄청난 위해를 가져올 수 있다는 점을 지적해 두고 싶을 뿐이다. 인간의 의지대로 키우고 변화시킬 수 있다는 믿음은 비록 그 가능성이 입증되었다 해도 부분적으로만 참일 수밖에 없는 것이다.

인간은 결코 무조건 키워지는 것만은 아니다. 그럼에도 인간은 원하는 대로 얼마든지 키워질 수 있는데 지금 우리가 잘못 키우고 있을 뿐이라고 생각하는 부모들의 믿음에 대하여 문제를 제기하는 것이다.

개나 소는 키운다. 온갖 꽃과 식물도 키운다. 그리고 사육하고 재배한다. 그러나 사람은 언제나 키우는 것만은 아니다. 사람은 항상 사육하고 재배하는 대상이 아니라 그 누구든 스스로 성장한다. 하나님께서 이 땅을 만드셨을 때 모든 존재에 대하여 스스로 자랄 수 있는 자생력을 함께 주신 듯싶다. 특히 인간에게 더욱 강하게 주어진 자생의 힘 때문에 부모는 결코 자신의 의지대로만 자녀를 사육할 수도 없고, 또 그렇게 해서도 안 될 성싶다.

그렇다면 부모의 존재가치는 무엇인가? 한마디로 자녀에 대한 부모의 존재가치는 자녀의 성장을 돕는 데 있는 것이다. 자녀들이 스스로 성장하고 발달해 나가는 데 도움을 주는 사람이 곧 부모이다. 이를테면 이렇게 생각할 수도 있다. 하나님께서 집집마다 부모들에게 아이를 책임 있게 도와주라고 맡기신 것이다. 세상을 더 먼저 살아오고 더 먼저 체험한 사람으로서 어린 생명들이 이 땅에서 그들 스스로 성장하고 발달해 나가는 데에 책임지고 많은 도움을 주라고 맡겨 주신 것이다. 그렇다고, 자기 마음대로 어린아이들을 키워 보라고 한 것은 아닌 것이다. 그럼에도 우리네 많은 부모들은 마치 아이들에게 큰 도움을 주는 것인 양 알고, 아이들을 그저 자기네 뜻대로, 자기네 원대로, 자기네 편리대로 만들어 가려고 하는 것 같아 안쓰럽다.

이제 우리네 부모들은 이 땅에 얼굴을 내민 지 두 달밖에 안 된, 누워 있는 아기를 들여다보면서도 온갖 얘기를 나눈다.

「여보, 이 녀석 잘생겼지요? 똑똑하겠어!」

「당신 닮았으면 똑똑하겠지요.」

「눈과 코는 영락없이 당신인걸.」

「여보, 그런데 애는 이 다음에 커서 무엇이 될까요?」

「글쎄, 우리 의사로 키울까?」

「여보, 의사는 요즘 옛날처럼 돈도 잘 못 번답디다. 의사말고는 뭐 좋은 것이 없을까?」

「아냐, 의사도 의사 나름이지. 난 의사로 키우고 싶어.」

「당신 뜻이 정 그러시다면, 그래 의사로 키워요.」

두 달밖에 안 된 어린아이의 진로가 부모의 합의에 의하여 순간 의사로 결정됐다. 부모의 욕심에 따라 부모의 뜻에 따라 그 어린아이는 아무것도 모른 채 앞으로 의사가 되기 위한 부모의 키움을 받게 된 것이다. 낮잠을 자고 난 어린아이는 알아듣는 듯, 못 알아듣는 듯 부모의 말에 방긋 웃는 표정을 짓는다.

「어! 우리의 의사 선생님이 드디어 낮잠에서 일어나셨군.」

「어디 보자, 의사 선생님께서 기저귀를 얼마나 적셨는가?」

「알아듣나 봐. 웃잖아, 이 녀석이!」

「영락없이 의사 모습이네요.」

심지어 부모의 세뇌교육은 장난감을 통해서도 계속 이어진다. 병원놀이를 할 수 있는 장난감을 사다 준다. 또 좀 커서 초등학교, 중학교에 다니며 공부를 할 때에도 부모의 끈질긴 세뇌는 그칠 줄 모르고 계속된다.

「이 녀석아, 넌 이 다음에 의과대학에 가야 돼! 그럴려면 지금부터 공부를 잘해야 돼. 의과대학엔 수재만 모인다구. 의과대학에 가려면 생물, 수학, 영어 따위를 잘해야 돼.」

아이는 어렸을 때부터 의사가 되어야 한다는 소리를 귀에 닳도록 들어서인지 마치 자기는 의사가 되어야 하는 운명을 갖고 태어난 것인 양 별로 저항하는 기색도 없다. 그저 그런가 보다 여기고 가만히 부모의 이야기를 듣는다.

이렇게 해서 많은 부모들은 자신의 자녀들을 의사로 키우고 판·검사로 키우고 교수로 키우고 목사로 키운다. 그리고 부모들은 아이가 어릴 때부터 자기들이 계획한 대로 별 군말 없이 잘 따라 주고 자라 주었다며 만족해하고 자랑스러워한다.

부모가 자녀들을 자신의 의지대로 키우려고 하는 데 있어 또 한 가지 생각해 볼 점은 그것이 진정 자녀를 위한 것이냐, 아니면 부모 자신을 위한 것이냐 하는 것이다. 자신의 부족함이나 지난날 이루지 못한 자신의 꿈을 자녀들을 통하여 충족시키거나, 가업을 잇는다는 맹목적인 생각에 의한 것은 아닌가 하는 점이다.

「아버지가 못다 한 뜻을 네가 펼쳐 주렴.」

「아버지가 못다 이룬 꿈을 네가 실현시켜 주렴.」

「우리 집안은 네 할아버지도 나도 의사였는데, 너까지 이어지면 삼대가 의사인 셈 아니냐. 얼마나 보기 좋으냐?」

부모들의 순수한, 어찌 보면 천진스러운 욕심과 바람을 비난하는 것은 결코 아니다. 다만 내가 경계하고자 하는 점은, 그런 바람이나 욕구가 단순히 부모들 입장에서만 생각하는 것 아니냐는 것이다. 혹 자녀를 통해 대리만족을 느끼겠다는 부모의 지극히 이기적인 욕망은 아닐까 해서 하는 소리다. 자녀의 고유한 특성이나 자녀가 성장하면서 스스로 발견하고 형성하는 개성을 무시하고, 무조건 부모의 욕심을 충족시키기 위해서 한 그루 국화꽃처럼 키워지고 있는 것은 아닌가 우려해서 하는 소리다.

부모는 물론 자녀를 키우기도 한다. 부모의 의지가 반영되기도 한다. 그러나 분명한 것은 부모의 의지대로만 자녀를 조작할 수는 없다. 그것은 인간의 본질이나 교육의 본질 모두에 있어서 결코 바람직하다고 보기 어렵다. 부모의 의지대로만 '키웠을 때' 훗날 자녀들이 그들의 삶, 그들의 일에서 진정한 의미와 성취감을 느낄 수 있을까? 만일에 부모의 의지대로 밀고 나가다가 자녀들이 그 의지에 제대로 따르지 못해서 좌절하거나 혹은 반작용으로 전혀 다른 방향으로 뿌리치고 도망쳐 나갈 경우 우리는 그들의 행동을 어떻게 이해하여야 할 것인가? 부모의 의지에 따르지 않았다고 해서 불효하는 자식이라고 그들을 비난할 수도 없고, 부모의 마음을 이해 못해 주는 매정하고 한심한 자식이라고 단정할 수도 없는 것이다.

부모는 결코 자녀를 사육하는 것이 아니다. 부모는 어디까지나 자녀들이 스스로 성장하고 발전하는 데 있어 최선의 조력자일 뿐이다. 그들의 생존을 보호해 주면서 그들이 스스로 자립할 때까지 그들에게 삶의 여러 가지 대안을 제시해 주고, 생각을 가꾸어 나가도록 도움을 주는 것이다. 내 자식 내 마음대로 키우겠다는데 감히 누가 뭐라고 하겠느냐는 생각은 분명 부모의 지나친 욕심이고 월권이고 오만한 허세이다. 자식은 잠시 책임 맡겨져 있을 뿐 결코 영원히 내 소유물일 수가 없다. 그들은 키워지는 것이 아니라 그들 스스로 성장할 수 있는 힘을 가진 존엄한 인격체임을 우리 부모들은 먼저 인정하고 자녀 교육에 임해야 할 것이다.

자녀 교육은 부모 두 사람의 공동 책임이다

　나는 몇 해 전 어느 초등학교의 아버지 교실 모임에 초청을 받아 아버지의 역할에 대한 강의를 한 적이 있었다. 평소, 나는 초등학교에 어머니 교실만 있고 아버지 교실은 왜 없는가 하고 문제를 제기하였기 때문에 매우 반가운 마음으로 초청에 응했다. 더욱이 그들 스스로 좋은 아버지가 되겠다고 자발적으로 이루어진 모임이라기에, 이들과 한두 시간 함께 이야기하고 토론한다는 것은 꽤나 재미있을 성싶었다.

　내 직업이 선생이라서 그런지, 나는 그날 그들을 만나자마자 다섯 가지 질문으로 쪽지시험을 보았다. 가정에서 남달리 좋은 아버지가 되겠다고 나섰으니 그래도 이들은 다른 아버지들과는 무엇인가 크게 다를 것 아니겠는가. 특히 자녀들에 대한 사랑, 관심, 이해, 뭐 그런 것들이 남달리 독특하겠다 싶어 매우 큰 기대를 가지고 쪽지시험을 보았다. 그런데 이게 웬일인가? 첫 번째 문제부터 헷갈리고 어이없다는 듯 자조하는 아버지가 있으니 말이다.

　「우선 1번, 여러분의 자녀가 지금 몇 학년 몇 반인지 적어 보세요.

혹 두 아이가 초등학교에 다니고 있으면 모두 다 적으세요.」

말없이 얼른 자신 있게 적은 아버지도 있었지만 어떤 아버지는 한심하다는 듯 웃으면서 손가락을 꼽아 보고 있었다. 속으로는 아마 이런 생각을 하는 듯싶었다.

「가만 있어 봐, 이 녀석이 지금 5학년이지, 작년에 4학년이었으니까. 아냐, 작년에 3학년이라고 했나……. 그럼, 지금 4학년이란 말인가? 가만 있어 봐, 우리가 미국에 갔던 것이 언제지. 그때 내가 데리고 갔는데, 그때 3학년이었어. 작년에 미국에 갔었잖아. 그럼, 지금 4학년이네……. 그런데 몇 반인가? 그까짓 몇 반이면 어때!」

물론 자기 자녀가 몇 학년인지조차 모르는 아버지는 극히 적었다. 그러나 많은 수의 아버지들은 자기 자녀가 몇 반인지 잘 몰랐다.

「그럼 다음 2번, 여러분 자녀들의 담임선생님 이름을 적어 보세요. 그리고 3번, 여러분 자녀들과 가까운 친구들의 이름을 아는 대로 적으세요. 다음 4번, 여러분의 자녀가 지금 실종되었습니다. 경찰에서 여러분 자녀의 독특한 신체적 특징을 물어 왔습니다. 무엇이라고 답할 것인지 적어 보세요. 예컨대, 왼손 새끼손가락의 손톱에 세로줄로 결이 많이 있다든가, 오른쪽 눈썹 위에 큰 점이 있다든가 하는 식으로 말입니다. 끝으로 5번, 여러분의 자녀가 무슨 과목을 제일 좋아하고 또 잘하는지, 반대로 무슨 과목을 제일 싫어하고 못하는지 적으세요…….」

매번 질문마다 황당하다는 듯한 표정을 짓는 아버지가 곳곳에서 보였다. 정말 눈에 넣어도 아프지 않은 귀중한 내 자식인데 그 아이를 1년이나 맡아서 책임지고 가르쳐 주는 선생님이 누구인지도 모르는 아버지들이 참으로 많았다. 자녀의 친구들 이름을 세 명 정도쯤 정확하게 적지 못하는 아버지들도 많았다. 자녀의 신체적 특징을 적지 못하는 아버지도 많았다. 그리고 다섯 번째 질문인, 자녀의 교과목 선호에 대해서도 제대로 알고 있지 못한 아버지가 많았다.

하기야, 뭐 그런 것을 꼭 알아야만 아버지 역할을 잘하고 있는 것이라고 말할 수는 없다. 또 별안간에 적어 보라니까 평소에는 잘 알고 있었는데도 못 적은 아버지도 있을 수 있다. 그럼에도 내가 그날 그들에게 적지 않은 실망을 한 것은, 그들이 그런 것을 모르고 있다는 사실보다는 모르고 있는 데 대하여 별로 부끄러워하지 않는다는 점이었다. 한심한 질문에 한심한 대답이라고 생각하는 듯 몇몇 아버지들은 자조적인 웃음마저 띠었다. 글쎄, 그런 것을 모른다고 해서 누가 탓할 것은 아니지만 그렇다고 그런 것을 모르는 일을 당연히 여긴다면 우리는 정말 아버지로서의 책임과 역할을 다할 수 있는 자세가 갖추어져 있다고 보기는 어렵지 않은가?

흔히 우리 주변에서 쉽게 겪는 일이다. 저녁 늦게 집에 돌아온 아버지가 아이의 성적이 몹시 떨어지거나, 아이가 말썽을 부려서 문제가 생긴 것을 어쩌다 알게 되면 아버지들은 어떻게 행동하였는가? 대뜸, 아이 엄마를 소리쳐 부른다. 그러고는 뭐 대단한 것을 모르고 있다가 알게 된 것처럼, 또 자신에겐 아무 문제가 없고 밖에 나가서 그야말로 열심히 일하고 돈 벌어 왔는데, 집에 있는 부인하고 애는 일이나 저질렀냐는 듯이 소리치며 아이와 엄마를 함께 야단치는 경우가 있다.

「아니, 그래 당신은 도대체 뭐 하는 여자야! 뭐 하는 사람이냔 말이야! 그래, 애가 이 지경이 되도록 뭐 하고 있었어? 나 원, 참, 답답해서. 그래 애 하나 제대로 돌보질 못해. 그러면서 무슨 내조를 한다는 얘기야! 이래 가지고 내가 어떻게 밖에 나가 일을 해, 엉! 날보고 이제는 애까지 챙기란 말이야!」

「어이구, 챙기라고 해서 당신이 챙기는 사람이우! 당신도 큰소리칠 자격 없어요! 밖에 나가서 돈 안 벌어 오고 일 안 하는 남자 있습디까? 남들도 다 밖에 나가서 일해요. 당신만 일하는 것 아녜요. 밖에 나가서 일한다는 유세는. 평소에 뭐, 당신 애한테 눈곱만큼이라도 관심 가져 봤우. 애가 뭐 하고 돌아다니나 물어본 적은 있우. 만날 밤늦게 들어오면서⋯⋯.」

차라리 부인이 대꾸를 하지 않았으면 좋았으련만, 대꾸를 하는 바람에 그 아버지는 아이를 향해 더욱 목청을 높여 소리친다.

「이 녀석아, 도대체 네가 뭐가 부족해서 이 지경이냐, 응? 돈을 안 줘? 해달라는 것을 안 해주었어? 사달라는 것 다 사주고, 자기 공부방도 없는 아이들이 얼마나 많은데 넌 공부방도 있잖아. 머리가 남만 못해서 그러냐, 널보고 뭐 일을 하라고 누가 시키더냐? 하여튼, 그저 틈만 있으면 밖으로 싸돌아다니는 네 엄마나 노는 데 정신이 팔리는 너나 모두 똑같아. 뭐, 사람이 밖에 나가서 일을 잘하려고 해도 신나는 게 있어야 말이지.」

이렇게 시작된 세 식구간의 이야기는 한참 동안 이어졌다. 결국 모두들 기분이 상해 저녁식사도 안 한 채, 제각기 자기 방으로 뿔뿔이 흩어져 버렸다. 그러고는 서로 책임전가만 하고 있을 뿐 무엇이 문제가 되어 이런 결과가 나왔는지에 대해서는 아무런 생각이 없다.

그렇다면 집 안에서 자녀를 가르치고 도와주는 일은 전적으로 엄마만의 몫인가? 자기 아이에 대해서 몇 학년 몇 반인지조차도 헷갈리고, 담임선생님 이름도 모르고, 아이의 친구 이름 하나 제대로 대지 못하는 아버지는 아무런 책임이 없는가?

우리는 결손가정이란 말을 매우 쉽게 사용한다. 결손가정이란 도대체 어떤 가정을 의미하는 것인가? 흔히 보통사람들이 이해하기에는 부모님이 모두 안 계시거나 양친 중 그 어느 한쪽이 안 계신 가정을 결손가정이라고 부른다. 물론, 그런 이해가 잘못된 것은 아니다. 맞는 얘기다. 그러나 사실은 그보다 더 심각한 결손가정이 있다. 그것은 다름아니라 부모가 있으면서도 엄마는 엄마로서, 아버지는 아버지로서의 책임과 역할을 다하지 못한 가정이라고 생각한다.

하나님께서 한 가정을 이루게 하셨을 때, 왜 엄마와 아버지라는 쌍

두체제로 만드셨을까? 오로지 아기를 출산하기 위한 생물학적인 이유 때문만은 아니었을 성싶다. 가정에서의 엄마와 아버지의 존재는 그 생물학적인 이유 이상의 의미를 갖고 있는 것이다. 자녀가 온전하게 성장하고 발달하는 데는 엄마의 엄마 역할(mothering)과 아버지의 아버지 역할(fathering)이 모두 똑같이 필요한 것이다. 그럼에도 어떤 가정에서는 엄마가 분명 있으면서도 그 엄마가 엄마의 역할을 제대로 하지 못하든가, 아버지가 분명 있으면서도 그 아버지가 아버지로서의 역할을 성실하게 하지 못하는 경우를 본다.

우리나라의 경우 전통적으로 아버지가 자녀 교육의 모든 책임을 엄마의 몫으로만 귀속시키려는 경향이 있다. 하기야, 옛날부터 우리나라 가정에서는 남녀의 역할과 책임이 확연히 구분되어 왔음을 부인하지는 않는다. 남자는 그야말로 온종일 밖에 나가 일을 해서 먹고살기 위한 돈을 벌어 오고, 여자는 그 돈으로 집 안에서 살림하고, 아이를 기르는 식으로 가정에서 남녀 역할이 인습적으로 구분지어져 내려왔다. 그러나 일과 살림을 남편과 아내, 엄마와 아버지 각각의 몫으로 규정한다 해도 자녀 교육에서는 엄마 역할과 아버지 역할이 따로 있음을 부인해서는 안 된다는 것이다. 더욱이 요즘 사회에서는 엄마들도 직업을 가지고 일하는 경우가 점점 늘어나고 있지 않은가! 인간은 누구나 일을 하면서 산다. 일에서 자기실현의 보람을 찾고, 삶의 의미를 느끼는 것은 남녀 모두에게 있어서 마찬가지다. 일이 결코 그 어느 한쪽의 전유물일 수는 없다. 자녀 교육도 바로 그렇다. 그것을 통해서 엄마 아버지는 각기 자신의 존재 의미를 찾고 보람을 느끼는 것이다. 따라서 그 책임 역시 어느 한쪽에만 귀속시킬 수가 없는 것이다.

자녀의 올바른 성장은 부모 양쪽으로부터의 온전한 도움을 필요로 한다. 그 온전한 도움은 부모 어느 쪽이든 혼자만의 도움으로 이루어지기 어렵다. 엄마와 아버지의 도움이 하나로 합쳐질 때 비로소 온전해질 수 있는 것이다. 엄마는 여성으로서, 아버지는 남성으로서 각기 타고난 기질과 개발된 능력, 형성된 성향 등에 기초하여 각기 서로 상대방에게 보탬이 되어 하나의 온전한 도움으로 자녀에게 작용하는 것이다. 이를테면, 부모 중 어느 한쪽이 지극히 이성적이고 지적이란다면, 다른 한쪽은 감성적이고 정적인 데서 부모의 완전한 도움이 이루어지는 것이다. 또 어느 한쪽이 매우 거시적이고 미래지향적이란다면, 다른 한쪽은 미시적이고 과거지향적인 데서 상보적일 수 있다. 그런가 하면 어느 한쪽이 추상적이고 함축적일 때, 다른 한쪽은 구체적이고 분석적인 데서, 또 어느 한쪽이 행동적이고 표현적이면, 다른 한쪽은 사유적이며 암유적인 데서 부모의 상보적인 역할은 온전한 도움으로 자녀에게 작용하는 것이다.

일찍이 남편을 여의거나 아내를 여의고 혼자가 되어 자녀의 성장을 도운 엄마나 아버지의 경우, 그들이 경제적으로 겪은 고통은 두말할 나위도 없을 것이다. 그러나 실상 더 큰 고통은 혼자서 부모 양쪽의 역할을 다 수행해야 하는 점일 것이다. 그런 생각을 해보면, 부모 모두가 건강하게 생존하고 있으면서도 자녀들에게 각기 부여된 역할과 책임을 다 못해 주고 있다면 그것은 자녀에 대한 죄악이고, 나아가서는 부모로서의 생존에 대한 권리와 의무를 포기하는 것이라고까지 말할 수 있을 성싶다.

자기 자녀에게 가장 적합한 것이 가장 좋은 것이다

몇 년 전의 일이었다. 칠순이 넘은 부모님께서 내가 일하는 학교 근처에 볼일이 있어 오셨다가 그래도 여기까지 왔는데 아들을 보고 가는 게 좋겠다 싶으셨는지, 불쑥 연구실로 찾아오셨다. 시계를 보니 11시 40분이었다. 마침 특별한 점심 약속도 없어 다행이다 싶었다. 어디 좋은 데 모시고 가서 점심을 사드려야겠다는 작은 효심이 생겼다.

「어머니, 점심 사드릴 게요. 뭐 잡숫고 싶으세요?」

「아이고, 점심은 벌써 무슨 점심이냐, 아침도 느지막하게 먹었는데. 그리고 모래내 이모가 아프다고 해서 거기 잠깐 들렀었는데, 그 집에서 이것저것 잘 먹어서 그런지 밥 생각도 별로 없다.」

「그래도 점심 때가 다 되었잖아요.」

「네 아버지한테 여쭤 보렴, 뭐 드시고 싶으신지.」

「아버지, 뭐 드시고 싶으세요?」

「뭐는, ……그냥 아무것이나 먹지. 너도 점심 먹어야 되잖아. 그냥 이 근처 어디 가서 아무것이나 먹자.」

「알았어요, 나가시지요.」

별로 먹고 싶은 것이 없다는 말씀은 늘상 하던 말씀이고, 그래도 뭐 좋은 데 가서 좋은 것 사드려야지 생각하고 나는 부모님을 차에 모시고 학교에서 가까운 특급호텔로 갔다. 지금이나 옛날이나 평소에 잘해드리지 못했기에, 또 앞으로 이렇게 불쑥 학교로 오실 기회가 몇 번이나 있겠나 싶어서였다. 호텔에는 일식집도 스위스식 양식집도 중국집도 이태리식 음식점도 있었다. 중국집에는 그래도 그전에 한두 번 모시고 갔었고, 양식은 노인들이니까 별로 좋아하지 않을 테고……. 그래서 이번엔 일식집에 모시고 가기로 마음먹었다.

「아버지, 어떠세요, 일식집에 가시는 것이?」

「나야 좋다만, 네 엄마는 글쎄다.」

「어머님은 어떠세요?」

「아유, 나도 괜찮아. 너희 아버지만 좋다면.」

그래서 우리는 일식집으로 들어섰다. 안내를 받아 한쪽 테이블에 앉았다. 음식이 막 나올 때쯤, 바로 옆자리에 세 분의 손님이 와 앉았다. 그들은 바로 우리 학교의 총장님 일행이었다. 내가 모시고 온 노인들을 흘끗 보시기에 설명을 드렸다. 부모님을 모시고 왔다고 그랬더니, 우리 총장님이 인사를 드리지 않겠는가? 시골 노인들이 얼떨결에 총장님과 인사를 나누었다. 그러고는 식사를 하기 시작했다. 부모님은 옆자리에 어려운 손님들이 앉아 있음을 의식하셨는지, 전혀 말씀도 없으시고 그저 조용조용히 식사를 하셨다. 식사를 거의 다했을 때, 어머니가 나지막이 말문을 열었다.

「애, 여기 엄청 비싼 데지?」

「비싸기는요. 왜요, 비쌀까 봐 걱정되세요? 걱정 마세요.」

「하기야, 돈이야 네가 낼 것이란다만, 그래도 그렇지. 그리고 여긴 뭐 이렇게 불편하냐? 그리고 음식이 너무 단 것 같기도 하고.」

어머니는 우선 분위기가 마음에 안 드셨는가 보다. 유니폼을 깨끗

36

이 입은 아가씨들이 왔다 갔다하고, 차례대로 음식을 갖다 주고, 다 먹지도 않았는데 와서는 「치워드릴까요?」 하고 뺏어 가듯 했고, 또 큰소리로 떠들고 소리내며 먹을 수도 없고 가지가지로 불편하고 마음에 안 드셨는가 보다.

「난 그저 어디 가서 설렁탕이나 먹든지, 된장찌개나 한 그릇 먹었으면 좋았을 텐데. 왜, 이모네 집 가는데 거기 설렁탕 잘한다는 집 있었잖니! 그리고 해정이 졸업하던 날인가 갔던 한식집도 있었고…….」

불만을 털어놓는 것이었다. 어머니의 그런 마음을 예기치 못한 것도 아니었다. 그래도 설렁탕이나 된장찌개 같은 것은 아무 데서나 쉽게 드실 수 있을 터인데, 모처럼 좋은 데서 좋은 것 사드리고 싶어서 이곳으로 모시고 온 것이었다. 그러나 나는 내 생각이 짧았음을 다시금 깨닫고 말았다. 아무리 값비싸고, 누구에게든 최고로 보이는 것이라 할지라도 그것이 모든 사람에게 좋은 것은 결코 아니라는 평범한 진리를 나는 다시금 깨닫게 된 것이다.

그렇다, 누구에게나 똑같이 가장 좋은 것이란 이 세상에 결코 없는 법이다. 하다못해 옷도 그렇지 않은가? 그것이 제아무리 값비싸고 좋은 옷이라 하더라도 입는 사람에게 어울리고 맞아야 값비싸고 좋은 가치를 발휘하는 것이지 그것이 그 사람에게 어울리지 않고 맞지 않는다면 무슨 가치가 있겠는가?

한국 교육이 안고 있는 여러 가지 문제 중 하나가 바로 누구에게나 똑같은 좋은 교육을 획일적으로 시키겠다는 데 있는 것임을 우리는 잘 알고 있다. 누구에게나 가장 좋은 교육은 없다. 그 학생에게 가장 잘 맞는 교육이 있을 뿐이다. 그것은 그 학생의 능력, 적성, 관심, 흥미 등 모든 것을 고려해서 그 학생에게 가장 알맞는, 적절한 교육을 시켜 주는 것이 진정한 교육이고, 그러한 최적의 교육이 얼마나 잘 이루어지고 있느냐가 곧 그 나라, 그 사회의 교육의 질을 결정

짓는 기준이 되어야 하는 것이다.

자녀 교육에 있어서도 똑같다. 그 어떤 자녀에게든 모두 똑같이 가장 좋은 것은 없다. 그렇기에 자녀 교육에 있어서 한 가지 정답은 결코 있을 수가 없다. 여자들이 이따금 미용실에 가서 머리를 만지며 기다리는 동안, 시간을 보내기 위해 두꺼운 여성잡지를 들여다볼 때가 있다. 그런 책을 읽다 보면 이따금 어느 어머니의 자녀 교육 수기 비슷한 것이 과대 포장되어 취재기사로 나올 때가 있다. 이를테면, 나는 세 아이 모두를 20대 박사로 키웠다느니, 나는 두 아이를 모두 세계적인 음악가로 키웠다느니, 나는 두 아이를 모두 사법고시 행정고시에 합격시켰다느니 하는 얘기가 나온다. 그리고 그 속에는 으레 그 아이들을 키운(?) 엄마의 독특한 자녀 교육법이 나온다. 예컨대 새벽에 아이를 깨워 세수를 시킨 다음, 세숫대야에 찬물을 가득 담아 책상 밑에다 갖다 놓고 아이의 발을 담그게 하면, 잠을 깨는 것뿐만 아니라 아이의 머리를 맑게 해서 그때 외우는 것은 그야말로 머릿속에 쏙쏙 들어간다는 것이다.

이런 식의 교육 이야기를 읽은 엄마는 이내 집으로 돌아가서 자기 아이한테도 똑같은 방법을 무조건 적용하려고 한다.

「야! 너도 내일 아침부터는 새벽 5시에 일어나. 그러니까 12시엔 무조건 자! 만날 늦게까지 공부한다고 앉아서 졸지 말고, 알았지.」

그러고는 새벽에 아이를 깨운 다음 세숫대야에다 찬물을 담아서 아이의 책상 밑에 놓아주고는 발을 담그라고 한다. 그러나 아이는 막무가내고 그렇게 시키는 엄마도 막무가내다.

이러한 식의 엄마들의 행동을 우리는 쉽게 볼 수 있다. 슈퍼마켓에 오다가다 만난 동네 아줌마하고 주고받은 얘기 속에서, 어떤 학원의 어떤 선생님이 잘 가르친다니까 아이를 그 학원으로 옮겼다고, 또 어떤 학습지가 좋다고 하니까 냉큼 그 학습지를 주문해서 아이에게 보라고 했다는 얘기들은 얼마든지 우리 주변에서 쉽게 듣고 볼 수 있다. 그러나 우리 엄마들이 잘못 갖고 있는 믿음은 「좋은 것은 누구에게나 좋다」라는, 참으로 부분적으로만 참일 수밖에 없는 것을 100퍼센트 완전히 옳은 것으로 믿는 데 있는 것이다.

부모가 아이들의 생활을 하루만이라도 살펴보게 되면 저마다의 독특함을 느낄 수 있다. 어떤 아이는 배가 불러야 공부가 잘돼서 공부하라고 하면 밥부터 달라고 한다. 또 배가 고파야만 공부를 잘하는 아이도 있다. 깜깜한 밤에 공부를 잘하는 아이, 그래서 한낮에도 커튼을 꼭꼭 치고 전등을 켜놓은 채 공부하는 아이가 있는가 하면, 한낮에만 공부를 잘하는 아이도 있다. 어떤 아이는 귀에다 리시버를 꽂고 잔잔한 음악을 들어야만 마음이 안정되고 집중이 잘되는가 하면, 어떤 아이는 누가 옆에서 조금만 바스락거려도 공부를 못하는 수도 있다. 이러한 예는 참으로 많다. 그런데도 우리는 아이들의 독특한 특성을 무시해 버리고 어디서 무엇이 좋다고 하면 그냥 그것을 자기 아이들에게도 시키면 되는 줄 믿고 강요하고 있는 것이다. 그렇게 해서 결국 아이들을 망치고 마는 안타까운 일들이 벌어지게 되는 것이다.

대학도 그렇다. 물론 대학 가운데는 우리가 흔히 말하는 1류, 2류 대학들이 있다. 대학을 외우는 순서가 정해져 있다. 무슨 대학, 무슨 대학 하고 대학을 순서대로 꼽는다. 그리고 그런 명문대학에 진학하는 것이 출세를 보장받는 것으로 생각하기도 한다. 대학만이 아니다. 학과에 대해서도 그 비슷한 생각을 하는 부모들이 많다. 이를테면, 어떤 학과가 가장 좋다느니, 남자는 그래도 어떤 학과를 나와야 한다느니, 또 반대로 그걸 학과라고 다니니, 그런 과 나와서는 밥 굶기 꼭 알맞다느니 별의별 얘기를 다한다. 그러면서 가장 좋은 대학, 가장 좋은 학과에 가는 것을 지상의 목표로 삼는다. 그러나 부모들이 한 가지 분명히 인식해야 할 믿음은 이 세상에 누구에게나 가장 좋은 대학, 가장 좋은 학과는 결코 없다는 것이다. 그 아이의 능력,

적성, 포부, 성격 등에 비추어 가장 적합한 수준의, 특성의 대학과 학과가 있을 뿐이다.

나는 대학에서, 대학이 웬지 전체적으로 생리에 안 맞는다고 말하거나, 또 다니는 학과가 도무지 적성에 안 맞는다고 호소하는 학생들을 자주 만난다. 부모가 가라고 해서, 선생님이 거기 가면 합격할 수 있다고 하면서 너같이 성적 좋은 애가 굳이 그런 시시한(?) 학과를 가느냐, 이왕이면 남들이 모두 가고 싶어하는 이런 학과를 가야 한다고 부추겨서 왔다가 절망하고 포기하고 끝내는 몇 년을 허송하는 학생들을 자주 만난다.

참으로 자기 자녀에게 가장 적합한 것이 가장 좋은 것임을 다시한 번 강조해 둔다. 가장 좋은 것이란 결코 있을 수 없고, 있어도 그것은 극히 제한적일 수밖에 없다.

우리 둘째 아들녀석이 지금 고3에 재학중이다. 그 아이가 비록 반에서 1, 2등급에 속하지는 못하지만, 그가 언제나 최선을 다하고 있음이 나는 몹시 기쁘고 행복하다. 남달리 사람들과 어울리기 좋아하고 누구든지 끌어들이는 친화력을 지닌 그 녀석의 장점, 그리고 지적이기보다는 감성적인 그의 성격에 알맞는, 적절한 수준의 대학, 적합한 특성의 학과에 그가 진학하도록 돕고자 한다. 그것이 그에게 가장 좋은 것임을 내가 알고, 또 그 녀석도 그것을 이해하기 때문이다.

자녀 교육의 비법은 없다

어느 절에서 있었던 스님들의 학습에 대한 이야기다. 가르치는 선생님은 연세가 여든이 넘은 노승이었고 배우는 학생들도 칠십 전후의 연로하신 스님들이었다. 가르치는 스님 한 분과 학생 스님 세 분, 모두 네 분이 방 안에 모여 앉았다. 선생 스님을 중심으로 저만치 학생 스님 세 분이 나란히 방석을 깔고 앉았다.

이들의 학습을 지켜본다고 할 때, 우리는 어떤 기대를 갖게 될까? 우선, 평생 동안 이 세상에서의 오욕칠정을 이겨내고 산속에서 불도를 닦았다는 그 이유 하나만으로도 우리는 고개를 숙이게 되고 경외하는 마음을 가질 것이다. 그러고는 스물이 되기도 전에 출가해서 50년 넘게 불가에 입문하여 불도를 닦았으니 속세에서 때묻고 아귀다툼하던 사람들로서는 어찌 그들이 이르게 된 해탈의 경지를 이해할 수 있겠느냐, 더욱이 그들이 서로 주고받으며 가르치고 배우는 내용을 어찌 감히 이해하려 들겠느냐, 듣고 또 들어도 이해할 수 없는 지극히 고차원적인 철학적 이야기가 오고갈 터인데. 뭐 그런 생각을 할 듯싶다.

가르치고 배우는 방법은 고래의 소크라테스식 문답법이다. 즉 선생님과 학생 사이에 서로 질문을 주고받고, 또 대답을 주고받으면서 가르치고 배우는 소크라테스식 문답법이다. 원래 이 교수법은 옛날 많은 성현들이 공통적으로 사용하였던 교수법이었다. 성경을 읽어 보라. 예수님이 제자들을 어떻게 가르쳤는지. 그리고 《논어》나 《맹자》를 읽어 보라. 공자가 제자들을 어떻게 가르쳤는지. 모두 소크라테스식 문답법이었다. 몇 년 전 우리나라 텔레비전에서도 방송되었던 '하버드 대학의 공부벌레들'이란 영화가 있었지 않은가. 그 영화 속에서 무섭게 생긴 교수님이 학생들에게 예리한 질문을 퍼붓고 있는데, 바로 그러한 종류의 교수법이 소크라테스식 문답교수법이다.

이 교수법의 특징은 두 가지인데, 하나는 질문을 자꾸 던짐으로써 우리가 무엇을 모르는가를 스스로 깨닫게 된다는 것이다. 질문을 자꾸 던지다 보면, 결국엔 내가 무엇을 모르는가를 깨닫게 되며 그 가운데서 학습을 하게 된다는 원리이다. 다른 하나는 질문을 자꾸 던짐으로써 의문을 갖지 않았던 대상, 현상, 사건, 존재 등에 대하여 의문을 품게 되고 생각을 하게 된다는 것이다. 평소에는 무관심하게 아무 생각 없이 지나쳤던 일들에 대해 질문을 받으면, 우리는 다시금 그 일을 생각해 보게 되고 의문을 품게 되며 그 가운데서 많은 것을 배우고 깨닫게 된다는 원리이다.

스님들은 바로 이런 문답법으로 학습을 시작하였다. 연세도 지긋하신 데다가 산중에서 급할 것이 뭐 있겠냐는 듯이 말씀의 속도가 매우 느렸다. 생각하며 말하고, 말하면서 생각해서 그런지 선생님이나 학생 모두가 여유 속에서 질문과 대답을 주고받았다.

「자아……, 이제부터 공부를 시작할까요……?」

「그러……시지요…….」

선생 스님의 학습 시작을 알리는 말에 학생 스님 세 분이서 눈을 지그시 감고 합창으로 응답을 하였다. 그리고 손에 쥐고 있는 염주를 돌리면서 생각에 잠겼다.

「그러면, 우선 어제 학습한 것에 대해서 누가 질문하시지요?」

「…….」

대학 강의실에서의 학생들이나 이곳 학생 스님들이나, 학생은 언제나 질문이 없는가 보다. 아무도 선뜻 질문을 하지 않는다. 잠시 침묵이 흘렀다. 다시금 선생님의 요구가 조금 높은 목소리로 터져 나왔다.

「어서, 질문들 하시라니깐요.」

「그럼, 제가 질문 드릴까요, 스님?」

「그러시지요.」

「그런데 왜 자꾸만 공부가 잘 안 됩니까?」

그야말로 불교의 경전에 대한 고고한 철학적 질문이 나오고 그래서 우리는 그 뜻조차도 헤아리기 어려울 것이라 싶었는데, 이게 웬일인가? 고작 초등학교 학생들이나 할 법한 질문이 쏟아졌으니 웃음이 절로 나올 수밖에. 그런데도 스님들은 매우 심각했다. 아무도 웃지 않았다. 모두가 그 질문에 대한 대답을 찾느라고 생각에 깊이 빠진 듯싶었다. 드디어 선생 스님이 한참 후에 말문을 열었다.

「그것을, 스님께서는 아직도 깨닫지 못하셨나요?」

「예, 스님. 나무아미타불 관세음보살.」

선생 스님이 드디어 말했다.

「공부를 안 하니까 안 되지요!」

「깨달은 바 매우 큽니다.」

세 학생 스님이 이구동성으로 말했다. 이 스님들의 교수·학습 장면에서, 나는 참으로 깨달은 바가 컸다. 명색이 대학에서의 교수·학습과 교육과정을 20년간 전공해 온 교수지만, 나는 그날 스님들의 그러한 진리에 새삼 깨달은 바가 컸다. 서양학자들의 이론을 가져다가 학생들한테 설명해 준 내가 부끄럽기까지 했다. 그래, 맞아. 공부를 안 하니까 공부가 안 되는 것이지. 그것은 이 세상 모든 것을 다

떨구어 버리고 산중에서 50년 넘게 공부만 하신 스님들이 일깨워 준 진리였다. 그런데 왜 나는 아직 그것을 몰랐을까? 참으로 답은 가까운 데 있다. 평범한 삶 속에 있다. 진리는 바로 그러한 삶 속에 있는 것인데, 우리는 마치 그것이 신비스러운 것인 양 헤매고 다니지 않는가 느껴질 때가 많다.

모든 사람들이 보편적으로 갖고 있는 욕심에는 세 가지가 있다. 첫째는 돈을 많이 버는 일이고, 둘째는 자식을 많이 가르치는 일이고, 셋째는 건강하게 오래 사는 일이다. 이 세 가지를 성취하기 위하여 사람들은 너 나 할 것 없이 모두 동분서주한다. 남보다 그런 것들을 빨리 많이 성취하기 위해서 사람들은 온 신경을 곤두세우고 온갖 노력을 기울인다. 뾰족한 수를 궁리하고 신비스러운 방법을 찾는다. 어떻게 하면 많은 돈을 단박에 거머쥘 수 있겠는가. 증권투자를 한번 해볼까. 주식을 팔고사고, 사고팔고 몇 번 하면 될까. 자녀 교육에 무슨 비법은 없겠는가. 몇 달 만에 아이 성적을 쑥쑥 올릴 수는 없는가. 쪽집게 과외선생이 있다는데 한번 찾아가 볼까. 건강하게 오래 살려면 곰 발바닥을 먹어 두는 게 좋은가, 노루피를 마셔 볼까, 뱀 쓸개를 소주에 타 먹으면 좋다는데, 아니야 곰 간을 그것도 살아 있는 곰에서 채취한 간을 먹으면 좋다는데……. 그야말로 온갖 비법을 찾는 데 시간과 돈, 정열을 쏟는다. 한마디로 신비주의에 빠져 있다.

돈 버는 일이나 자녀 교육이나 건강유지는 신비주의로 이루어질 수는 없는 것이다. 혹 그렇게 해서 성공을 거둔 사람이 있는지는 몰라도 그 사회가 건전한 사회가 되려면 그러한 신비주의가 통해서는 안 된다. 그저 하루하루 열심히 일해서 돈 벌고, 번 돈은 아껴 쓰는 검소한 생활 속에 저축을 하는 사람이 잘살 수 있어야 한다. 공부도 그렇다. 우직스럽게 앉아서 스스로 열심히 공부하는 아이들이 정말 좋은 성적을 얻는 그런 풍토가 되어야 한다. 건강도 그렇다. 세 끼

밥을 거르지 않고 잘 먹고, 먹은 만큼 또 열심히 일하다 보면 건강은 저절로 유지되는 것 아니겠는가? 그럼에도 왜 우리는 그러한 평범한 진리들을 외면한 채 비법만 찾아 헤매는가?

부모들이 자녀 교육에 관해서 잘못 생각하고 있는 한 가지 믿음은, 무엇인가 아이들 학습에 비결이 있을 것이라는 믿음이다. 물론 부분적으로 그러한 것들도 있고, 또 그것이 먹혀들어 갈 때도 있다. 이를테면, 기억을 잘하도록 하는 테크닉 같은 것이 그렇다. 속셈에도 그런 것이 있지 않던가? 예컨대, 75×75는 뒷자리 5끼리 곱해서 $5 \times 5 = 25$, 앞 7의 경우는 하나를 더해 8로 해서 7을 곱하면 $8 \times 7 = 56$, 그 다음 이 둘을 나란히 쓰면 5625가 된다든지 하는 식의 잔꾀도 있다. 그러나 그런 것은 알아 두면 편리한 정도의 팁(tip)과 같은 것일 뿐, 그것이 학습의 진수는 아니다.

광고에서 보면 어떤 학습지가 이번 수학능력시험문제 중 90퍼센트를 적중했느니, 또 어떤 학원에서 실시한 모의시험문제 중 몇 개가 이번에 적중했느니 한다. 물론 그러한 학습지나 모의시험이 훌륭한 능력 있는 전문 교사들에 의해서 연구된 것이기에 그럴 수도 있다. 그러나 그렇다고 해서 그러한 학습지나 모의시험문제가 곧바로 학생들이 입학시험을 준비하는 데 있어 남달리 특별한 비법인 양 인식되어서는 안 되는 것이다. 그러한 것을 포함해서 그야말로 꾸준히 공부하는 학생들이 결국엔 공부를 잘하는 것임을 부모들은 이해해야만 할 것이다. 적중률이 높았다고 해서 어찌 그것만을 시킬 수 있겠는가 하는 점이다.

우리네 부모님들 세대를 생각해 보라. 그들은 지금의 우리들처럼 학교를 많이 다닌 것도 아니다. 심리학이나 교육학을 책으로 접해 본 분들도 아니다. 그저 일상생활 속에서 그들 스스로 무엇이 진정한 자녀 교육인가, 어떻게 하는 것이 진정 자녀를 도와 성장하도록 하는 것인가를 깨닫고 몸소 실천한 것이다. 그들은 이렇게 일상생활 속에서 지혜를 얻어 자녀를 가르쳤어도 사회에서 제 몫을 하도록 돕지 않았던가? 부모가 무식해서 자식을 가르칠 수 없다는 믿음은 지극히 잘못된 것이다. 부분적으로는 참일 수 있어도 모든 경우에 참인 것은 아니다.

요즘 중학생을 둔 많은 엄마들이 학원에 다닌다고 한다. 수학을 배운 뒤 집에 가서 아이들을 가르치기 위해서란다. 그 정성과 열성을 생각하면 눈물겹다. 자식이 무엇인지, 그저 공부를 잘하도록 하기 위해서 엄마가 온갖 방법을 다 쓰고 있다. 그리고 자식을 위해 못할 것이 없다는 그들의 약해진 마음을 상업적으로 이용하는 사람들로 인해, 자녀 교육의 비법을 찾는 엄마들이 자꾸 늘어나고 있는 듯싶다. 엄마가 컴맹을 극복하고 그래서 자녀들과 의사소통을 하고, 또 변화하는 시대에 뒤떨어지지 않기 위해 컴퓨터를 배우러 다닌다고 하면, 그것은 참으로 높이 칭찬할 만한 일이다. 그러나 그런 것이 아니고, 그저 자녀의 성적을 올리는 데 필요한 묘법에만 혈안이 되어 찾아다니는 헛된 수고를 해서야 되겠는가?

자녀 교육에는 결코 비법이 없다. 수학문제 풀이에도 비법은 없을 성싶다. 마찬가지로 인간문제 해결에도 비법은 없다. 성실히 모든 노력을 했는데도 불구하고 한 가지를 잘못 생각하여 원하는 결과를 가져오지 못하였을 때, 그 감추어진 비밀을 찾아내는 것이 진정한 의미의 비법일 것 같다.

진정 자녀를 사랑하고 위하는 교육이어야 한다

「엄마, 나 밥 줘!」
「지금 몇 신데 벌써 밥을 달라는 거니? 밥 아직 시작도 안 했는데, 왜 밥 먹고 어디 갈 데 있냐?」
「아니, 우선 밥부터 먹고 공부하려고!」
「너는 꼭 밥부터 먹고 공부를 하려고 하니? 밥 먹어서 배 잔뜩 부르면 졸리기나 하지. 잔소리 말고 들어가 공부하고 있어, 그러면 엄마가 이따가 밥 해줄게. 들어가서 지그시 공부하고 있어, 밥 다 해놓고 부를 때까지!」
「그럼, 그냥 빵 같은 것 없어?」
「없어!」
「그럼, 나 라면이나 끓여 먹을까? 라면 끓여 주실래요?」
「글쎄, 얘는 왜 이렇게 먹는 타령이야, 몇 끼 굶은 애처럼.」
「밥 먹고 공부할 거란 말이야!」
「시끄러워, 들어가 공부해. 밥 한 끼 늦게 먹어서 죽는 사람 없어, 그리고 지금 아직 저녁 먹을 때도 아니잖아. 엄마가 말했잖아, 공부는 오히려 조금 배가 고픈 듯해야 잘된다고. 그게 모두 다 너를 위해서 하는 소리야. 엄마가 언제 너 잘못되라고 한 적 있니?」

엄마는 '다 너를 위해서'란다. 엄마가 자식을 너무도 끔찍이 사랑하기 때문에 밥을 안 준다는 것이다.

정말 그런 것일까? 정말 사랑하기 때문일까? 아니면, 엄마가 귀찮아서 그런 것일까? 엄마의 편리를 추구하기 위함이거늘, 그럼에도 사랑하는 자식을 위해서 그런다는 것은 아닌가. 한번쯤 생각해 보아야 할 것 같다.

우리 부모들은 사랑하는 자녀를 위해서 어쩔 수 없이 그렇게 한다고 자신들의 행동을 합리화시킨다. 물론 그런 부모의 행동이나 믿음이 부분적으로 참일 때도 많다. 잘못한 어린아이에게 회초리를 들고 매를 칠 때, 정말 매 맞아 아파하는 자식 이상으로 고통스러워하면서도 자식을 바른 길로 인도하고자 사랑에 가득 찬 매를 드는 부모도 있다. 우리의 옛날 부모님들이 대부분 그러셨다. 희생과 사랑, 어쩌면 그것이 모든 부모의 자녀에 대한 숭고한 철학이었을 성싶다. 그러나 요즘 많은 부모들, 특히 젊은 부모들의 사랑이란, 다 너를 위한다는 미명으로 무의식중에 자신들의 편익을 추구하고 있는 것은 아닌가 하고 느낄 때가 종종 있다.

부모들의 그러한 이기적인 자기 편익 추구는 일상생활에서 왕왕 일어나고 있다. 아이들이 옷을 골라 입는 일부터 공부하는 시간과 장소를 정하는 것, 또 잠자리에 드는 시간까지 그야말로 헤아릴 수 없이 많은 경우에서 위장된 사랑이 나타나고 있다. 그러한 사랑은 대체로 부모의 그릇된 신념에서 싹터 하나의 습관으로 고착된다. 그리고 부모는 그것이 진실인 양 행동할 때가 많다.

이러한 부모의 행동에는 대체로 두 가지 믿음이 깔려 있다. 하나는 부모의 생각대로 아이들이 행동하도록 하는 것이 결국 훗날 문제도 안 생기고 시간도 절약되고 아이를 보호할 수 있다는 것이다. 그리고 그렇게 하는 것이 결국 아이들을 위하는 것이라는 생각이다. 또 다른 하나는, 지난날 자신의 행동습관과 원칙이 바람직한 것이어서 아이에게도 그것을 그대로 학습시키고 따라 하도록 한다는 것이다. 결국 그것은 부분적으로 참일 수밖에 없는 믿음이 바탕에 깔려 있는 것이다.

엄마와 중학교 3학년에 다니는 아들이 학습방법에 대해 서로 의견을 달리하면서 고집을 피우고 있었다.

「애, 너 영어공부는 그렇게 하는 것이 아냐! 너 지금 이것 봐. 너이 단어 무슨 뜻인지 모르잖아. 그런데 왜 사전 찾아서 적지 않는거냐? 우선 단어를 찾으면 공책에다 쭉 적어. 너희 선생님이 단어장 정리하라고 안 시키시던?」

「여기 하고 있잖아요. 여기 찾아 적고 있잖아요.」

「아니, 이 단어는 네가 잘 모르고 있는 것 같은데, 왜 안 찾아 적느냔 말이야?」

「그건 벌써 그전에 찾아서 한번 적었던 단어예요.」

「그걸 네가 어떻게 알아?」

「전 보면 알아요. 여기 보세요. 지금 사전에 빨간색으로 번호가 써있지요? 그러니까, 이 단어는 공책에 213번째로 적은 단어란 말이에요. 사전 찾을 때, 나는 사전에다 번호를 적고 그 똑같은 번호를 공책에다 적어서, 같은 단어를 두 번 다시는 공책에 적지 않는단 말이에요.」

「그래도 이것아, 모르면 또 찾고 또 적어야지! 야, 한번 찾았다고 다시는 안 찾니? 너, 밥 한번 먹었다고 다시는 안 먹니? 그렇게 공부를 해서 어쩌자는 거야. 그럼, 너 그게 열 개 스무 개가 되든 사전 뒤져 봐서 옛날에 한번 찾아 적었던 단어면 적지 않고 그냥 넘어가냐? 그래서 나중에 백 개 천 개 되도 그냥 넘어갈 거냔 말이야! 이 바보야! 적어! 그냥 적는 것이 좋은 거야. 모르면 백 번 천

번도 다시 적어야지. 너, 이제 보니까 공부를 아주 편하게 하려고 한다.」

「그런 게 아녜요. 저는 저 나름대로 생각이 있어 그러는 거란 말이에요.」

「생각은 네까짓 게 무슨 생각이야! 잔소리 말고 엄마가 시키는 대로 해. 엄마는 옛날에 그렇게 해서 1등만 했어(진짜인지는 모르겠지만). 엄마는 옛날에 한번 찾았던 단어도 까먹으면 다시 백 번이라도 찾아 적었어. 너도 그렇게 해. 군소리 말고 엄마가 하라는 대로 하면 돼. 이게 다 모두 너를 위해서 하는 소리인 줄이나 알아!」

아들은 더 이상 엄마한테 대꾸를 하지 않는다. 그저 「알겠어요」 하는 식으로 엄마를 방에서 빨리 내보내려고만 한다. 괜스레 자꾸 자기 생각을 설명했다가는 엄마의 얘기가 길어질 듯싶어, 엄마의 말대로 따라 할 생각도 없으면서 「알겠어요」를 자꾸 반복한다.

사실 아이는 중3에 올라오면서 새로운 각오를 했고, 영어공부를 좀 더 단단히 해볼 요량으로 이런 궁리를 했다. 교과서에 나오는 단어를 모르는 것은 처음부터 하나하나씩 찾아서 공책에 적되, 번호를 붙여 나가기 시작했다. 예컨대, 'extend'라는 단어가 무슨 뜻인지 모르면 사전을 찾아 그 단어에다 1번부터 시작해서 지금까지 계속되어 온 해당 번호를 붙였다. 58이라 하면, 이는 중3에 올라와서 자기가 58번째로 모르는 단어를 의미하는 것이다. 그리고 단어장 공책에도 58번이라 쓰고 단어의 뜻을 적고 외웠다. 1번부터 시작해서 58번까지 왔으니, 그 가운데 한 단어라도 잊어버리지 않았으면 그 아이는 중3에 올라와서 모두 58개의 새로운 단어를 외운 셈이다. 이렇게 해 놓고, 잊어버려서 번호가 붙어 있는 어떤 단어를 다시 찾게 되면, 그 아이는 「아, 이것은 37번이니까, 그때 2과에서 나왔던 단어였는데 벌써 까먹었네. 이럴수가 있나. 다시 철저히 외워 두자!」 하는 생각으로 까먹은 자기 자신을 질책하고, 다시는 잊어버리지 않도록 몇 번이고 연습하여 외워 두는 것이었다. 그리고 그 번호가 하나둘 늘어가는 것에 대해서 은근히 쾌감도 느끼고 가슴 뿌듯한 성취감도 느끼고 있는 것이다. 그리고 이러한 번호매김은 학습결과를 자기 스스로 평가하는 기준으로 작용하기도 하였고, 학습성취도를 가늠하는 잣대 역할도 하였던 것이다.

그 아이는 자기 나름대로 영어단어 학습방법을 개발하여 이끌어 나간 것이었다. 그럼에도 그런 것을 제대로 이해 못하는 엄마는 「그렇게 해서는 안 돼, 다 쓸데없는 짓이야. 무조건 엄마가 하라는 대로만 해! 그래서 손해날 것 없어. 아무렴 엄마가 네 공부를 망치려고 그러겠니, 다 널 위해서 그러는 거야」 하면서 아들을 윽박질러 강제로 엄마의 말을 따르도록 하는 것이다. 그렇다면 이것이 정말 아이를 사랑하고 위하는 마음이고, 또 아이를 사랑하고 위하는 교육이겠는가? 이 속에는 엄마의 과거경험에 기초한 무모한 확신이 깔려 있는 것이고, 또 그렇게 지켜야만 자기 마음이 편하고, 아이의 안전도 도모할 수 있다는 그릇된 믿음이 깔려 있는 것이다.

부모와 자녀 사이에 학습방법을 놓고 이견이 있거나 충돌이 있으면 그래도 괜찮다. 아이의 공부방법까지 챙겨 주는 부모라면 그래도 자녀 교육에 관해서 꽤 많은 생각을 해온 부모일 테니까 말이다. 그러나 시시콜콜한 일에까지 자녀를 위한다는 미명으로 부모들이 간섭하고, 결국엔 부모 자신들의 편익을 추구하는 경우가 많음을 부인하기 어렵다.

「엄마, 저 일찍 잘래요. 졸려서 더 이상 공부 못하겠어요.」

「지금 몇 시인데 벌써 자냐? 10시도 안 되었는데! 너 그렇게 해서 내일 시험 잘 볼 수 있어?」

「일찍 자고 일찍 일어나서 하려고 그래요.」

「몇 시에 일어날 건데?」

「3시에 일어날 기예요.」

「얼씨구, 3시에 잘도 일어나겠다. 엄만 못 깨워줘.」

「제가 일어날 거예요. 염려 마세요.」

「하여튼 난 몰라. 지금 하고 자.」

「걱정 마세요. 안녕히 주무세요!」

결국 아이는 고집대로 하면서 깨워 주기 귀찮아하는 엄마에게 섭섭한 마음을 느꼈다. 그러나 내 힘으로 일어나야지 엄마한테 깨워달라고 해서야 되겠나 싶어, 아이는 자명종시계를 3시에 맞추어 놓고는 침대에서 손이 안 닿는 방바닥 저쪽에다 갖다 놓았다. 침대 머리맡 같은 곳에 놓아두면 잠결에 그냥 끄고 또 자버릴까 해서였다. 아이도 아이 나름대로 스스로 자기를 관리하는 방법을 터득한 것이다. 물론 아이가 자기 힘으로 일어나도록 하는 엄마의 양육태도는 나무랄 데가 없다. 문제는 엄마의 마음이다. 진정 어떻게 하는 것이 자녀를 사랑하고 위하는 것인가? 혹 맹목적인 사랑으로 모든 것을 챙겨 주고 대신해 줌으로 해서 자녀들 스스로 홀로 설 수 있는 기회를 박탈하는 것은 아닌가. 아니면 반대로, 아이들의 의지를 꺾고 부모의 뜻대로만 아이들이 따라오도록 만들면서, 아이들 스스로의 생각을 키울 수 있는 기회를 박탈하는 것은 아닌가.

부모들이 잠깐만이라도 자녀들의 입장에 서서 무엇이 진정 그들을 위한 것인지 생각해 볼 수 있으면, 벌써 그것만으로도 자녀를 진정 위하는 교육이 되는 것이다.

자녀는 무한한 가능성을 지니고 있다

누군가로부터 전해 들은 꽤나 의미 있는 이야기가 하나 있다. 그리스에 가면 지중해에 면하고 있는 어떤 조그만 마을이 있다. 옛날에 이 마을에 살던 사람들은 늘 마을 저편에 있는 바다쪽의 절벽이 근심 걱정의 대상이었다. 그 절벽 아래로 실족해서 마을 사람들이 심하게 다치고 죽기까지 하는 것이다. 외진 조그만 마을이라 병원도 없고 또 큰 병원으로 응급환자를 싣고 가려면 꽤나 시간이 걸려서, 마을 사람들은 언제나 걱정을 안고 살았다. 그래서 그들은 군청에다 간이 병원이라도 하나 지어 줄 것을 요청했다. 어느 정도 응급처치를 할 수 있는 병원을 지어 달라고 했던 것이다. 이내 그들의 요구는 받아들여졌다. 그러나 마을 사람들은 그것은 임시 방편에 불과할 뿐, 근본 대책이 되지 못한다고 생각하여 안전을 영구히 보장할 수 있는 방법으로 그 절벽 쪽에다 울타리(방벽)를 쳐달라고 하였다. 군청에서 마을 사람들의 두 번째 요구도 들어주었다. 병원도 지어 주고, 또 완전한 안전을 보장하는 울타리도 쳐주었다.

그 후 오랜 세월이 흘렀다. 마을을 떠났던 어떤 사람이 돌아와서 고향을 살펴보니 마을은 지중해 연안의 관광지로 발전되어 있었다. 그 옛날 공포와 불안의 대상이 되었던 절벽은 동굴 모양으로 파여지고, 그곳에 엘리베이터까지 가설되어 있었다. 파인 동굴에는 카페가 들어섰고 마을 곳곳에는 많은 위락 시설이 갖추어져서 관광객을 끌어들이고 있었던 것이다. 누구나 살기 싫어했던 그 외지고 볼품없던 조그만 마을이 아름다운 관광명소로 새롭게 창조된 것이었다.

이 이야기에는 세 가지 변화 단계가 있었다. 첫 단계는 우선 당장의 문제부터 해결하는 단계였고, 둘째 단계는 문제를 사전에 예방하는 단계였다. 그리고 셋째는 개발의 단계였다. 이러한 사고의 진전은 마치 의학의 발달과도 흡사하다. 치유적 의학이 먼저 발달하고, 다음에 예방의학이 발달하고, 그 다음에 사람들의 건강개발에 대한 관심이 증대되고 있는 것과 마찬가지다. 또한 이는 상담의 역사적인 발전과도 맥을 같이한다. 처음엔 내담자의 문제를 치유하는 치료적인 상담이 주류를 이루었지만, 그 다음엔 예방적인 차원의 상담으로, 그리고 지금은 자아개발을 위한 상담이 주류를 이루는 것과도 비슷하다.

그러나 이 이야기를 통해서 내가 강조하고 싶은 것은 인간은 무한한 개발 가능성을 지니고 있는 존재라는 것이다. 그저 보잘것없는 절벽이 관광명소로 새롭게 창조되고 개발되었듯이 인간의 모습도 그런 것 아닌가 싶다. 예컨대 지금 어떤 10대 소년을 보고 생각하면, 겉으로 보기에는 그야말로 여드름투성이 얼굴에다 꺼무죽죽하고 학교 공부도 별로 신통치 않고 그렇다고 뭐 특별한 재능이 있어 보이지도 않고 대학도 어쩌면 못 갈 것같이 보이는, 그저 그런 소년일 수도 있다. 그러나 그가 훗날 어떠한 모습으로 새롭게 창조되고 개발될지는 아무도 예측하기 어렵다. 다만 그도 누구 못지않게 성장하고 발전할 수 있다는 가능성만 있을 뿐이다.

이렇듯 모든 사람은, 어린아이이건 어른이건, 남자이건 여자이건,

또 배운 사람이건 못 배운 사람이건, 부자이건 가난한 사람이건 간에, 그야말로 하나님이 이 땅에 창조하신 모든 인간은 미래에 오늘보다 더 큰, 더 나은 모습으로 재창조되고 발전될 수 있다는 가능성을 지니고 있는 것이다. 이렇듯 인간의 성장 발달 가능성은 무한히 열려 있음에도, 어떤 부모들은 자녀의 그러한 성장 발달 가능성을 운명적으로 부정하고 믿지 않으려는 왜곡된 의식을 형성하고 있음에 비탄하지 않을 수 없다. 부모들의 그러한 의식 뒤편에는, 이를테면 어떤 선천성에 대한 과신이 번져 있는 듯싶다.

공부를 썩 잘하지 못하는 중학교 3학년 아이가 어느 날 성적표를 엄마 앞에 내놓았다. 1학년 때는 반에서 46명 중 38등, 2학년 때는 45명 중 35등을 했다. 그리고 지금 중학교 3학년에 와서 처음 1학기 중간시험을 본 것이다. 성적은 역시 그리 좋지 않았다. 45명 중 36등이었다.

「이걸 성적표라고 내놓니? 뭐가 대단하다고 내놔, 응? 이 녀석아, 창피하지도 않냐, 만날 바닥에서 헤매고 있는 것이?」

아이는 아무런 대답이 없다.

「다 때려치워, 일찌감치 때려치워! 수, 우, 미, 양, 가 아주 골고루 다 받아 오셨구먼. 왜, 엄마가 성적의 종류에는 어떤 것이 있는 줄 모를까 봐 골고루 받아 왔니?」

「다음엔 더 열심히 할게요.」

「열심히 해? 언제는 열심히 한다고 안 해서 못했었니? 과외는 아무나 하는 줄 아냐? 과외도 공부 잘하는 아이들이 하는 거야. 너 같은 아이는 과외를 시켜도 소용없어.」

아이는 계속 고개만 떨구고 있다.

「널 탓해서 뭐 하니. 널 나무라봤자 내 입만 아프지. 넌들 별 뾰족한 수가 있겠니. 씨는 어쩔 수 없는 걸. 하여간 씨는 못 속인다니까. 너의 박씨 집안에 대학 간 사람 있다더냐? 일찍이 대학 간 꿈

그만두고, 공업학교 가서 기술이나 배워! 요사이엔 야, 공업학교도 실력 있어야 간다더라. 하여간 웬수야 웬수. 그렇게 타고난 머리인데 내가 너한테 뭘 더 기대하겠니. 기대하는 내가 바보지.」

저녁에 아이의 아버지가 늦게 들어왔다. 늦게 들어온다는 전화도 없었고 게다가 저녁을 먹고 들어왔다. 그러면 먹고 들어온다는 얘기라도 할 것이지. 아이의 엄마는 불현듯 남편이 미웠다. 그렇지 않아도 아이의 성적표 때문에 기분이 몹시 언짢은 터였다.

「여기, 당신 장한 아들 성적표 있우! 한번 보시구려.」

「어떻게 했는데, 좀 올랐나?」

성적표를 길게 들여다볼 필요도 없었다. 성적표를 일견한 아버지는 아이를 소리쳐 부른다.

「야, 임마! 이걸 성적이라고 보여 주는 거냐?」

그리고 아버지의 일장 연설이 시작되었다. 아버지도 옛날에 공부를 열심히 안 해서 오늘날 이렇게밖에 살지 못하게 되어서 후회한다는 얘기, 그래도 너만큼은 남 부럽지 않게 공부시키고 싶다는 얘기, 또 대학 가려면 지금부터 해도 늦었다는 얘기, 모두가 아이에게는 백번도 더 들어온 얘기다. 옆에서 가만히 듣고 있던 엄마가 시비를 걸었다.

「애를 나무랄 게 뭐 있우. 다 당신네 씨 탓인걸.」

그래도 아버지는 농담으로 받았다.

「씨 탓이라니? 누구네는 밭 탓이라고 합디다. 씨가 아무리 좋아도 밭이 시원치 않으면 농사가 안 된다고 합디다.」

「그래도 할 말은 있으시구면. 우리 집안은 그래도 모두 다 대학은 나왔어요. 당신네 집안을 봐요, 누가 대학을 나왔는지. 어쩌다 겨우 당신 하나, 그것도 간신히 이름만 있는 대학을 나왔으니 애가 저 모양이지. 뭐 애를 탓해요?」

이 말에 아버지는 화가 몹시 났고, 결국 엄마와 아버지는 언성을 높여 싸우고 말았다. 누구 탓이냐가 화근이 된 셈이다. 누구의 탓이든, 하여간 아이는 선천적으로 그렇게 타고났기에 더 이상 기대할 가치조차도 없는 것인가? 정말로 선천성이 그렇게 중요한 것인가?

흔히들 지능은 타고나는 것으로 생각하고 있다. 선천성(유전성)과 후천성(환경성) 그 양자 중 어느 쪽의 영향이 더 큰가에 대해서는 아직도 학자들 사이에 의견이 분분하다. 그것에 대한 절대적인 해답은 앞으로도 꽤나 오랫동안 찾아내지 못할 것이다. 그러나 이제까지 밝혀진 것으로는 지능, 지력, 성격, 적성 등 모든 면에서 후천적 개발의 폭이 매우 크다는 점이다. 후천적으로 개발할 수 있는 가능성이 더 많다는 것이다. 그런데도 왜 우리는 부분적으로만 참일 수밖에 없는 왜곡된 믿음에 고착되어서, 자녀들에 대하여 자꾸만 부정적인 생각을 키워 가고 있는 것인가? 「콩 심은 데 콩 나고 팥 심은 데 팥 난다」는 속담은 선천성을 강조했다기보다는, 오히려 정직성을 강조한 것으로 생각하면 더 좋을 듯싶다.

물가에 가보면, 수면 위로 조그만 바위나 돌멩이가 불쑥 머리를 내밀고 있는 것을 볼 수 있다. 사람들은 언뜻 보기에 수면 위로 드러나 있는 크기와 모양새가 그것의 전부인 양 생각할 수도 있다. 그러나 그 밑을 들여다보라. 물론 수면 위로 나타난 것이 그 돌의 전부인 경우도 있지만 많은 경우에는 수면 위로 나타난 것보다는 엄청나게 큰 것이 물 아래 숨겨져 있음을 본다.

부모들이 자녀들을 볼 때, 아직 개발되지 않은 자녀들을 우리 부모들이 잘만 도와주면 엄청나게 발전할 수 있는 무한한 가능성을 지닌 아이로 바라보면 좋을 성싶다. 비록 지금 겉보기에는 공부를 좀 못해도, 생김새가 좀 못생겼어도, 하는 짓이 좀 얼떠 보여도, 그는 앞으로 얼마든지 그 어떤 분야에서 잠재되어 있는 가능성을 발휘할 수 있을 것이라고 생각해 주면 좋겠다. 결코 모든 것이 선천적으로 타고나서 고정되어 있는 것만은 아니기 때문이다.

남보다 빨리 배우는 것만이 이기는 것은 아니다

우리나라 사람들 성질 급한 것은 이제 국제적으로 소문나 있다. 얼마 전 신문에 실린 기사에 의하면 우리나라에 체인점을 갖고 있는 어느 외국식당 매니저가 종업원들을 교육시킬 때, 이렇게 말했다고 한다. 손님이 식탁에 앉으면, 3초 이내에 물을 갖다 주고, 5초 이내에 주문을 받고, 1분 이내에 음식을 내다 줘라 하는 식으로 말이다. 정확히 몇 초 몇 분이었는지는 기억에서 사라졌지만, 내용인즉 우리나라 사람들 비위에 맞추려면 잽싸게 접대를 해야만 한다는 외국인 매니저의 한국손님관을 읽고 나서 피식 웃은 적이 있다.

하기야 아주 옛날에는 지금보다 땅이 넓었고, 사람도 지금처럼 그리 많지 않았다. 또 사회의 흐름 자체가 더뎠으니 우리나라 사람들의 민족성이 은근한 끈기로 나타날 수도 있었을 것이다. 그러나 근세에 접어들어서는 땅덩어리는 좁아진 반면, 상대적으로 사람의 수는 엄청나게 늘었고, 자원도 적다 보니, 자연히 그 속에서 경쟁이 심해지고 너 나 할 것 없이 조급해졌을 성싶다. 결국, 국제 사회에서도 '한국인' 하면 조급한 사람들로 인식되고 있는 듯싶다.

물론, 그러한 조급한 심성이 꼭 부정적인 것만은 아니다. 무슨 일이든 일단 시작하면 빨리 끝맺고, 또 다른 일을 재빨리 시작하는 심성은 어쩌면 전후 짧은 기간 내에 커다란 경제적 발전을 가져온 밑거름이 되었는지도 모른다. 지체하지 않고 최대한 빨리 하려는 심성은 결국 우리 모두를 이만큼 발전시키지 않았던가? 어찌 보면 그러한 급한 심성은 근면성, 열성, 앞만 보고 내달리는 강인한 추진력 등과도 밀접한 관련이 있을 것이다. 그렇기에, 미국에 유학 온 외국인들 중에서도, 한국 학생들의 학위 취득 평균 소요기간이 가장 짧고, 또 성공률도 가장 높지 않던가? 또 미국에 이민 온 외국 사람들 가운데서 경제적 안정을 이루는 평균 소요기간도 한국인들의 경우가 가장 짧다고 하지 않던가? 그것은 그만큼 부지런히 일하고 뛰었음을 의미하는 것이다.

　이러한 조급한 심성은 가정의 자녀 교육에서도 그대로 나타나고 있는데, 그것은 대체로 긍정적인 측면보다는 부정적인 결과를 더 크게 낳고 있어 문제가 되고 있는 것이다. 특히, 「무엇이든지 남보다 빨리 많이 배우면 경쟁에서 이긴다」라는 부모들의 그릇된 신념이 큰 문제가 되고 있다.

　아이가 세상에 태어나자마자, 엄마들은 우선 아이가 신체적으로 남보다 빨리 크기를 바란다. 남보다 빨리 걷도록 별의별 수단을 다 동원한다. 기어 다니는 아이의 양팔을 붙들어 일으켜 세우고, 종아리를 때려 가면서 자꾸 오므라뜨리는 다리를 뻗으라고 하면서 훈련을 시킨다. 옹알이를 하기 시작하면 말을 가르치려 하고, 말하기 시작하면 그림책을 사다 주면서 글자를 익히도록 하고 셈도 가르친다. 그렇게 해서 유치원에 다닐 때쯤이면, 이미 글자를 깨치고 숫자를 이해하게 된다. 요즘엔 한술 더 떠서 영어까지 가르치느라고 바쁘다. 우리말도 아직 서투른 아이를 외국인 앞에 데려다 놓고는 그들로부터 영어 몇 마디를 배워 오도록 채근한다. 이렇게 해서 어떤 어린아이들은 이미 초등학교 입학 이전에 벌써 초등학교 1학년 과정에서 배우게 될 내용을 남보다 빨리 배우게 된다. 이러한 부모들의 욕심은 결국, 어린아이들을 여러 학원으로 몰아세우고, 여러 종류의 가정배달 학습지를 매일 밥 먹고 세수하듯 해내도록 길들인다.

초등학교 5, 6학년이 되면, 다시금 중학교 1학년 영어, 수학을 앞당겨 과외공부를 하도록 하고, 또 중학교 3학년이 되면 고등학교 1학년 영어, 수학을 배우도록 한다. 그런데 이상한 것은 왜 고등학교 3학년 때는 대학 1학년 것을 당겨 배우지 않는가? 대학원 입학시험이 대수롭지 않아서인가? 아니면 공부의 목표가 오로지 좋은 대학에 가는 것으로 끝나기 때문인가?

많은 부모들은 무조건 모든 것을 남보다 앞서 배우면 좋은 줄로 안다. 남을 이긴다고 생각하는 것이다. 그러나 결코 그렇지 않다. 유치원이나 초등학교, 중학교 등 기초 교육과정에서는 무엇보다 기본 개념을 완전하고 철저하게 습득하는 것이 중요하다. 얼마나 많은 지식을 아느냐가 중요한 것이 아니라, 기본적인 지식을 어떻게 배웠느냐가 더 중요한 것이다. 비유해서 말하면, 이 시기는 앞으로 짓게 될 아주 크고 높은 건물의 기초를 세우는 일과 비슷하다. 땅을 깊게 파고 그 안을 단단히 다져서, 그 위에 세우게 될 건물이 아무리 높고 크다 해도 흔들림이 없도록 기초공사를 철저히 해야 하는 것이다.

공부도 그렇다. 앞으로 평생을 두고 공부해야 하는 평생학습 사회가 도래하고 있는 이때, 더욱 중요한 것은 어린시절에 기초적인 개념과 기본적인 학습기능을 습득하는 것이다. 그럼에도 그러한 일에는 별로 신경을 쓰지 않고, 그저 죽어 있는 지식이나 개념들만 당겨서 배우려고 하는 데 문제의 심각성이 있다. 대체로 그러한 지식을 남보다 당겨서 배운 아이들은 중학교 때까지는 남보다 성적이 훨씬 좋고 앞서는 것 같지만 그 후 고등학교, 대학으로 갈수록, 또는 대학원까지 이를 때는 기초가 약해서, 학습기능이 부족하고 결국엔 인생의 긴 승부에서 패배하는 수가 많은 것이다.

또한 어렸을 때는 그러한 지식습득 이외에, 적절한 운동과 정서적 활동을 통해 체력도 키우고 감성도 배양하여야 하는 것이다. 그러나 지나치게 많은 주지적인 학습 때문에 어린이들이 그러한 체력과 감성을 키울 수 있는 시간적, 공간적 기회를 갖지 못한다면, 그것은 어린이들의 전인성 발달에 엄청난 장애를 가져다준다. 그렇기에 특히 국민보통교육으로서 의무교육에 속하는 초등학교와 중학교 시절까지는 가능한 한 어린이들을 경쟁상황으로 몰아넣지 않는 것이 바람직하다. 물론, 교육제도에도 문제가 있고, 또 사회의 구조적인 모순과 학부모의 무분별한 경쟁심리까지 작용하여, 어린이들이 그러한 경쟁상황 속으로 내몰리고 있음을 이해 못하는 것은 아니다. 더욱이 남들은 과외다, 학습지다, 학원이다, 뭐다 하면서, 죄다 하고 있는데, 내 자식만 안 시키면 자못 불안해지는 부모들의 심리까지 크게 작용하고 있음을 이해 못하는 것은 아니다. 그럼에도, 나는 많은 부모들에게 주체적인 판단과 심리적 여유를 가지라고 적극 권하고 싶다. 남들이 어떻게 하든, 무슨 과외를 시키든 자신만큼은 분명한 주관과 심리적인 여유를 갖고 자녀 교육에 힘써 주길 바라는 것이다. 뷔페 식당에서, 일행 중 어떤 사람이 남보다 빨리 많은 것을 갖다 먹었다고 해서, 그가 결코 더 많은 것을 먹은 것도 아니고, 또 먼저 일어나 나가는 것도 아니다.

이런 생각에서, 나는 1995년 5월 31일에 발표된 정부의 교육개혁안 중에서, '초등학교 입학연령 탄력적 운영'이라는 개혁안에 결코 동의를 하기가 어렵다. 교육개혁안에 따르면, 「만 6세가 되지 않으면 초등학교에 입학할 수 없게 되어 있는 규정을 개정하여, 만 5세아의 경우에도 학부모가 원하고, 소정의 신체검사 및 능력검사 결과 수학능력이 있다고 판정 받으면, 학교의 수용능력 범위 내에서 취학이 가능하도록 한다」는 것이다. 여기에서 보면, 우선 5세 입학이 가능한 어린이의 수는 제한될 수밖에 없을 것이다.

그렇다면 누가 5세에 입학할 수 있겠는가? 이에는 세 가지 조건이 있다. 첫째는 학부모가 원해야 한다. 원하지 않는 부모가 있겠는가? 둘째는 소정의 신체검사에 통과해야 한다. 요즘 어린아이는 대체로 신체발육 상태가 좋다. 키가 작아서, 몸무게가 적어서 떨어지는 아이는 없을 것이다. 만약 그렇다면, 우리네 엄마들은 모두가 자기 아이를 신체적으로 빨리 크도록 하기 위한 온갖 노력을 기울일 것이다. 셋째는 소정의 능력검사이다. 물론 구체적으로 그것을 어떻게 심사할지는 모르지만, 세 가지 조건 중 아마 제일 까다로운 조건이 이 능력검사 관문일 것이다.

그렇다면, 학부모들은 어떻게 할 것인가? 인원수도 제한되어 있고, 아이의 능력도 좀 부족하니 우리 애는 남들처럼 6세(대부분 어린이의 경우 실제는 만 7세. 단 1, 2월생은 6세)에 들어가도록 기다리고 있을까? 아닐 것이다. 무슨 수를 써서든 남의 아이가 5세에 들어간다는데, 우리 애는 왜 거기에 못 끼는가 싶어 난리를 피울 것이다. 그러면 불 보듯 뻔한 것은 무엇이냐? 방법은 조기과외뿐이다. 초등학교 입학을 위한 조기과외 열풍이 일 것이다. 세 살, 네 살 때부터 아이들은 초등학교 입학을 위한 과외를 받게 될 것이다. 그러면서도 한편으로는 이번의 교육개혁안은 과외를 해소하는 데 상당한 효과를 거둘 것이라고 하니, 어떻게 이와 같이 모순되는 개혁안을 내세울 수 있었는지 자못 의심스럽다.

물론, 이번에 발표된 교육개혁안은 위와 같이 몇 가지 문제가 되는 정책들을 빼고는 전체적으로 획기적인 개혁안이기는 하다. 그러나 찬찬히 들여다보면, '초등학교 입학연령 탄력적 운영'처럼 교육의 본질에서 벗어나고, 특히 인성을 함양하겠다고 내세운 목표에 오히려 역행하는 개혁안들이 포함되어 있음을 지적하지 않을 수 없다. 이러한 정책들이 바로 우리네 학부모들을 '열'나게 만드는 것이다. 정부는 학부모들의 과잉 교육열이 우리나라 교육문제 해결의 걸림돌이 되는 것으로 말하고 있지만, 그 책임은 바로 정부에 있을 성싶다. 그러한 정책이 우리네 학부모들의 과잉 교육열을 부채질하지 않았는가!

이러한 정책은, 그렇지 않아도 우리네 부모들이 갖고 있는 무엇이든 빨리만 배우면 좋겠다는 그릇된 신념을 더 확고하게 만들고 있어 안타깝다. 그러나 여기서 다시금 분명히 밝혀 둘 일은 조기학습만이 능사가 아니라는 점이다. 그런 점에서 나는 조기 영어교육도 반대해 왔다. 영어를 일찍 배우지 못해서 우리 아이들의 영어실력이 뒤처지는 것은 결코 아니다. 중학교 때부터라도 제대로 가르치고 배우도록 하면 영어를 잘할 수 있다. 그렇다면, 중학교 때부터 배우게 되는 영어교육을 전면 쇄신하여 그 질을 높이는 것이 중요하지, 초등학교 3학년부터 가르치는 것으로 앞당기는 것이 중요한 것은 아니다. 이러한 정부의 정책이 자꾸 우리네 부모들의 무모한 조기교육열을 부채질하고 있어 안타깝기 이를 데 없다.

제2장

신세대는 어떤 환경에서 성장했는가

고등학교에 다니는 아들녀석이 학교에서 돌아왔다. 집 안에 들어서자마자, 가방을 팽개치듯 책상 위에다 내려놓고는, 의자에 털썩 주저앉아 두 손으로 얼굴을 감싸고 있다. 여느 때처럼, 「엄마, 학교에다녀왔습니다」하는 인사도 없다. 「왜 그럴까, 쟤가?」 엄마가 아이의 방으로 다가갔다.

「왜 그러니? 오늘 무슨 일 있었니?」

「없었어요. 아무 일도 없었어요!」

「근데 기분이 왜 그래?」

「아유! 몰라요. 나도 왜 그런지.」

「모르다니, 아니 왜 집에 오자마자 화가 나서 그러는 거냔 말이야?」

요즘 아이들은 객관식으로만 문제를 풀어서 그런지 주관식 물음에 대해서는 대답이 없다. 모른다는 말만 할 뿐이다. 그래서 이제 엄마는 선택형으로 물었다.

「왜, 오늘 학교에서 벌 받았니?」

「아녜요. 벌은 무슨 벌을 받아요?」

「그럼, 친구들하고 무슨 문제가 있었니?」

「없었어요. 글쎄, 별것 아니라니까요.」

「그럼, 용돈이 떨어졌니?」

「그것도 아녜요.」

「그럼, 공부가 잘 안 되어서 그러니?」

「아유 참, 글쎄 다 아녜요.」

네 가지 답지를 주고 물어봤지만, 모두 다 아니라고 한다. 그러면 도대체 무엇 때문에 집에 오자마자 신경질부터 부리는 것일까?

엄마는 한번 더 물었다. 자연히 언성이 높아질 수밖에 없었다.

「그럼, 도대체 왜 그래?」

「글쎄, 나도 몰라요! 그냥 기분이 그래요.」

「나와서 밥이나 먹어!」

「싫어요! 이따 먹을래요.」

「싫으면 관둬라, 뭐 네가 배고프지 내가 배고프냐!」

엄마는 아들의 방문을 쾅 닫고 나와 버렸다.

「조그만 자식이 신경질을 내고 그래. 성질은 꼭 자기 아버지를 닮아 가지고, 닮을 거는 안 닮고 쓸데없는 것은 어찌 그리 빼닮았노?」

혼자 중얼거리면서 부엌에 들어간 엄마는 잔설거지를 마쳤다.

그러면 아이는 왜 화가 났을까? 화난 이유를 굳이 무엇 때문이라고 꼬집어 말할 수는 없지만, 그래도 자기 자신은 어렴풋이 아는 듯했다. 그러나 아이는 지겨운 듯 씻지도 않고 옷도 벗지 않은 채 침대에 누워 버리고 말았다.

우리 신세대 아이들은 도대체 어떤 생각을 하고 돌아다니며, 어떤 식으로 판단하고, 어떤 식으로 행동하는 것일까? 저 작은 머리통 속에 도대체 무슨 꿍꿍이 생각을 하고 있으며, 저 작은 가슴속에 무슨 비밀을 가득 담고 있는 것일까? 부모들 마음은 답답하기 이를 데 없다. 항상 내 품 안에 있다고 생각해 왔는데, 때때로 그들이 저만치 멀게 느껴지는 까닭은 무엇인가?

사람은 누구나 가슴에 갈등을 안고 산다. 갈등 없는 사람은 아무도 없다. 그렇기에 갈등은 비정상적인 것이 아니다. 갈등은 지극히 보편적이고 당연한 것이다. 또한, 갈등은 언제나 보다 나은 발전을 가져오기 위한 출발선이다. 그렇기에 갈등을 창조적 갈등이라고도

하지 않는가? 갈등이 있음으로 해서 사람들은 더욱 성숙해지고 발전하는 것이다. 갈등이 없는 삶을 산다는 것은 달리 말해서 죽어 있는 삶이나 마찬가지다. 어떤 부부는 우리는 단 한 번도 싸운 적이 없고, 싸울 일도 없다고 하면서 부부간의 화평을 자랑스럽게 이야기하지만, 실상 그런 부부관계는 죽어 있는 관계라고도 할 수 있다. 부부간에도 때때로 갈등이 있어야 애정을 더욱 돈독하게 할 수 있는 것이다. 옛말에도 그러지 않던가? 비 온 다음에 땅이 더 굳어진다고. 또 아이들이 아프면 뭐라고 하던가? 더 크려고 아프다고 하지 않던가! 문제는 갈등이 생겼을 때, 그 갈등이 창조의 출발점이 되도록 어떻게 관리하느냐이다. 흔히 갈등을 해소시킨다고 하지만, 갈등은 결코 해소될 수도 없다. 갈등을 안고 살아가면서, 그것을 삶의 일부분으로 수용하고 관리해 나가야 하는 것이다. 그렇다면, 우리 자녀들은 도대체 가슴속에 어떤 갈등을 안고 살아가고 있는 것일까?

갈등의 원천에는 세 가지가 있다. 첫째는 자아 내적인 상태에서 오는 갈등이다. 이는 다분히 심리적인 갈등이다. 둘째는 자기 밖의 세계, 특히 다른 사람들과의 관계 속에서 야기되는 갈등이다. 그리고 셋째는 자기가 하고 있는 일에서 생겨나는 갈등이다. 즉, 어른의 경우는 직업, 아이들의 경우엔 공부가 이에 해당된다. 이 세 가지 갈등 원천에 기초하여 우리 청소년들이 겪는 갈등을 살펴보면 이렇다.

우선, 우리 자녀들, 특히 사춘기에 처하여 있는 아이들은 심리적으로 자아 내적인 갈등을 많이 겪고 있다. 도대체 나는 누구이며, 이 다음에 어떤 사람이 되어 어떤 일을 하게 될 것인가, 도대체 공부를 이렇게 해야만 되는 까닭은 무엇인가, 꼭 좋은 대학에 가야만 하는 것인가, 대학은 누굴 위해 가는 것인가, 날 위해서, 부모님을 위해서? 온갖 의문들이 꼬리에 꼬리를 물고 쏟아져 나온다. 가만히 책상에 앉아 그것들을 정리해 보려 하지만 정리가 안 된다. 여러 가지 질문들이 뒤엉켜 쏟아져 나오기 때문이다. 그래 모든 깃 다 잊어버리고,

어떻든 대학은 가야 한다니까 열심히 공부해 보자고 수없이 다짐하지만, 이따금 이렇게 찾아오는 의문들을 어쩌겠는가? 책상 위에 이렇게 써붙여 놓는다. '잡념을 없애자.' 오죽하면 그런 것을 써 붙였겠느냐만, 엄마는 그것을 보고 큰소리치면서 야단한다.

「도대체, 네가 무슨 잡념이 있니? 지금 네가 잡념을 가질 때니? 아니 머리에 피도 안 마른 게 도대체 무슨 잡념이야! 돈을 안 주든, 먹여 주질 않든, 해달라는 것 다 해주는데, 그저 공부만 하면 되지, 무슨 잡념이 있니? 어째서 네가 그러는지 도무지 이해할 수가 없어!」

「그런데도 자꾸 잡념이 생기는 걸 어떡해요?」

아이는 엄마의 긴 꾸중을 그저 한 귀로 듣고 한 귀로 흘리면서, 가슴속에 소용돌이치는 생각에 자꾸만 중심을 잃고 빨려들어가고 있는 것이다. 한마디로 아이는 지금 자기 나름대로의 의미를 찾지 못해 헤매고 있는 것이다. 공부하는 의미, 대학가는 의미, 학교 다니는 의미, 더 크게는 살아가는 의미 등을 스스로 세우지 못해 머리를 움켜쥐고 앉아 있는 것이다. 이것이 아이들의 자아 내적인 갈등이다.

다음으로, 아이들은 자기 밖의 세계와의 관계지음에서 갈등을 겪기도 한다. 특히, 친구들과의 관계에서 자신의 위치를 어떻게 세우고, 자신의 욕구와 친구들 간의 욕구를 어떻게 조화롭게 조정하는가에 관한 갈등을 겪는다. 물론 집에 빨리 가야 하는 것도 안다. 과외 공부시간에 늦지 말아야 하는 것도 안다. 그러나 친구들과의 관계도 중요하다. 어른들 생각엔, 아이들이 모여 앉아서 떡볶이나 먹어대며 시시한 잡담이나 하는 것으로 생각하지만, 아이들은 그런 얘기를 통해서 서로를 느끼고 서로의 존재를 확인하는 것이다. 모처럼 친구들이 농구 한판 하고 가자는데, 그랬다가는 집에 늦기 때문에 거짓말을 해야 하고, 그런 작은 일에서도 아이들은 큰 갈등을 겪는다. 친구와의 관계만이 아니라 선생님과의 관계에서도 그렇고 가족 구성원과의 관계에서도 때때로 갈등을 겪는다. 이것은 모두가 사회적인 관계 지음에서 나타나는 갈등이다.

「그때 내가 말한 것은 그런 뜻이 아니었는데, 다른 사람이 오해하 고 있는 것 같아서 마음이 괴롭다.」

이런 식의 갈등도 경우에 따라서는 며칠 동안 아이를 괴롭힐 수 있다.

또한, 신세대 자녀들은 자기들의 본업인 공부에 대해서도 갈등이 많다. 누군 뭐 공부 잘하기 싫어서 못하나! 나도 잘하고 싶다. 나도 1등도 해보고 싶고, 좋은 대학에 여봐란 듯이 들어가고도 싶다. 그 러나 공부가 안 되는 것을 어쩌랴. 이번 중간시험에서는 꼭 지난번 보다 잘하겠다고 아무리 다짐을 하고 계획을 세워 봐도 안 되는 것 을 나보고 어쩌란 말이냐! 하필 시험보기 전날 배가 그렇게 아플 까 닭은 무엇이며, 왜 하필 시험보는 날 엄마 차는 중간에서 고장나서 학교에 늦고 말았느냐! 모두가 내 팔자냐, 운명이냐, 도대체 나는 공 부를 못하는 역할을 하라고 이 땅에 태어난 것이냐, 학교 공부말고 딴 것을 배우면 안 되는가?

직업반에 있는 영준이가 오늘 학교에 왔다. 걔네들은 월요일만 학 교에 오고, 나머지는 어딘가에 가서 기술을 배우고 있다. 영준이는 이발기술을 배우고 있다. 오늘 학교에 이발기계를 들고 와서 우리들 머리를 깎아 주었다. 처음엔 실습 겸 그냥 깎아 주었는데, 이 아이 저 아이 깎아 달라고 하니까, 일금 1,000원을 받고 깎아 주기 시작했다. 화장실 건물 뒤편에서 줄을 서서 아이들이 기다리고 있다. 잘도 깎 는다. 5분이면 머리통 하나를 끝낸다. 깎아 주는 영준이도 신났고, 또 친구한테 머리를 디미는, 공부도 못하는 머리를 디미는 애들도 낄 낄대고 신나한다. 영준이가 갑자기 깎다가 말고 멈추어 섰다.

「야, 왜 그래? 빨리 마저 깎아, 수업시간 다 됐단 말이야!」

「똥냄새 같은 게 나서 그래.」

「임마, 여기가 화장실 뒤 아냐.」

「아냐, 그래서 그런 게 아냐. 아까는 냄새 안 났는데 네가 오니까 나.」

「임마, 나 머리 만날 감아.」

「만날 감으면 뭐 하니, 너 머리통 속에 똥이 가득 들었는데! 그래서 자꾸 똥냄새가 났는가 봐.」

「이 짜아식이…….」

모두가 한바탕 웃었다. 어쩌면 영준이가 가장 행복한 아이일지 모른다. 지금 영준이는 자기가 배우고 있는 일, 하고 있는 일에 만족해하고 있으니까. 그런데 우리는 무엇인가! 나는 무엇인가! 나는 그렇다고 공부를 썩 잘하는 것도 아니고, 그렇다고 영준이처럼 저런 기술을 배우는 것도 아니고, 배운다 해도 부모가 허락하지 않을 것이고. 많은 아이들은 때때로 이렇게 공부에 관련하여 심한 갈등을 겪고 있다.

어른들에게 있어서도 마찬가지지만, 우리 신세대 자녀들이 겪는 갈등은 이렇듯 자아, 타인과의 관계, 그리고 학업(공부)이라는 세 가지 원천에서 비롯하고 있다. 그렇다면 이들은 그들의 부모나 할아버지 세대와는 무엇이 다른가? 그들은 특히 어떠한 환경 속에서 성장하였길래 그들의 부모나 그 이전 세대와 다르게 보이는 것일까? 다음에서 함께 생각해 보기로 하겠다.

그들은 비교적 풍요로움 속에 성장했다

내게는 대여섯 살쯤 되었을 때 찍었을 법한 흑백사진 한 장이 있었다. 색이 누렇게 바랜 사진이었지만 그래도 그것을 들여다볼 때면 퍽 기뻤고 흐뭇했었는데, 언젠가 이사 다니다가 없어져 버렸다. 나는 아직까지 그 사진 속의 내 모습을 늘상 떠올린다. 그때는 알게 모르게 왜놈 말을 썼는가 싶다. 지금은 속옷, 또는 팬츠라고 하지만 그때 우린 사루마다라고 불렀다. 까만 사루마다 하나를 아랫도리에 걸쳐 입었다. 그리고 위에는 아무것도 걸치지 않았다. 사진이니까 잘 안 보였겠지만, 아마 목줄기엔 땟국이 흘러내렸을 성싶다. 뭘 먹었는지 똥배는 톡 튀어나오고, 배꼽 근처에는 참외씨 한 개 정도가 말라붙어 있었던 것 같다. 훗날 커서 들었지만, 머릿속은 온통 헐어서 언제나 찐득거렸고 파리가 자꾸 꾀어들었다고 한다. 그 사진 한 장을 들여다보면서 떠올렸던 것은 「참 이때는 꽤나 못 먹었지」 하는 생각이었다.

지금 마흔이 넘은 사람들은 어린시절 배고픔을 한스럽게 느끼며 성장했다. 못 먹은 것만이 아니라 못 입고 못 배우고 그저 야생화처럼 내팽개쳐진 채로 아무렇게나 자랐다.

내가 살던 웃가래비 작은 마을에는 친구 몇이 있었다. 그때 그 친구 중 한 아이를 기억하건대, 아마 삼촌이 서울에 살았는가 싶다. 무슨 때가 되어서 그 아이 삼촌이 서울에서 내려오면 그 아이에게 동전 한 닢을 주었던 것 같다. 어떻든 그 아이는 그 돈으로 탁구공보다는 약간 작은 딱딱한 눈깔사탕을 구멍가게에서 샀다. 구멍가게라야 시골집 사랑별채에 조그맣게 차려 놓은 가게였지, 지금의 구멍가게처럼 물건이 많았던 것도 아니었다. 사탕을 산 그 아이는 그것을 온종일 빨아먹었다. 그러면, 친구 서너 명이 그 아이를 졸졸 따라다녔다. 「한 번만 빨아 보자, 응!」「한 번만, 딱 한 번만 핥아 보자!」친구들의 성화에 못 이긴 그 아이는 우리를 자기 앞에 줄 세웠다. 그리고 눈감고 뒷짐 지라고 했다. 혹시나 뺏을까 염려되기 때문이다. 그 다음엔 입을 열고 혀를 내밀라고 했다. 그러면 그 아이는 마치 장교가 졸병들을 세워놓고 사열하듯, 옆으로 지나가면서 우리가 내민 혀에다 그 눈깔사탕을 한 번씩 핥도록 대주었다. 꿀맛이었다. 달콤했다. 그 아이한테 예쁘게 보여서 다른 아이보다 한 번 더 핥을 기회를 가지면 그날은 온종일 신나는 날이었다.

그토록 우리는 먹을 것이 없어 늘상 걸걸대며 살았다. 그저 산과 들로 돌아다니며 온갖 열매도 따먹었다. 뽕나무 위에 올라가 따먹는 오디, 빨간 앵두, 설익은 산살구, 해토할 때쯤 이른봄 논두렁에서 캐낸 하얀 메줄기, 싱아라는 시큼시큼한 풀잎, 소나무 속껍질, 칡, 남의 집 무밭에 불쑥 파란 머리를 내민 왜무, 보리밭에 널린 깜부기, 옥수숫대……. 참으로 헤아릴 수 없이 많은 것을 먹어댔지만, 배는 늘상 고팠다. 어쩌다 무슨 큰 명절이나 때가 되어 고깃국을 끓여 줄 때면, 국 안에 들어 있는 고기 몇 점을 보고는 얼른 먹지 않았다. 「저거 이따가 내가 먹을 것이다」라는 생각만 해도 기뻐서, 국 안에 밥을 말아 놓고는 끝까지 고기를 남겨 두면서 밥만 퍼먹는다. 보는 즐거움을 가능한 한 오래 가지려고 그랬는가 싶다. 그러나 옆에서 밥 먹던 형이 「너 먹기 싫어서 그러는가 본데, 내가 먹을게」 하고 한두 점 뺏어가면, 온통 울고 난리를 쳤다.

모두가 못 먹고 그럴 때니까 그렇게 한스럽지는 않았다. 또 어릴 때니까 그런 문제를 심각하게 생각하지도 않았다. 그저 들로 산으로, 밭고랑으로, 논두렁으로 뛰어다니면서 아무것이나 먹으면 좋았다. 그때는 또 왜 그렇게 씻지는 않았는지! 비누가 없어서 그랬던 것 같다. 그래도 여름엔 개울에 가서 미역이라도 감고 소나기라도 맞으면 대충 씻는 셈이 되었지만, 겨울엔 내내 씻지를 않았다. 손이 거북 등처럼 터지고 발뒤꿈치엔 때가 덮개를 이루며 낀다. 터진 손등엔 돼지기름을 발라서 불에다 쬐고 문지른다. 이도 안 닦고 살았다. 그땐 치분이란 것이 있었는데, 그것도 부잣집 어른들이나 이용했지 어린아이들은 그저 굵은 소금을 갈아 손가락으로 찍어서 몇 번 닦는 시늉을 했을 뿐이다. 그래도 그때는 별로 충치를 앓은 기억이 없었다. 밤이면 속옷을 벗어 들고 희미한 등불에 앉아서, 고무줄을 낀 솔기 사이로 숨어 있는 이를 찾아 터뜨렸다. 그러나 이는 또 생겼고 누가 누구에게 옮기는지 알 수 없을 만큼 번져 있었다.

그때는 한마디로 못 먹고, 못 입고, 더럽고, 어렵고, 힘든 환경 속에서 어린시절을 성장했다. 그래서 그런지 키도 그리 크지 못했다. 고작 170센티미터만 되어도 큰 사람 쪽에 속했으니 말이다. 그러면 1970년대 이후에 태어난 우리 자녀들은 어떠한 배경에서 자랐는가? 상대적으로 그들은 비교적 풍요로움 속에서 성장하였다.

우선, 지금의 신세대들은 우리나라가 경제적 부흥을 이룩하기 시작한 이후, 그래도 세 끼 밥은 걱정 안 하게 된 이후에 태어나서 성장했다. 어려서부터 그들 부모의 어린 시절에 비하여 잘 먹은 탓인지 지금 아이들은 키가 몹시 크지 않은가! 풍요롭게 먹고 자란 것만이 아니라, 먹은 것 자체도 다르다. 이를테면, 지금의 어른들은 이유식이라고 해서 뭐 특별한 것을 먹어 본 것이 없다. 엄마젖 빨다가 동생이 생겨 그나마 빼앗기면, 그 즉시 보리쌀을 통째로 삼켜야 했다. 때로는 복이 있어, 미숫가루라도 물에 타서 얻어 먹고 암죽이라고 해서 쌀로 끓인 죽을 얻어 먹고 자란 경우도 있지만, 대체로는 엄마 젖을 빼앗긴 직후부터 어른들처럼 시커먼 된장 국물에 쿡 찍은 보리밥을 입 안에 넣고 삼켜야 했다. 그러나 신세대 아이들은 분유를 먹고 자랐고, 또 미국 사람들이 만들어 낸 '거버'와 같은 이유식을 먹었다. 생활수준이 나아지다 보니 부모들은 자기네들이 못 먹고 못 자란 한을 풀려는 듯이 애들 먹이는 데 아낌없이 투자를 했다. 그래서 엄마들은 아이를 살찌우고 체중 늘어나는 재미를 느끼지 않았던가! 그뿐인가. 신세대 아이들은 갖가지 노린내 나는 서양음식을 접하면서 컸다. 이를테면 햄버거니, 피자니 하는 그런 음식들 말이다. 그래서 신세대 아이들은 떡보다는 케이크를 더 좋아하고, 밥보다는 빵을, 빈대떡보다는 피자를, 식혜보다는 콜라나 주스를 더 좋아하지 않던가? 김치맛을 모르는 신세대 아이들은 피클 따위를 더 좋아한다. 한마디로 신세대 아이들은 그들의 부모와는 먹은 것이 달라서 체질도 달라졌다.

궁하면 다 통하는 법이 있다. 지금의 어른들이 어렸을 때는 장난감 하나 변변한 게 없었다. 그렇기에 뭐든지 만들어서 가지고 놀았다. 널판자 밑에다 철사를 붙들어 매서 못을 박아 스케이트를 탔고, 썰매 정도는 어떤 아이든 다 쉽게 만들어 탔다. 수수깡 껍질로 안경을 만들어 쓰고 다녔고, 겨울엔 양지바른 논두렁이나 뽕나무밭에 싸놓은 볏단으로 동굴을 만들고 집을 만들어 그 안에서 뒹굴며 놀았다. 스스로 만들어 내는 창의력은 모두가 그때 개발되었던 듯싶다. 그러나 지금의 어린아이들에겐 만들어져 있는 장난감도 풍성하다. 한두 번 갖고 놀다 싫증나면, 얼마든지 다른 새것을 갖고 놀 수도 있다. 놀이도구도 물론 그 성질이 크게 달라졌다. 예컨대 옛날의 놀이도구는 비교적 소리가 나지 않고 행동반경이 작은 것들이 많았다. 장구실패에다 초를 붙들어 매고 양쪽 테두리를 칼로 저며 내서 탱크라며 갖고 놀았다. 그러나 요즘의 장난감은 소리가 요란하고 행동반경도 넓고 큰 것들이 많다.

먹을 것도 풍성하고, 놀이도구도 풍성하고, 입을 옷도 많고, 모든 것이 풍성한 가운데서 성장한 신세대 아이들은 대체로 아까움을 모른다. 아낄 줄도 모른다. 요즘 초등학교에 가면 운동화, 공책, 필통, 가방, 장갑 등 애들이 잃어버리고 안 찾아가는 물건이 많다고 한다. 지금의 어른들은 그 옛날 어렸을 때 엄마가 사준 까만 고무신 한 짝을 어쩌다 웅덩이에 빠뜨리고 오면 몇 날 며칠을 야단맞았고, 끝내는 그것을 찾아오지 않았던가? 연필은 연필심에다 침을 발라 가며 손에 쥐어지지 않을 때까지 썼다. 공책도 단 한 장이라도 남겨 놓고 새 공책을 쓰는 경우가 없었다.

그러나 지금의 아이들은 어떤가? 절약이 뭐고 아까운 것이 무엇인지 아무리 설명해 주려 해도 그것이 몸에서 배어 나오지 못하고 있다. 생선 한 마리를 놓고 밥을 먹어도 아이들은 그저 발라먹기 좋은 데만 한두 번 발라내서 먹고는 그대로 내버려 둔다. 그러나 그 옆에서 엄마는 어떻게 하는가. 「이것만 가지고도 애, 밥 두 그릇은 먹겠다」고 하면서, 그야말로 대가리까지 발라먹지를 않던가?

돈도 그렇다. 지금의 어른들은 어렸을 때 자기 이름의 통장을 가져 본 적이 없다. 돈을 소유하는 일이 극히 드물었다. 그러나 지금의 신세대 아이들은 어떤 경우 기어 다닐 때부터 이미 엄마가 그 아이 이름의 통장을 만들어 주지 않던가? 아이들은 용돈을 주급으로 받기도 한다. 또 엄마 심부름을 해주고, 아버지의 흰 머리를 몇 개 뽑아주고 돈을 벌기도 한다. 설날 세배는 1년 중 목돈을 버는 아주 좋은 기회로 인식되어 있다. 웃어른께 정말로 존경하는 마음으로 큰절을 올리고, 그때 귀여운 나머지 어른께서 허리춤을 더듬어 작은 지폐 한 장을 줄라치면, 얼굴이 빨개져서 이것을 받아도 되는 것인지 엄마 아빠 눈치보면서 겸연쩍어하던 어른들의 어린시절과는 크게 다르다. 이들은 처음에 협상부터 하려 들지 않는가?「삼촌, 내가 세배하면 얼마 줄 거야?」「애개, 겨우 1,000원! 그럼 나 안 할 거야. 2,000원 주면 할게」하고 심부름을 시켜도 따진다. 다녀오면 얼마를 줄 거냐고.

나는 대학시절 교수님께서 무슨 일을 시키면 꽤나 기쁜 마음으로 했다. 그만큼 인정받고 있다 싶어서 기뻤던 것이다. 돈 받을 생각은 해본 적도 없고, 또 선생님도 주시지 않았다. 그러면서도 선생님이나 학생 모두가 기뻤다. 그런데 요즘은 어떤가? 학생들에게 무슨 일을 시키려 들면, 어떤 학생들은 시간당 얼마냐고 묻기까지 한다. 즉, 모든 수고를 돈으로 환산하고, 그래서 필요하면 얼마든지 사전에 협상을 할 수 있다는 물질주의적 사고가 지금의 신세대 아이들 머릿속에 들어가 있다. 옛날 우리네보다 목욕도 자주하고 옷도 깨끗이 잘 입고 겉으로 꽤나 깔끔해진 지금의 신세대, 어쩌면 그들의 생각도 행동도 지금의 부모들이 어렸을 때보다 훨씬 깔끔하고 날렵해졌는지 모른다. 그 모두가 그들이 풍요로움 속에서 성장하였기 때문에 나타난 결과가 아닌가 싶다.

그들은 핵가족 체제에서 성장했다

내가 어렸을 때의 얘기다. 할아버지, 할머니, 아버지, 어머니, 삼촌들, 그리고 형제들, 10명이 넘는 많은 식구가 희미한 호롱불 아래에서 저녁을 먹는다. 할아버지, 할머니, 아버지는 아랫목에 따로 상을 놓고 잡수시고 삼촌들도 따로 상을 놓고 잡수신다. 그리고 졸병인 우리 형제들은 동그란 밥상에 앉아서 밥을 먹고, 어머니는 맨 마지막에 허연 때가 낀 쟁반에 눌은밥까지 긁어 가지고 오셔서 윗목에 앉아서 잡수신다. 반찬이라야 가짓수가 많지도 않다. 여름철이면 '짠무'와 '짠오이'를 썰어서 냉수에 담근 것이 주된 반찬이다. 파를 좀 썰어 넣고 고춧가루가 좀 뿌려져 있어 겉보기에는 그럴 듯하지만, 그 것도 허구한 날 먹은 거라서 그런지 별로 맛이 없다. 지금은 반찬을 먹기 위해 밥을 먹지만, 옛날엔 밥을 삼키기 위해 반찬을 먹었다고나 할까? 여러 형제가 짠김치 그릇 안으로 번갈아 숟갈을 집어넣는다. 그러면 어떤 때는 형이 숟갈을 넣다 말고 째려본다. 그리고 한마디 한다.

「야, 너 숟갈 쪽 못 빨아! 자꾸 밥알 묻어 들이오잖아!」

형의 무서운 눈초리에 금방이라도 한 대 맞을 것만 같아 동생은 지레 겁을 먹고는, 김치그릇에 숟가락을 얼른 못 집어넣는다. 집어넣기 전에 밥알 묻었나 유심히 살펴보면서, 깨끗이 하느라고 몇 번을 더 입에 넣고 쪽 빤다. 그러면 이번엔 형이 더 큰소리로 야단친다.

「임마, 그렇게 자꾸 쪽 빨면 더 더러워! 너는 밥도 먹을 줄 모르냐!」

「그럼, 어떻게 하란 말이야! 아까 형이 쪽 빨랬잖아.」

「누가 그렇게 빨라고 했어, 밥알 묻지 않게 하랬지.」

「이게 밥알 안 묻게 쪽 빠는 거란 말이야!」

「근데 이게 왜 자꾸 말대꾸를 하고 그래!」

동생은 숟갈을 놓고 눈물을 흘리면서 일어선다. 그러면 옆에서 식사를 하시던 어른들이 제각기 한마디씩 하면서 야단을 치신다. 결국, 형마저도 그냥 숟갈을 놓고 일어서고 만다.

형제들간의 싸움은 밥 먹을 때만 일어나는 것은 아니다. 밤에 잠자리에 누워서도 한바탕 싸우기가 일쑤다. 좁은 방 안에 여러 명이 한 이불을 덮고 자다 보면, 이불이 작아서 이리 당기고 저리 당기다가 싸움을 할 때가 많다.

이렇듯 옛날에는 여러 식구가 더불어 살면서, 비록 부족했지만 나누어 먹는 방법을 터득했다. 즉, 얼마만큼이 내 몫인가도 눈치로 따져서 알아차렸다. 일곱 명이 식사를 하고 있는 밥상 위에 참으로 어쩌다가 꽁치 두 마리가 올랐다. 그러면 이때 산술적으로 계산을 안 해도 멀찌감치 놓여 있는 한 마리를 통째로 날름 가져다 먹었다간, 목숨을 부지하기 어렵다는 것을 알고 있었다. 그래서 그 두 마리 중에서 내가 어느 부분을 얼마만큼만 먹으면 싸우지 않고 평화롭게 식사가 끝날 것인가를 일상의 경험을 통해서 배우면서 자랐다. 여러 식구가 함께 더불어 사는 가운데, 우리가 터득한 사회적 기능의 한 가지가 바로 나누어 먹고 남의 몫도 있음을 생각할 줄 알고, 또 싸움은 어떻게 끝내야 하고, 화해는 어떻게 하는 것이고 하는 따위였다.

이에 비하여, 지금의 신세대 아이들은 단출한 가족구조 내에서 성
장을 하고 있다. 엄마 아버지가 있고, 형제라야 자기 혼자 아니면 위
나 밑으로 하나, 모두 합쳐 둘, 많아야 셋 정도인 경우가 고작이다.
상대적으로 수는 적고 먹을 것은 많아졌으니까 식탁에서 굳이 나누
어 먹는 일을 놓고 싸우는 경우가 그렇게 옛날처럼 많거나 심각하지
않다. 자기에게 할당된 것만 먹어도 남는 경우가 많다 보니, 남의 몫
에 대해 신경 쓸 필요도 없다. 때로는 혼자 앉아 풍성한 음식을 먹다
보면, 그저 모든 것이 내 것인 양 느껴질 뿐 남의 몫이라는 것을 눈곱
만큼도 염두에 둘 필요가 없다. 이러한 가운데서 지금의 아이들은
어쩌면 자기중심적인, 자기 본위적인 사고방식을 자연스럽게 형성
하게 되었는지도 모른다.

대가족 제도가 지니고 있는 장점은 다양한 연령과 다양한 역할의
가족 구성원이 있다는 점이다. 이를테면 할머니 할아버지로 대표되
는 노인들이 계시고, 엄마 아버지가 계시고, 또 부모님보다는 좀 덜
어려우면서도 껄끄러운 삼촌이나 고모도 계시고, 아주 무서운 형도
있고, 대충은 맞먹어도 되는 작은형도 있고, 또 남동생 여동생들도
여럿 있다. 그러한 가족관계에서 우리는 여러 가지를 듣고 보면서
자랐다. 할머니한테서는 옛날 얘기를 들었다. 거짓말 같은데도 끝이
궁금해서, 「그래서 어떻게 됐데……」 하면서 자꾸 더디게 말하는 할
머니를 채근대며 얘기를 들었다. 할아버지한테는 또 인자하면서도
엄한 말씀을 들었고, 삼촌이나 고모, 형들, 동생들한테서도 마찬가
지로 많은 얘기를 듣곤 했다. 집 안에는 늘상 어려운 어른이 계셨고,
언제 누구한테 책잡힐지 몰라 말버릇이나 행동도 조심하면서 자랐
다. 또 그러한 다양한 연령층의 가족 구성원이 있다 보니 집 안에 찾
아오는 손님들도 다양했다. 동네 할아버지, 할머니서부터 이웃집 아
저씨, 이웃동네 형들, 참으로 여러 연령층의 사람들을 접하면서 자랐

다. 그렇기에 우리는 어쩌면 이때부터 나보다 한 살이라도 더 먹은 사람들한테나, 또 내집 식구들과 가까이 지내는 동네 사람들에 대한 사회적인 예의라든가 행동을 몸소 겪고 배우면서 자란 것이 아닌가 싶다.

그런데 핵가족 체제에서 자라나는 신세대 아이들은 어떤가? 그들은 어떤 배경에서 성장하고 있는가? 작년의 일이었다. 평소 가까이 지내던 10년쯤 후배의 집에 간 적이 있다. 별다른 일 없이 마실을 간 것이다. 마침 그 후배는 자기집에 와서 차나 한잔 하자고 전화를 해 왔고, 또 뉴질랜드인가 호주인가에서 만든 맛있는 과자도 있다고 했다. 하여튼 그 친구 본 적도 오래되었고 해서 찾아갔다. 저녁 9시가 다 되어서였다. 집 안에 들어서니까 식구들이 소파에 앉아 텔레비전을 보고 있었던 것같다. 그런데 나는 들어서면서부터 놀랐다. 우선 그 집 아이들의 행동에서 놀랐다. 아이들이 드러누워 있지 않은가! 큰아이는 초등학교 6학년이고 작은아이는 초등학교 4학년인데, 한 녀석은 아예 벌렁 누워 있고, 한 녀석은 비스듬히 등을 소파 아래쪽에 기댄 채 바닥에 반쯤 누워 있었다. 일어나지도 않고 텔레비전을 바라보면서 그냥 말로만 인사를 하는 것 아닌가? 「아저씨, 안녕하세요?」 그런데 내가 더 놀란 것은 시간이 조금 지나서였다. 벌렁 드러누워 있던 6학년짜리 사내아이가 그 아이 아버지를 향해 발을 번쩍 들면서, 「아빠, 11번 좀 틀어 볼래」라고 말한다.

그랬더니, 아버지는 하기 싫은 일을 하듯 일어나며, 「알았어, 왜 11번에서 뭐 하는데?」 하면서 채널을 11로 돌리지 않는가!

물론 그날 나는 그 아이 아버지한테 아이들에게 그렇게 하면 안 된다고 잔소리를 했지만, 가슴 한구석엔 왜 저런 현상이 생길까 찝찝했다. 여러 가지 생각을 할 수가 있겠으나, 우선은 옛날 우리가 어렸을 때와는 달리 집 안에 '어른' 같은 어려운 사람이 없어서 그런 듯싶다. 즉, 집 안에는 그 집의 가풍을 곧추세우고 집 안의 정신적 지주가 되는 어른이 있어야 하는데, 요즘 핵가족 시대에는 그런 어른이 계시지 않아서 신세대 아이들의 행동이 한마디로 버릇없게 나타나는지도 모른다.

다음은 부모들의 행동이다. 부모가 아이들과 함께 공놀이도 하고, 농담도 주고받고, 때로는 싸우기도 한다. 부자가 함께 바둑을 두다 보면 아들이 얄밉도록 잘 두어, 진 아버지는 약이 오르는 경우가 있고, 또 한 수 물려 달라는 것을 아들이 끝내 물려주지 않아서 싸울 때도 있다. 그러나 그렇다고 해서 부모와 자식 간의 위계가 붕괴되어서는 안 된다. 부모는 어디까지나 부모로서 자녀들 앞에 존엄한 위치를 지켜야 할 것이다. 우린 개방적으로 키운다느니, 아이고 어른이고 모두 똑같다느니, 친구같이 지낸다면서, 부모로서의 역할과 위치를 스스로 무너뜨리는 것은 아닌지 모르겠다. 결국 요즘 어린아이들의 부모들도 신세대이고 보면 그야말로 집 안에 어른이 없어진 것 아니겠는가?

옛날에는 연령이란 것이 사람들과의 만남에서 어떤 질서를 유지하는 데 매우 중요한 이데올로기로 작용하였다. 상대방이 많이 배웠건 못 배웠건 간에, 지위가 높건 낮건 간에 나보다 한 살이라도 더 먹었으면 윗사람 대접을 했다. 좌석에 앉을 때도 윗사람에게 양보했다. 또 내 부모님과 비슷한 연세의 어른들이면 부모님 대하듯 했고, 반대로 내 동생들과 비슷한 또래의 아이들이면 내 동생에게 대하듯 했다. 그래서 친구들끼리 모이면 언제나 나이를 한두 살 올려 말하면서, 상대방을 동생 취급하고 친구 부인을 제수라고 놀리기도 했다. 또 상대방이 좀 잘못을 했어도 나이가 나보다 위이면, 그런대로 넘어가지 않았는가! 이 모두가 대가족 제도에서 줄줄이 어른들을 모시고 성장한 데서 비롯된 행동 특성인지도 모른다. 그런데 지금의 신세대 젊은이들은 어떠한가? 연령에 대한 가치부여가 점점 줄어드는 듯싶다.

몇 달 전 출근길에서의 일이었다. 20대 중반의 젊은 사람이 50대

중반의 아저씨와 시비가 붙었다. 젊은이가 아저씨가 운전하는 차를 뒤에서 받은 것이다. 신호가 바뀌는 바람에 아저씨가 멈추어 섰는데 뒤따라오던 젊은이는 앞차가 건너가는 줄 알고, 자기도 아예 건너갈 생각으로 달려오다가 앞차 뒤꽁무니를 들이받은 것이다. 그 아저씨는 화가 났다. 목 뒤가 이상한지 거기를 어루만지면서 뒷차의 젊은이에게로 갔다. 젊은이도 차에서 내렸다.

「이봐, 그렇게 달려오면 어쩌자는 거요? 사람 죽일려고 그래?」

「물어 주면 될 거 아냐! 어디에다 대고 아침부터 반말이야!」

「뭐라구, 뭐 이런 친구가 다 있어!」

「친구라니? 내가 어째 당신 친구요?」

50대 아저씨는 정말 어처구니가 없었다. 반말했다고? 물어 주면 될 거 아니냐고? 기가 막혀 더 이상 말을 잇지 못하고 있었다. 그들 때문에 길게 늘어선 반대 차선 사람들은 뭐 구경거리가 생겼나 싶어 그냥 지나가지 않고 흘끗대느라 그쪽도 차가 정체되고 있었다. 결국 경찰이 와서야 그 두 사람은 옆으로 끌려 나갔지만, 바로 옆 차선에 있다가 이를 바라보게 된 나도 그날 온종일 씁쓸했다. 「물어 주면 될 거 아냐?」를 몇 번 되뇌었다. 돈으로 해결하면 다 된다는 식의 사고이다. 누가 잘못을 했느냐 안 했느냐가 중요한 것은 아니라는 것이다. 상대가 어른이건 누구건 상관없다는 것이다. 어른을 몰라보는 신세대, 그것을 학교에서 가르치고 배우지 않아서일까? 아니면 그저 한두 사람만 그런 것인가? 이는 어려서부터 어른들과 함께 생활하지 않은 데서 기인하는 것은 아닌가 하는 생각도 든다.

그들은 부모가 목숨을 걸고 키웠다

나는 앞에서 자녀는 키우는 것이 아니라고 했다. 자녀는 그들 스스로 성장하는 것이고, 그 가운데서 부모의 역할이란 그저 조력자일 뿐이라고 했다. 내가 그렇게 말하는 데는 내 나름대로 교육의 본질에 대한 생각이 있어서 그렇지만, 어린시절 나 자신의 삶을 돌이켜볼 때, 그런 생각을 더욱 하게 된다. 사실 우리는 어렸을 때, 야속하리만큼 부모들이 내버려 놓은 가운데 성장했다. 부모들은 우리를 울 안에 가두고 기른 것이 아니라 방목하다시피 내버려 두었다. 하기야, 자식도 한둘이라야 일일이 거두지 않겠는가? 하나 낳아서 대소변을 가리게 되어, 이제 한숨 돌릴 만하면 또 하나를 낳았으니 말이다. 게다가 열을 더 낳은 부모들도 많았다. 그리고 성장하는 가운데 한두 아이가 병으로 목숨을 잃고 그랬다.

시골에서는 흔히 있었던 일이지만, 어떤 때는 이제 겨우 세 살밖에 안 된 어린아이들이 온종일 저희들끼리 집에 있을 때도 많았다. 그냥 울다가 지쳐서 마루 한 편에 엎드려 잠이 들기도 하고, 또 그러다가 깨면 뒤뚱거리며 이울려 놀기도 하고, 마당에 풀어놓은 닭이나 쫓아다니고, 누런 강아지 한 마리와 뒹굴며 놀기도 하고, 그러다가 먹을 것이 있으면 종일 입에다 넣고 빨기도 하며 자랐다. 물론, 부모가 자식을 사랑하지 않아서 그랬던 것은 아니다. 자식에 대한 부모의 사랑이야 시대를 두고도 변함이 없는 진리일 것이다. 자식수도 많고, 농사일로 언제나 바빴으니까 그랬을 성싶다. 한 끼 안 먹고 잠이 들었다 해서 부모가 걱정을 하는 경우도 그리 많지 않았다. 자식이 많다 보니, 누가 저녁을 먹고 자는지 안 먹고 자는지 헷갈릴 때도 있었을 것이다. 학교 간 후에 비가 억수로 쏟아져도 우산을 들고 학교로 뛰어오는 부모가 없었다. 물론 그때는 우산도 흔하지 않았지만.

하여튼, 우린 그야말로 나뒹굴며 아무렇게나 자랐다. 그것이 어쩌면 독립심을 갖게 되고 웬만한 질병도 잘 견디어 내고, 또 웬만한 경우도 다 참고 이겨내는 인내심을 키우는 계기가 되었는지도 모른다.

그런데 지금의 부모들은 자녀들을 어떻게 키웠는가? 지금의 신세대 자녀들은 부모로부터 어떤 보호와 도움을 받으면서 성장했는가? 한마디로 자식에 대해서 부모들이 목숨을 걸고 있는 듯싶다. 자식에게 지고, 자식이 요구하면 무엇이든 들어주고, 집 안에서도 뭐든지 아이들 중심으로 결정하고, 아이들이라면 벌벌 떨면서 애지중지하는 것이 요즘 부모들이 아닌가 싶다.

언젠가 신도림동에서 역삼동까지 지하철을 탄 적이 있었다. 평일 한낮이어서인지 지하철 안은 한적했다. 거의 모든 사람이 앉아 있었다. 한쪽 구석에 청년 하나가 서서, 앉아 있는 여자친구를 바라보며 얘기하고 있었을 뿐 지하철 안은 조용했다. 그런데 갑자기 대여섯 살쯤 되어 보이는 남매가 지하철 안을 이리저리로 뛰어다니기 시작했다. 마치 자기집 앞마당인 양 서로 잡으려 하고, 또 안 잡히려고 도망하며 뛰어다녔다. 저쪽에서 아이 엄마가 빙긋이 웃으며 쳐다보고 있었다. 생각 같아서는 「애들아, 뛰지 말고, 조용히 엄마 곁에 앉아 있어라」 하고 싶었지만, 엄마가 이내 부르겠지 싶어 내버려 두었다. 그러나 엄마는 부르지 않았다. 아이들이 뛰어다니다가 어떤 사람이 신문을 펼쳐 들고 있는 것을 팔로 치고 지나갔다. 신문이 찢어졌지만, 그리고 그 사람이 아이들을 빤히 쳐다보았지만 엄마는 아무 말이 없었다. 아이들은 별일 없었다는 듯 다시금 뛰어다녔다.

그러다가 큰아이가 지하철 출입문 유리창에다 입김을 불었다. 뽀얗게 된 유리창에다 손가락으로 무엇인가 쓰는지 그리는지 했다. 동생인 사내아이도 따라했다. 그때 엄마가 소리쳤다.

「야! 어디에다 입을 대고 그래! 거기가 얼마나 더러운지 알아? 입 대지 마.」

그게 전부였다. 결국 아이들은 역삼동에서 내가 내릴 때까지 40분 넘게 지하철 안에서 한마디로 개판을 쳤다. 그래도 엄마는 여전히 자랑스럽고 대견스러운 듯 쳐다만 보고 있었다. 어쩌려고 그럴까? 어쩌려고 아이들을 저렇게 내버려 둘까? 남의 집에 아이들을 데리고 갔을 때, 그 집의 여기저기를 뒤지고 만지작거려도 부모들은 아이들을 나무라지 않을 때가 많다. 자기 아이가 귀중한 것만 알았지, 그것이 남에게 얼마나 피해를 주는지는 아랑곳하지 않는 것 같다.

이러한 예를 하나 더 들면, 언젠가 제주도에서 서울로 오는 국내선 비행기를 탄 적이 있었다. 내 옆에는 40대쯤 되어 보이는, 나보다는 조금 젊은 사람이 앉아 있었다. 비행기가 이륙하기 전부터, 그 사람 앞에 앉은 예닐곱 살쯤 되는 사내아이가 자꾸 등을 앞으로 구부렸다가는 뒤로 쿵쿵 부딪히는 놀이(?)를 반복하고 있었다. 그는 신경이 매우 거슬렸다. 하기야 옆에 앉아 있었던 나도 신경이 쓰일 정도였다. 그런데 이게 웬일인가. 그 사람 뒤에 앉은 아주 젊은 친구까지 신문을 펴 들고는 자꾸 내 옆에 앉은 사람 뒷머리에다 신문 끝자락을 대는 것이다. 물론 일부러 갖다 댄 것은 아니지만, 그 사람 뒷머리에 닿도록 신문을 이리저리 넘기고 있었다. 내 옆자리에 앉은 그 사람은 결국 뒤를 보면서 젊은이에게 한마디했다.

「거, 신문 좀 머리에 닿지 않게 보실 수 없어요?」

「그러면, 아저씨가 앞으로 머리를 숙이면 되잖아요?」

내 옆의 아저씨는 인내심이 많은 사람 같았다. 별 대꾸 없이 나를 쳐다보면서, '별놈 다 있다'는 표정을 지었다. 그런데 앞자리의 아이는 아직도 쿵쿵거리고 있다. 결국 그는 앞자리 아이에게 속삭이듯 얘기했다.

「얘야! 그러지 말고 가만히 앉아 있거라.」

그러자, 그 아이 오른쪽에 앉아 있었던 애 엄마가 소리를 버럭 지르는 것 아닌가?

「아, 어린애니까 그렇잖아요! 어린애가 그러는 걸 갖고 뭘 그러세요?」

이때도 내 옆의 남자는 인내심을 잘 발휘하고 있었다. 아무 대꾸를 안 했다. 괜스레 젊은이하고 여자하고 비행기 안에서 싸우게 될까 봐 조심하는 눈치였다. 그때 내 머릿속에는 '박한상'이라는 이름이 퍼뜩 떠올랐다. 어쩌려고 애들에게 엄마가 저렇게 하는가? 모두 이 다음에 '박한상'을 만들려고 그러나?

우리집의 부모들은 냉정(?)해서 그런지, 어린아이들에게 잊어 먹고 간 도시락을 학교로 갖다 주거나, 비가 온다고 해서 우산을 갖고 온 적이 없다. 잊어 먹고 갔으면 잊어 먹은 대로 자기가 점심을 해결할 것이고, 아침엔 비가 안 왔는데 집에 올 때쯤 갑자기 비가 오기 시작하면 자기가 알아서 오겠지 하고 내버려 두었다. 물론 그렇게 하는 것이 꼭 바람직하다고 생각해서 그런 것은 아니었지만, 자기 행동을 스스로 책임지고 자기 일은 자기가 계획하고 준비해서 처리하도록 하는 원칙만은 늘상 지켜 왔다. 이제껏 두 아이를 학교에 보냈어도, 아이 엄마가 애들 도시락을 학교로 갖다 준 적은 한 번도 없었고, 우산은 며칠 전 딱 한 번 갖다 준 모양이다. 고3 아이가 집에 와서 하는 얘기가 「오늘, 전 무슨 일 난 줄 알았어요. 아니, 우리 엄마가 우산을 갖고 학교에 오시다니. 세상에 해가 서쪽에서 뜰 일이다!」하고 놀라며 내게 얘기하는 것을 들었다.

도시락을 잊고 갔으면 갖다 주고, 비가 갑자기 오면 우산 들고 쫓아가는 것도 좋다. 여기서 내가 얘기하고픈 것은, 다만 그것이 너무 지나쳐서 아이를 위하는 일이라면 만사 제쳐 놓고 바들바들 떠는 부모들이 많은 듯하다는 것이다. 엄마에게는 남편보다 아이들이 우선이고, 아버지에게는 부인보다 아이들이 우선이 되는 경우가 많아서, 그야말로 애들이 자기들 세상인 양 제멋대로 자라나고 있는 듯싶어서 그러는 것이다.

집 안에서 어떤 일을 결정할 때도, 아이들 주장에 부모들이 그냥 따라가는 경우가 있다. 예컨대,「오늘 우리 외식할까」했을 때, 아이들이 원하는 대로 부모들이 따라갈 때도 많다. 또 주말에 모처럼 놀러 가고자 할 때도 아이들이 가자는 대로 따라갈 때도 많다. 하다못해 텔레비전 채널을 돌리는 권한마저 아이들한테 빼앗긴(?) 부모도 많다. 아이들을 위하고 사랑하는 것과 아이들 마음대로 하도록 하는 것은 차이가 있다. 그저 맹목적으로 아이를 위하고, 지나치게 보호하려고 할 때는 문제가 있는 것이다. 어쩌면, 신세대 아이들은 부모가 목숨을 걸고 키워 낸(?) 아이들이 아닌가 싶게 느껴질 때가 많다.

그래서 그런지, 혹 동네 아저씨가 야단을 치면 아이들은 그것을 수용하지 않는다. 아파트 경비원 아저씨가 주차장에서 야구공 갖고 노는 아이들한테 야단을 쳐도 아이들은 들은 체도 안 한다. 결국 물러나더라도, 아저씨가 뭔데, 겨우 경비원이면서 야단이냐는 듯 경멸하는 눈빛으로 물러나는 것을 볼 수 있다.

교육실습을 나갔다가 온 학생들이 교육실습에서 겪은 경험들을 토론하고 있었다. 대학 4학년 학생들이다. 그들도 기성세대 눈에는 신세대이건만, 그들이 돌아와서 한결같이 하는 얘기의 공통점은 요즘 신세대 학생들을 도무지 이해하기 어렵다는 것이다. 즉 X세대 아이들을 이해하지 못하겠다는 것이다.

　한 여학생의 얘기다. 수업을 하려고 하는데 마침 꺼내 놓고 들고 오지 못한 색분필이 생각나서 맨 앞에 앉은 여학생한테 교무실에 가서 빨간색 분필 두 개만 가져오라고 시켰다고 한다. 중학교 1학년인 그 여학생은 대뜸 교생선생님께 그러더라는 것이다.

　「선생님은 손이 없어요, 발이 없어요? 왜 나보고 가져오래요? 다른 애한테 안 시키고 왜 하필이면 나보고 가져오래요?」

　짧은 시간이나마 아이들에게 선생님으로 불렸던 4학년 교육실습생은 말문이 막혀서 아무 말도 못하고, 그냥 자기가 교무실에 가서 가져오고 말았다는 것이다. 여기서 정말 무엇이 잘못되었을까? 집에서 너무 귀여움 받고, 공주처럼 대접 받고 보호 받아서 그런 것은 아닌가?

　회사에서도 어떤 젊은 신입사원이 그랬다고 한다. 6시 퇴근시간이 되었다. 다른 선배 사원들이나 대리, 과장 모두는 퇴근시간이 된 줄도 모르고 계속 일을 하고 있었다. 그러나 이 신입사원은 입사한 지 1개월도 안 되었는데, 벌떡 일어나더니 가방을 챙기더라는 것이다. 가방을 챙기자마자 그는 주변 사람들에게 이렇게 말했다.

　「자, 수고들 하세요. 저는 먼저 갑니다.」

　그러자 대리가 물었다.

　「아니, 김○○씨 어디 가요?」

　「퇴근해요.」

　「지금 몇 시인데?」

　「6시잖아요?」

　「누가 6시가 퇴근시간인 줄 몰라서 묻는 거요?」

　「어이구 대리님, 뭐 제가 잘못했나요?」

　「보면 알잖아요?」

　「글쎄요, 저는 입사할 때 오리엔테이션에서 우리 회사는 6시 퇴근

인 것으로 들었는데요. 그리고 지금이 6시고요. 그래서 퇴근하겠
다는데, 뭐 잘못된 것 있나요?」

모두들 말문이 막혔다. 그리고는 휑하니 나가는 신입사원 뒷모습
에서 모두가 씁쓸함을 느꼈다고 한다. 주장이 강하고 개성이 강한
것인가, 아니면 집에서 자기만 제일인 줄 알고 자라다 보니 남들은
도무지 안중에도 없는 것인가? 이튿날 과장이 그 신입사원을 불러
서 점잖게 충고를 했더니, 그 친구는 「그러면 회사 그만두면 되지 않
습니까?」 하고는 사표를 불쑥 내밀고 영영 돌아오지 않았다고 한다.

그들은 정서가 메마른 폐쇄된 공간에서 성장했다

지금 고3짜리 아들녀석이 중학교 1학년이었을 때의 얘기다. 나는 그 아이와 함께 아파트에서 1킬로미터쯤 떨어진 조그만 동산에 갔었다. 산 가운데를 가로지르는 길이 마치 어렸을 때 내가 시골에서 초등학교 다닐 때 늘상 넘어 다니던 산길을 생각나게 해서, 나는 매일 아침 산보 겸 그곳을 다니곤 했었다. 아이를 데리고 간 그때 나는 산 길가에서 클로버 꽃이 옹기종기 모여 있는 것을 보고는 아이와 함께 그곳에 주저앉았다. 이런저런 얘기를 하면서, 나는 무심결에 하얀 클로버 꽃 두 개를 땄다. 그리고 한쪽 꽃 밑의 줄기에 틈을 내서 다른 꽃줄기를 끼워 넣은 다음, 아들을 불렀다.

「해석아! 아버지가 시계 하나 줄까?」

「시계? 시계가 어디 있는데?」

「여기 있어.」

「어디 봐.」

「보긴 뭘 봐, 하여간 시계 하나 매 줄게, 눈 감고 손목 내밀어.」

그리고 나는 아이의 손목에 꽃줄기가 엇갈려 있는 클로버 시계를 채워 주었다. 그러자 눈을 뜨고 그것을 본 아이의 표정은 '참으로 한심한 아버지구나' 하는 듯 보였다.

「참, 난 또 뭐라구……. 그러면 그렇지! 이게 시계야?」

「그래 이 녀석아, 우리 어렸을 땐 이걸 시계라 여기고 찼어.」

「참, 하여튼 촌티는 못 속여. 아버지 그러지 마시고요, 저 전자 손목시계 하나 사주세요.」

아이의 마음을 읽고 나는 쓸쓸함을 감추지 못했다.

우리는 졸업식 때, 특히 초등학교 졸업식 때 엉엉 울었던 기억이 난다. 여자아이 남자아이 할 것 없이 모두 울었다. 송사, 답사를 하면서 정말 많이 울었다. 졸업식이 끝난 다음, 선생님이 교문 밖 개울가까지 배웅을 해주었는데도 모두들 집에 돌아가지 못하고 그 개울가(후에 가보니까 논가의 조그만 도랑이었지만)에 엎드려 한참을 울었던 기억이 난다. 그런데 요즘 초등학교 졸업식에 가보면 우는 아이가 별로 없다. 그만큼 아이들이 담대해진 것일까, 아니면 학교에서 선생님과 아이들 사이에 그만큼 정이 없어서일까?

얼마 전에 어떤 아는 분이 예순이 채 안 된 젊은 나이에 돌아가셨다. 그분에게는 아들 하나, 딸 하나가 있었다. 아들은 군에 가 있었고, 딸은 대학 1학년이었다. 그분은 갑자기 돌아가신 게 아니었고, 몇 달간 병원에 입원하였다가 돌아가셨다. 죽음과 싸우면서도 그 아버지는 딸아이가 병원으로 찾아올 때면, 기운을 차리며 환한 웃음을 지었다고 한다. 눈에 넣어도 아프지 않은 귀여운 딸을 내버려 둔 채, 눈감기가 매우 어려웠을 성싶다. 결국 장례를 치렀다. 군에 가 있던 아들은 장례 휴가가 끝난 후 다시금 귀대를 했고 남편을 일찍 여읜 엄마와 딸만이 집에 덩그러니 남았다. 병원 신세를 지고 드러누워 있다 해도, 그런대로 몇 년만 더 살아 주었으면 좋겠다고 말할 만큼, 그 부인은 남편을 여읜 설움에 매일매일 슬픔과 고통의 나날을 보냈다. 큰 아파트에 혼자 있기가 힘들었다. 딸아이라도 그런 엄마를 생각해서 일찍 들어오길 바랐지만, 딸아이는 엄마만큼 애절하지 않은 것 같았다. 장례가 끝난 후, 딸아이는 여느 때처럼 친구들과 어울리다가 늦게 귀가하는 경우도 종종 있었다. 엄마는 천연덕스러운 딸아이의 표정을 보며 물었다.

「너, 아빠 안 보고 싶니?」

「글쎄, 집에 와서 걸려 있는 가족사진 보면 아빠가 이제는 안 계시구나 생각되지만 낮에 학교 가서 돌아다니면 별로 생각 안 나.」

「그래?」

「응…….」

아이의 성격이 냉정한 탓일까? 아니면 그것이 신세대의 일반적인 모습일까? 도대체 사람들간의 정이란 무엇일까? 부모 자식 간의 정은 무엇이고, 부부 사이의 정은 무엇일까? 그 엄마는 자신에게 그런 물음을 던지면서, 이제는 딸아이를 기다리지 않기로 했다고 한다.

지금의 신세대 아이들은 옛날 우리가 자랄 때보다 폐쇄적인 공간에서 자라고 있다. 특히, 꽉 조여 있는 도시, 꽉 막힌 좁은 아파트, 이런 물리적으로 폐쇄된 공간 안에서 자라고 있다. 그러나 우리는 어렸을 때 탁 트인 공간에서 자랐다. 앞산이 눈앞에 있고, 대문이 열려 있고, 집 밖으로 몇 걸음만 나가면 너른 들판이 있고, 시냇물이 흐르는 곳에서 자랐다. 열려 있는 공간에서 자랐다. 그러나 지금의 신세대 아이들은 닫혀 있는 공간에서 자라고 있다. 집 안도 좁고, 안방, 화장실, 부엌, 모든 것이 옹기종기 붙어 있는 닫힌 아파트 공간에서 자라나는 경우가 많다. 비록 아파트 안에 꽃이 있고 나무가 있다 해도 그것들은 이리저리 쉽게 옮길 수 있을 만큼 작은 것들이고, 또 화분 안에 갇혀 있는 것들이다. 어항에는 물고기들이 왔다 갔다하지만, 그 물고기 역시 두어 뼘 되는 좁은 공간 안에 갇혀 있다. 우리가 어렸을 때는 집 앞 개울에서 송사리 떼가 돌 틈 사이로 몰려다니고 돌 밑으로 숨어 들어가면 그것을 잡느라고 삼태기를 들고 이리 첨벙 저리 첨벙 뛰어다니지 않았던가?

산업화의 물결은 도시화를 가속화시켰다. 이젠 웬만한 시골에 가도 아파트가 들어서 있다. 아파트가 가져다 주는 생활의 편리함도 많지만, 아파트라는 폐쇄된 공간이 아이들을 심리적으로 꽉 죄고 있음도 무시 못할 듯싶다. 또 아파트에서 나와 보면, 주차장에 가득 찬 자동차들 때문에 길을 건너려면 정신이 없다.

딴생각을 할 수가 없고 마음의 여유가 없다. 좌우로 몇 번은 살펴보아야 건널목을 건너갈 수가 있다. 신호등이 있는 곳에서는 그래도 안심이 될 것 같지만 보행 신호등을 무시하고 달려오는 자동차들, 무리를 지어 건너는 수많은 사람들, 주춤대면서 헤집고 가는 오토바이와 자전거들 속에서 아이들은 또 다른 폐쇄된 공간 안에 갇혀 있음을 느낀다.

놀이터에 가도 그렇다. 모두 인공적으로 만들어 놓은 놀이터다. 지금의 어른들이 어렸을 때는 스스로 모여서 놀다 보니 만들어진 놀이터였다. 몇 친구가 그냥 흙언덕 아래로 계속 미끄럼 타듯 내려갔다 올라갔다 하다 보면 거기가 빤질빤질해져서 미끄럼틀이 되었고, 몇 친구가 뽕나무 위에 올라가 장난을 치다 보면 그 뽕나무 밑은 금세 동네 아이들의 집합장소가 되었다. 모두가 천연 놀이터였다. 그러나 지금의 놀이터는 어른들이 꽤나 머리를 써서 만들어 준 놀이터다. 그리고 울타리를 쳐놓았다. 그 안에서만 놀아야지 밖으로 나오면 안 된다는 듯 구획을 지어 놓았다. 놀이터 역시 폐쇄된 공간일 수밖에 없는 것이다. 놀이의 정서가 배어 나오기에는 모든 것이 너무나 인공적이다.

어린시절 뒷산 묘지 앞의 잔디는 언제나 아이들의 편안한 휴식공간, 놀이공간이었다. 그 잔디에서 말타기놀이도 하고 고무줄놀이도 하고 씨름도 하고, 남자아이 여자아이 모두가 무덤 속의 주인을 무서워하지 않았다. 하기야 무덤 속에 있는 그 사람도 심심치 않아서 좋았을 성싶다. 아무리 뒹굴어도 괜찮았다. 그러나 지금 그런 잔디를 찾기도 어렵겠고, 또 함부로 뒹굴 수도 없다. 온갖 공해가 아이들을 위협하고 있다. 농약이 뿌려졌는지도 모르고, 또 이상한 들쥐들이 있어 무서운 병을 옮길지도 모른다.

폐쇄적인 삶의 공간은 갖고 노는 물건, 먹는 간식 같은 데까지 확장되어 있어 요즘 아이들은 그들 스스로 갇혀 있다. 길가에서 아무것이나 따먹던 옛날의 일은 꿈 같은 소리다. 이젠 산이나 들에서 아무것이나 함부로 따먹을 수 없을 만큼 산도 들도 냇가도 썩었고, 가게나 길가에서 파는 것도 함부로 사먹을 수 없는 세상이다. 겁나고 위험한 일들이 어린아이들 주변에 널려 있다. 사람도 함부로 믿을 수가 없다. 잘못하다가 꾐에 빠져 붙들려 가는 날엔 큰일난다. 한시도 한눈을 팔 수가 없다. 그렇듯 제한적이고 폐쇄된 삶의 시·공간에서 아이들의 정서가 메말라 가는 것은 너무도 당연한 귀결일지 모른다.

아름다운 꽃을 보면서 아름다움을 느낄 줄 알고, 꽃에다 코를 갖다 대고 향기를 맡아 보려는 마음이 아이들 가슴속에서 사라져 가고 있다. 푸른 하늘을 올려다보면서 소리를 지르고, 밤하늘 별을 바라보면서 헤아려 보는 마음이 아이들 가슴속에서 사라져 가고 있다. 불쌍한 이웃을 보면 가슴 아파하고, 슬픈 영화를 보면 눈물이 절로 솟는 마음이 아이들 가슴속에서 자꾸 사라져 가고 있다. 이를테면 정서적인 빈곤을 겪는 것이라 할 수 있다. 물질적으로는 한껏 풍요로움을 느끼면서도, 정서적으로는 메말라 가고 있음을 지금의 신세대 아이들한테서 느낀다. 그러나 분명한 것은 그 신세대 아이들도 그러한 자신들의 정서적 느낌을 마음껏 발산하고 싶어한다는 것이다. 단지 시·공간으로 그런 여유가 주어지지 않는다. 그래서인지 아이들은 어떤 특별한 음악공연이 있거나 농구 같은 운동경기가 있으면, 우르르 몰려가서 소리지르며 열광하지 않던가?

인간이 온전한 성장을 이루려면 지성만 갖추어서는 안 된다. 감성도 갖추어야 한다. 즉, 지적인 면만이 아니라 정서적인 면도 갖추어야 하는 것이다. 그럼에도 지금 신세대 아이들은 지적인 면에서는 옛날의 우리들보다도 더 많은 것을 갖추었는지는 모르지만, 정서적인 면에서는 그렇지 못한 듯보인다. 그러나 지성은 정서적 감성으로 보완될 때 더욱 아름답게 꽃을 피운다. 대체로 창의적인 사람들이 예민한 정서적 감수성을 지니고 있음을 보아도 그렇다. 바꾸어 말하면 정서적으로 풍요로운 아이들이 지적으로도 풍요로워지기 쉽다는 얘기다. 그럼에도 지금의 신세대 아이들이 자꾸만 천연의 정서적 감수성을 경험할 수 있는 기회를 상실해 가고 있음이 사실 우려가 된다. 그것은 한마디로, 부모들이 지금 신세대 자녀들을 너무도 삭막하고 기계적인 환경 속에서 자라도록 하고 있는 것이 아닌가 생각해 보아야 할 문제인 듯싶다.

그렇다고, 나는 문명의 발전을 탓하는 것이 아니다. 고도의 정보통신기술의 발전을 거부하고 산업화에 따라 나타나는 필연적인 도시화를 거부하는 것이 아니다. 문제는 그러한 환경에도 불구하고 우리가 어떻게 하면 우리 자녀들에게 가슴속 깊이 따뜻한 정서를 느끼게 할 수 있겠는가 하는 것이다. 뜨거운 여름날, 포장이 안 된 신작로 저편에 있는 읍내 시장에 가셨던 엄마가 이제나저제나 돌아오길 길가 풀섶에 외롭게 앉아 뻐꾸기 울음소리 들으면서 기다리던 시골아이들이 느꼈던 정서를 도심지 아파트 숲속의 아이들에게도 느끼게 해줄 수 있는 방법을 우리 부모들이 찾아 주었으면 하는 바람이 가득하다. 다행히 방학 때가 되어 시골 외가를 찾아가는 행복한 아이들이야 더할 나위 없이 좋겠으나, 그렇지 못한 아이들을 위해선 부모들이 코끝 풀내음이 가득한 시골집에서 하룻밤 자고 오는 여유를 가졌으면 좋겠다.

그들은 고속사회에서 성장했다

지금의 40~50대의 어른들이 성장하던 어린시절과 지금의 신세대가 성장하는 시대의 차이는 소달구지와 우주선의 차이쯤으로 보아도 좋을 것 같다. 소달구지에 비하여 우주선이 갖고 있는 특징은 대략 다섯 가지 정도로 볼 수 있는데, 그것은 바로 신세대들의 행동특성을 간접적으로 나타내고 있는 것이다.

첫째, 우주선은 엄청나게 빠르다. 소달구지는 느릿느릿 움직이지만, 우주선은 참으로 빠르다. 빠르다는 것은 지금 이 사회의 두드러진 특성이다. 한마디로 신세대들은 태어나면서부터 사회의 모든 것들이 빠르게 움직이고, 빠르게 바뀌고, 빠르게 없어지고, 빠르게 생성되는 그러한 고속사회에서 성장을 했다. 이러한 빠른 사회에서 성장하다 보니, 그들의 행동도 모든 면에서 빠르다는 것으로 자연스럽게 특징지워졌다.

사실 신세대들은 판단도 빠르고, 행동도 빠르다. 그들은 머뭇거리지 않고 돌진한다. 판단이 서면 즉각 행동으로 옮긴다. 그들은 빠른 것을 즐긴다. 음식도 주문하면 금방 나오는 햄버거 등과 같은 음식들(fast food)을 즐기고, 랩과 같은 빠른 템포의 음악, 빠른 리듬의 춤을 즐긴다. 그들은 속도감을 즐긴다. 자전거 따위보다는 오토바이를 선호한다. 어려서부터 모두 빠르게 움직이는 장난감들을 즐겨 갖고 놀았다. 지금의 어른들이 옛날에 갖고 놀던 장구실패로 만든 탱크와 같이 더디게 움직이는 장난감들은 그들에게 아무런 재미를 주지 못한다.

그들은 퀴즈 게임을 즐긴다. 남보다 빨리 버튼을 눌러 대답할 수 있는 기회를 잡는다는 데서 쾌감을 즐긴다. 그들은 전자오락실에서 빠르게 움직이는 게임을 즐기며 올라가는 점수를 보고 쾌감을 느낀다. 그들은 온종일 바쁘다. 서로의 빠른 접선을 즐긴다. 삐삐를 차고 다니면서 서로 바쁘게 움직이는 것을 경쟁한다. 그들은 이성과의 사귐에서도 머뭇거리지 않는다. 좋아함과 싫어함의 판단이 빠르고 그러한 감정의 표현도 빠르다. 처음 만나서도 쉽게 손을 잡고 걷는다. 그러다가 그 어느 쪽이고 싫다고 느끼게 되면 빨리 모든 것을 정리한다. 미련을 두지 않는다. 그들의 부모처럼 만나고 헤어지는 것이 지리멸렬하지 않다.

둘째, 소달구지에 비하여 우주선은 매우 복잡하다. 소달구지는 그 구조가 참으로 단순하게 되어 있다. 이를테면 바퀴, 축, 그 위에 얹은 널빤지, 이렇게 세 덩어리로 되어 있다. 분해해 봤자 그 부품이 몇 가지 안 된다. 그러나 우주선은 수십만 개의 부품들로 복잡하게 구성되어 있다. 지금 사회가 그렇다. 모든 것들이 복잡하게 얽혀 있다. 그러나 옛날에는 사회의 구조가 단순했고, 그 속에서 살아가는 사람들의 삶도 단순했다. 그저 잠자고 일어나면 들판에 나가 일하고, 어두워지면 들어와 밥 먹고 잤다. 월요일이나 화요일이 서로 다르지 않았다. 주말에 어떤 특별한 의미가 부여되지 않았다. 그러나 지금은 그렇지 않다. 하다못해 도로에서의 교통체증조차도 요일별로 다를 만큼 하루하루의 생활이 제가기 복잡한 특성을 지니고 있다. 사람들의 삶이 그만큼 복잡해진 것이다.

그렇기에 이러한 사회에서 성장한 신세대들의 생활도 매우 복잡하다. 단순히 학교에 다니면서 공부하는 것만이 그들 생활의 전부가 아니다. 그들에게도 많은 복잡한 관계지음이 있다. 그들의 책상서랍 안도 복잡하고, 가방 안에도 뭐가 그렇게 많이 들어 있는지 복잡하다. 그들의 머릿속도 복잡하다. 온갖 상념들이 가득 차 있다. 옷 입는 것을 봐도 복잡하다. 셔츠 위에 겉옷을 그냥 입은 것이 아니다. 조끼를 입은 듯하면, 또 그 위에 겉옷인지 속옷인지 구별 안 되는 카디건 따위를 입었고, 허리에 찬 것이 많고, 얼굴에 매단 것이 많다. 선글라스, 귀고리, 목걸이도 단순한 것이 아니다. 외양이나 속마음, 겉으로 드러나는 행동이나 속에서 이루어지는 생각이나, 지금의 신세대들은 복잡하다.

셋째, 우주선은 매우 정교하게 조직되어 있고, 매우 정교하게 운행된다. 그러나 소달구지는 그저 대충대충 움직인다. 아무나 올라타고, 「이랴!」 하면 움직인다. 특별한 운전기술이 요구되지 않는다. 가는 길이 꼭 정해져 있는 것도 아니다. 소달구지가 갈 수 있을 만큼 넓기만 하면, 아무 데나 길이다. 정거장이 따로 있는 것도 아니다. 사람이고 짐이고 식별도 필요없다. 그저 올라타면 되고 실으면 된다. 교통순경이 속도위반으로 잡는 경우도 없다. 우주선은 그것이 움직이는 궤도에서부터 속도에 이르기까지 모든 것이 치밀하고 정교하게 짜여져 있다. 눈곱만큼의 실수가 있어도 안 된다. 아주 작은 부품 하나라도 문제가 생겨서는 안 된다. 그랬다가는 우주선 전체가 폭발할 수 있다. 그러나 소달구지는 바퀴 한짝이 빠져나가도 그만이다. 그렇다고 사람들이 죽거나 큰 사고가 일어나지 않는다.

옛날에는 사람들이 수첩이라는 것을 별로 사용하지 않았다. 메모하는 습관도 없었다. 그만큼 적어둘 일도 없었거니와, 적어 두지 않아도 되었다. 모든 것이 대충대충 이루어졌다. 사람을 만나는 일도 그저 저녁 먹고 보자고 하면 별문제 없이 만났다. 시간과 장소를 약속하는 데도 그렇게 치밀하지 않아도 되었다. 달력도 그저 있으니까 벽에 붙여 놓았지 그것이 날짜 가는 것을 따지기 위해 붙여 둔 것이 아니었다. 게다가 열두 달이 한 장으로 되어 있는 그런 달력이었다. 그 지역 국회의원 사진이 가운데 들어가 있고, 그 둘레에는 24절기가 음력으로 표시된 정도의 달력이었다.

그러나 지금은 어떤가. 수첩 안 가지고 다니는 사람이 없고, 시간과 장소를 약속해도 매우 치밀하고 정확하게 하지 않으면 안 되게끔 되었다. 옛날에는 전혀 개념화되지 않았던 초 개념이 자연스럽게 일상 행동 속으로 스며들었다. 1초 1분이 엄청난 의미를 지닌 그런 사회가 되었다. 몇 달씩 앞에 놓고 미리미리 계획하지 않으면 안 된다. 내년 구정 열차표를 올 여름에 구입해 두지 않으면 안 되고, 4월인데 이미 연말연시 휴가 비행기 예약이 마감되고 마는 그런 세상이다. 이런 정교하고 치밀한 사회 속에서 신세대들은 성장했기에 그들의 행동도 참으로 치밀하고 정교하다. 자칫 한눈을 팔다가는 큰일나지 싶어, 행동 하나하나에 치밀한 신경을 쓴다. 하긴, OMR카드로 되어 있는 객관식 답안지에서 줄 하나를 잘못 맞추었다가는 모두 틀릴 수도 있기에 시험 같은 것을 볼 때는 더욱 치밀해진다. 부모에게 용돈을 타고, 공부를 하고, 친구를 만나고, 시간을 활용하는 일 등에 있어서도 그들은 우주선 시대에 사는 사람처럼 정교함을 행동 특성으로 내보이고 있다.

넷째, 소달구지는 그것을 만들어 내는 일이나, 그것을 운행하는 일에서 사람들간에 아무런 경쟁이 없었다. 그러나 우주선은 국가간의 경쟁체제에서 개발되었다. 누가, 어느 나라에서 먼저 쏘아 올리느냐, 누가 더 보다 발전된 우주선을 개발하느냐에 엄청난 경쟁이 벌어지고 있다. 한마디로 우주선의 시대는 경쟁의 시대다. 과학적인 두뇌나 인간의 무한한 능력 개발의 경쟁에서 니타난 소산이 우주선인 것이다. 신세대들은 그들의 부모세대와는 달리 치열한 경쟁 사회에서 성장을 하고 있다.

물론, 그들의 부모세대가 어렸을 때 경쟁이 전혀 없었던 것은 아니다. 그러나 그때의 경쟁은 목숨을 건 그런 경쟁은 아니었다. 그때의 경쟁은 소수 몇 사람들만의 경쟁이었을 뿐, 대다수는 그런 경쟁의 대열에 참여하지 않았다. 그러나 지금 사회에서의 경쟁은 모든 사람이 참여하는 경쟁이다. 뿐만 아니라, 그 경쟁의 내용도 매우 폭넓다. 옛날에는 경쟁을 한다 해도 기껏해야 '먹을 것'을 구하는 정도의 극히 제한적인 경쟁을 하였고, 진학을 하는 일에 있어서도 일류학교에 대한 소수 몇 사람들간의 경쟁이었다. 그러나 지금은 별의별 경쟁이 치열하다. 매일 아침 출근시간에 꽉 막힌 다리 진입로에서 서로 먼저 들어서려는 작은 경쟁에서부터 돈을 벌어 차를 사고, 집을 마련하고, 승진을 하는 등의 일에 있어서까지 하여간 경쟁의 대상이 되지 않는 것이 없다. 모든 것에서 모든 사람들이 서로 경쟁을 한다.

이 속에서 우리 신세대들도 경쟁이 몸에 배어 생활한다. 그들은 소유에서부터 자신의 능력을 개발하는 모든 일에서도 경쟁을 한다. 그들은 아주 어려서부터 남보다 많은 것을 빨리 할 줄 알고, 소유해야 하는 경쟁에 내몰린다. 걷기 시작하면서 아직 제대로 크지도 않은 손가락을 펴서 피아노를 배우고, 바이올린을 배운다. 태권도를 배우고, 수영을 배우고, 컴퓨터를 배우고, 좀 커서는 운전을 배우는 등 모든 일에 있어서 경쟁적이다. 그리고 끝내는 남보다 더 명성 있는 대학에 들어가기 위해 온갖 수단을 다 동원하여 경쟁을 벌인다.

특히 이러한 경쟁에서 그들은 기존의 전통적인 장벽들을 허물고 있다. 예컨대, 남녀간의 성차에 따른 전통적인 역할기대를 무너뜨린다. 옛날에 피아노는 여자아이들만이 배우는 것쯤으로 생각했지만 지금은 그렇지 않다. 남자아이들도 피아노를 배운다. 남자아이들만 하던 태권도를 여자아이들도 배운다. 여자아이들만 드나들던 미용실에 남자아이들도 드나들고, 여자아이들만 걸던 목걸이를 남자아이들도 경쟁적으로 걸고 다닌다. 남자아이들만 가던 공과대학에 여학생들도 진학하고, 여자아이들만 가던 간호대학이나 가정대학에 남학생들도 간다. 남녀간의 전통적인 역할기대가 무너졌다.

이성교제에서도 그런 역할기대가 무너졌다. 남자아이가 여자아이를 쫓아다니면서 선택하는 것만이 꼭 바람직한 것은 아니라고 생각한다. 오히려 여자아이들도 남자아이를 겉으로 드러내 놓고 선택하기도 하고 버리기도 한다. 남녀공학 중학교에서 남녀 학생을 섞어서 반을 편성하고 짝지워 앉힐 때, 여학생들도 매우 과감하게 남학생을 선호한다. 그리고 마음에 들지 않는 남학생과 짝이 되었을 때, 그들은 다른 여학생들과 의논하여 남학생을 서로 바꾸는 일까지 스스럼없이 한다. 그들은 기존의 인습을 허물어 가면서 그들이 얻으려 하는 모든 것을 경쟁적으로 쟁취해 나가는 것이다.

끝으로, 우주선의 시대에서는 모든 것이 보편적인 것을 뛰어넘는다는 데 특징이 있다. 모든 것에서 사람들은 '초(super)'를 지향한다. 이를테면 초일류나 초고속이 그렇다. 최첨단이나, 슈퍼맨, 슈퍼우먼처럼 '최' '슈퍼' '초'와 같은 접두어가 붙어야 직성이 풀리는 사회가 지금의 사회다. 그렇기에 웬만한 정도는 사람들을 놀라게 하지도 못하고 만족을 시키지도 못한다. 사람들이 눈길을 주지 않는다. 그래서 이제는 용어들도 매우 자극적이다. '가격파괴'와 같은 것이 대표적이다. 가격을 파괴하여 상상할 수 없을 만큼 싼값에 제공하겠다는 것이다. 그래야만 사람들의 마음이 조금 움직인다는 것이다.

그러한 현상은 정부의 정책에서도 나타나지 않던가? 웬만한 정책을 발표해 가지고는 국민의 주의를 끌기가 어렵다. 메가톤급의 정책을 그것도 예기치 못한 시기에 터뜨려야 사람들이 주의를 기울인다. 웬만한 '깜짝 쇼'로는 이젠 더 이상 통하지 않는 그런 사회에서 우리 신세대들은 성장하고 있다.

그렇기에 신세대들의 행동도 마냥 그런 '최' '슈퍼' '초' 지향적이다. 최첨단 기능의 삐삐를 차길 원한다. 최첨단 기능의 오디오를 갖고 싶어한다. 필통 하나를 가져도 그저 연필을 담고 다니는 통이 아니라 다기능적인 슈퍼 필통을 가지려 한다. 학용품을 선택하여도 최첨단의, 최고의, 초일류의 학용품을 가지려 하고, 옷을 입어도 최신 유행, 최첨단의 옷을 입으려 든다. 그들이 존경하는 사람도 기존의 최고를 깨는 슈퍼맨이다. 또는 그보다 한 단계 더 위라고 생각해서 새롭게 말을 만든 엑스트라슈퍼, 멀티슈퍼맨을 존경하고 선호한다. 그렇기에 우리의 신세대들은 보편을 넘어선 웬만큼 특별한 것, 평범을 넘어선 웬만큼 비범한 것에는 마음을 쓰지 않는다. 그것은 그들의 마음을 파고들지 못한다. 그래서 그러한 그들을 주된 소비자로 삼는 사람들은 그들을 자극시키는 '슈퍼 묘안'을 짜내느라 고심하고 있는 것이다.

그들은 풍부한 문화접촉 속에서 성장했다

지금의 40~50대 어른들이 성장할 때는 트랜지스터 라디오 시대였다. 큼지막하게 생기고, 뒤에다 건전지 몇 개를 고무밴드로 주렁주렁 묶어 놓은 라디오였지만, 너무나 신기해서 모두들 둘러앉아 스포츠 중계방송을 신나게 들었다. 또 접할 수 있는 문화적인 매체는 제한되어 있어서 책으로 된 잡지 따위도 매우 적었다. 〈학원〉이라는 월간지도 서울이나 도심지 아이들만 볼 수 있었다. 시골에서는 구경하기조차 어려웠다. 만화책도 드물었다. 어린이신문은커녕 어른들이 보는 신문도 시골에서는 구경하기가 어려웠다. 한마디로 문화적인 접촉이 거의 없이 성장한 것이 지금 40~50대의 어린시절이다.

이에 비하여 신세대들은 엄마 뱃속에 있을 때부터 엄마의 취향에 따라 고전음악을 듣거나, 팝송을 듣거나, 피아노 소리를 들으면서 세상 밖으로 태어난다. 세상에 태어나자마자 이들은 참으로 다양한, 홍수같이 밀려드는 각종 문화적인 매체들에 노출된다. 고도로 발전하는 정보통신기술의 모습을 이들은 생활 속에서 직접 체험하면서 성장한다. 그렇기에 이들이 습득하는 정보도 매우 다양하고, 정보를 습득하는 시기도 점점 빨라진다. 겨우 대여섯 살밖에 안 되는 아이들도 컴퓨터를 만지고, CD플레이어를 통해 그들 수준에 맞는 음악을 듣는다. 한마디로 요즘의 신세대 아이들은, 옛날에 비하여 엄청나게 영악해졌다. 요즘 아이들은 어디에서 그런 것을 다 듣고 보았는지 어른들이 깜짝 놀랄 만큼 나이에 걸맞지 않게 아는 것이 많다.

요즘 신세대들은 그만큼 문화적 접촉이 많아짐에 따라 세상 물정에 대한 이해도 빠르고, 또 그만큼 살아가는 데에도 성숙함을 보인다. 그들은 지적, 정서적, 신체적으로도 매우 성숙해 보인다. 그래서 그들은 스스로도 어른만큼 성숙했다고 믿고 만 18세나 만 20세까지 기다려야 허락되는 것들에 대하여 불만을 터뜨린다. 물론 모든 면에서 그들의 성숙이 빨라졌음은 사실이다.

그럼에도 그들에게서 드러나는 문제 중 하나는 그들의 성숙이 때로는 지극히 표피적이고 한쪽으로만 치우쳐 균형을 상실하고 있다는 것이다. 초등학교 6학년인 아이의 키가 벌써 엄마나 아빠보다 크다. 여자 어린이의 경우 초등학교 5학년 때 초경을 시작하는 아이들도 꽤나 많아졌다. 고등학교에 다니는 아들을 보면 정말 다 자란 듯싶게 건장한 성인으로 성장했다. 신체적으로 그들은 어른 못지 않게 성장한 것이다. 그러나 이러한 신체적인 성숙에 비하여 그들의 지적, 정서적 성숙은 그만큼 이루어지지 못한 불균형을 이룬다. 또한 지적인 성숙에 있어서도 그들 스스로는 많은 문화적 접촉을 통해 다양한 정보를 습득한 것으로 생각하지만, 그러한 정보를 사고과정을 통해 효율적으로 관리해 나가는 지적인 성숙은 아직 이루지 못하고 있다. 이러한 현상은 정서적인 성숙에서도 마찬가지다. 그들은 사랑이 무엇이고, 사랑을 한다는 것이 결국 어떤 것인가를 이론적으로는 설명할 수 있다. 특히 다양한 영상매체를 통해서 그들은 어른들의 사랑을 눈으로 보고 귀로 들었다. 그럼에도 불구하고 문제는, 그들이 그러한 느낌을 자신의 여러 여건이나 환경, 그리고 삶의 과정에서 자신의 위치나 책무들과 연관지어 합리적으로 생각하고 수용하는 능력은 소유하지 못하고 있다. 이를테면 이해는 하면서도, 그것을 어떻게 행동으로 옮겨야 진정 바람직한가에 대한 확실한 판단을 내릴 만큼 성숙하지 못한 데서 갈등을 겪고 있다. 차라리 아무것도 모르면 더 속 편할 때가 있다. 어줍잖게 이것저것 알고 나면 오히려 머릿속이 복잡하고 가슴이 답답할 때가 있듯이, 지금의 신세대들이 다양한 문화적 접촉에서 그러한 기분을 느끼고 있다.

특히, 이러한 다양한 문화접촉에서 신세대들은 상당한 가치혼미를 경험하고 있다. 옛날에는 가치 그 자체가 지극히 단순했다. 언제나 한 가지 원칙만 있을 뿐 선택의 여지가 없었다. 절대적 가치가 사회와 사람들의 생각과 행동을 지배했다. 그러나 지금 같은 다원화 시대에는 그야말로 다양한 가치, 다양한 패러다임들이 공존하고 있다. 한 가지 절대적인 가치가 없다. 상황에 따라 어떤 행동이 옳을 수도 있고 그를 수도 있다. 또한, 사람들이 살아가는 방식 그 자체가 매우 다양화되어 가고 있다. 신세대들은 바로 그러한 다양한 가치에 노출되어 있다. 즉, 신세대들은 다양한 매스 미디어를 통해서 여러 유형의 가치를 접촉한다. 문제는 그것 모두가 제각기 맞을 수도 있고 틀릴 수도 있다는 것이다. 거기에서 그들은 언제나 선택의 어려움을 겪는 가치혼미에 빠져들 때가 많다.

아버지가 고등학교 1학년에 다니는 아들과 함께 앉아 있다. 아버지가 무겁게 말을 꺼냈다.

「야, 이 녀석아, 너 그렇게 해가지고 대학에 갈 수 있겠냐? 그냥, 만날 음악에만 미쳐 가지고…….」

「대학 안 가면 되잖아요!」

「뭐라고, 대학 안 가면 된다구? 너, 그게 말이라고 하냐?」

「꼭, 대학 가야만 먹고사나요?」

「이, 자식이! 그럼, 너 대학 안 가고 뭐 하려고 그래?」

「아직은 몰라요. 어떻든 벌어먹고 살면 되잖아요!」

「나 원 참, 기가 막혀서. 여보, 이 녀석 말하는 것 좀 봐!」

「아버지, 제발 대학, 대학 그러지 마세요…….」

결국 아버지는 소리치면서 화를 냈고, 그날 그 집에서는 야단법석이 났다. 그러나 여기서 한 가지 우리가 생각할 것은, 바로 그러한 것이 지금 신세대들의 두드러진 행동특성이라는 점이다. 이를테면, 부모세대에는 대학을 가야만 먹고살 수 있다는 하나의 획일적인 가치가, 그 어느 누구에게도 이의 없이 절대적인 가치로 수용되었었다. 그러나 지금의 신세대들은 그렇지 않다. 꼭 대학을 가야만 하는 것이냐, 대학을 안 가고도 자기가 좋아하는 일을 하면 되는 것 아니냐고 생각한다. '출세'에 대한 해석이 제각기 다르다. 꼭 돈을 많이 벌고 남보다 윗자리에 앉아서 넥타이 매고, 도장이나 찍고, 신문에 이름이 오르내리는 것만이 출세냐, 그런 출세말고 다른 형태의 출세도 얼마든지 있다는 식의 생각을 하고 있는 것이다. 이것이 곧 가치의 다양화이고, 신세대들이 겪는 가치혼미이다. 그러므로 부모들은 자녀들이 그 속에서 자신의 바람직한 가치를 스스로 선택해 나갈 수 있도록 도와야 한다.

그러나 이러한 과정에서 문제가 되는 것은 바로 신세대들을 상업적으로 이용하는 어른들이다. 나는 이따금 그런 생각을 해본다. 도대체 무엇을 X세대라고 규정하고 있는 것인가. 누가 X세대라고 일컫기 시작했는가, 그것은 미국에서 흘러 들어온 개념인가? X세대는 이것이 다르고, 이런 것을 좋아한다는데, 이는 오히려 상업적인 목적을 가진 사람들이 그냥 '바람'을 불러일으킨 것 아닌가. 그것은 결국 새로운 것에 호기심이 많고, 기존의 타성이나 인습에서 벗어나고 싶어하는 청소년들의 심리를 교묘하게 이용하여 어른들이 만들어내는 흐름에 우리 신세대들이 이용당하고 있는 것은 아닌가 생각될 때가 많다. 압구정 거리고 홍대앞 거리고 간에 진실로 신세대들이 원해서 그런 종류의 문화가 형성된 것인가, 아니면 그러한 것을 어른들이 만들어 놓고서는 신세대들을 그러한 세계로 끌어들인 것은 아닌가? 한번쯤 깊이 생각해 볼 일이다.

신세대들이 접촉하는 다양한 문화 속에는 어른들이 쾌감을 맛보기 위해 설정해 놓은 비정상적인 사고와 행동들이 많이 포함되어 있다. 보통처럼 해서는 사람을 웃기지도 울리지도 못하니까, 별 요상한 사고와 행동으로 사람들을 웃기고 쾌감을 맛보게 하는 상황이 영화나 드라마나 만화로 제시되는 경우가 너무도 많다. 어른들은 물론 그러한 것을 보고 순간의 쾌감을 맛볼 정도로 치부해 버리지만, 모방 심리가 강하고 감수성이 예민한 신세대들은 그렇지 않다. 그러므로 비정상적인 것들을 반복해서 접촉하는 가운데 그러한 것을 정상적인 것으로 이해하고, 또 자기도 모르는 사이에 그것이 머릿속에 자리 잡을 때가 많다.

학생이 커닝을 하다가 교수님께 걸렸다. 교수님은 답안지를 빼앗아 연구실로 왔다. 교수님은 학생이 찾아와서 사과하리라 기대하고 기다렸지만 학생은 오지 않았다. 기다리던 교수님은 화가 나기 시작했고, 나중엔 자기 자신이 무시당한 듯한 느낌도 받았다. 교수님은 게시를 했다. 아무개 학생은 몇 월 몇 일 몇 시에 그 교수님 연구실로 오라고. 드디어 학생이 찾아왔다. 연구실에 들어선 학생은 교수님께 넙죽 인사를 하고는 말을 꺼냈다.

「교수님, 저 부르셨습니까? 저는 ○○○입니다.」

「그래, 자네 내가 꼭 불러야 오나?」

「네? 무슨 말씀이신지요?」

「야, 너 내가 꼭 불러야 오냔 말야! 자네가 잘못했으면 와서 잘못했다고 얘기해야 할 것 아냐.」

「무슨 말씀이신지요?」

「그래도 아직 모르겠나. 지난번 시험 때 커닝했지?」

「네, 그래서 교수님이 답안지 뺏어 가시지 않았습니까?」

「그래, 그런데도 잘못했다는 생각 안 드나?」

「글쎄요, 저는 잘못한 게 없는 것 같은데요. 교수님께서 제가 커닝했다고 그러시는데, 그러면 그냥 F 주시면 되지 않습니까?」

「어쭈, 이 녀석 봐라! 지금 F가 문제가 아니고 자네 의식이 문제야! 자넨 아직도 커닝한 것이 잘못이라고 생각지 않나?」

「교수님, 제가 커닝하기 이전에 교수님께서 문제를 그런 식으로 내시니까 커닝할 수밖에 없지 않겠습니까?」

교수님은 기가 막혔다. 아연실색하며 소리쳤다.

「나가! 자넨 낙제야, 나가!」

학생은 밖으로 나오면서 낄낄댔다. 밖에서 기다리고 있던 친구들이 그에게 물었다.

「야, 그래 너 혼났지? 교수님이 뭐라고 하시던?」

「뭘 뭐래. 내가 한 방 먹였지.」

「어떻게?」

「문제를 그런 식으로 내니깐 커닝할 수밖에 없었던 것 아니냐고 했지.」

「야! ○○○, 너 잘했다. 너 정말 캡이다. 네 머리는 하여간 알아줘야 돼.」

정말 그럴까? 정말 신세대 중에 이런 학생들도 있을까? 내 귀를 의심하면서 어느 선배 교수님한테 들은 이야기다. 그러면 이러한 아이들에게는 무엇이 문제인가? 책임을 남에게만 돌리려 하고 위아래도 가릴 줄 모르는 버릇없는 행동도 문제 중의 하나일 것이다. 그러나 그보다 더 크고 심각한 문제는 바로 '정상적인 사고'와 관습을 깨는 것에서 쾌감을 느끼고, 그것을 멋지고 창조적이며 위트가 있는 것이라는 식의 왜곡된 가치가 그의 머릿속에 있다는 점이다. 어른을 꼼짝달싹 못하게 혼내 주었다든지, 감히 도전할 수 없는 어떤 권위에 대하여 함정을 파서 곤혹스러움에 빠지게 한다든지, 그 어느 누구도 생각하지 못한 '반전'을 가져왔다든지, 그런 데서 쾌감을 느끼고 의미를 찾고, 또 그것이 남으로부터 인정받는 것이라는 사고가 신세대의 의식 속에 뿌리내리고 있다는 것이 더욱 심각한 문제인 것이다. 결국 그저 상업적으로만 머리를 굴리는 어른들이 무분별하게 만들어 낸 여과되지 않은 문화 속에 신세대가 마구 노출되어 일어나는 문제가 아닌가 생각된다.

오늘의 신세대, 그들은 확실히 그들의 부모보다는 너무도 다양한 정보, 다양한 문화, 다양한 매체에 노출되어 있다. 그리고 그들이 그것을 즐기도록 어른들이 부채질하고 있다. 그들은 그것을 통해 그들 나름대로 의미 있는 성장과 발달을 이루기도 하지만, 거꾸로 그러한 것을 통해 왜곡된 가치를 배우고 전도된 가치에 휩싸여, 결국 그것으로 인해 많은 고통을 겪어야만 한다는 것도 생각해 볼 일이다.

제3장

자녀와 어떤 방법으로 대화를 할 것인가

늦은 밤이었다. 아파트 주차장에 서로 각자의 차를 주차시킨 50대의 두 남자는 몇 발자국 사이를 두고 엘리베이터 앞에 와 섰다. 흘긋 보고는 서로 아무런 말이 없다. 인사도 없다. 물론 몇 층에 사는지 서로 안다. 한 사람은 16층에, 다른 한 사람은 17층에 산다. 드디어 엘리베이터 문이 열렸고, 두 남자는 좁은 공간 안에 잠시나마 함께 있게 되었다. 한 사람이 17층을 누른다. 다른 사람이 16층에 사는 것을 뻔히 알면서도 16층을 눌러 주지 않는다. 16층 남자는 별로 기분 나쁜 내색 없이 다가가서 16층 버튼을 누른다. 1층, 2, 3, 4……층. 엘리베이터는 그리 빠르지 않은 속도로 올라가고 있다. 두 사람은 그래도 아무 말이 없다.

하기야 16층 남자 입장에서는 그동안 몇 년 함께 살면서 만날 때마다 인사를 건넸지만 17층 남자는 늘상 대답을 하는 둥 마는 둥했으니, 이제야 너한테 무슨 인사를 또 건네겠느냐 생각하고 인사를 안했을지도 모른다. 더욱이 며칠 전 결코 차를 대놓아서는 안 될 곳에 차를 대고는 기어도 풀어 놓지 않고 그냥 가버리는 바람에 이른 새벽 나가려고 하던 16층 남자는 엄청 곤혹을 치렀던 기억까지 되살리고 있었다. 내려와서 차 좀 빼달라고 했더니 17층 남자는 말하기를, 다른 집은 차가 두 대고 우리집은 한 대밖에 없어 아무 데나 댔는데 왜 새벽부터 차를 빼라고 하느냐고 불쾌하게 반응했던 기억을 하고 있었으니, 뭐 인사할 기분이었겠는가?

반면, 17층 남자는 어쩌면 그런 생각을 했을지도 모른다.

「자식, 자기가 의사면 의사지, 며느리까지 고급 차를 몰고 다니고,

건방진 놈.」

뭐 그런 비슷한 생각을 했을 성싶다. 하여튼 두 사람은 오며가며 서로 얼굴을 안 지도 꽤나 오래되었지만 말이 없다. 물론, 이는 어쩌면 두 사람 관계에서만의 문제일 수도 있고, 두 사람 중 어느 한쪽의 성격 때문일 수도 있다.

그러나 여기서 한 가지 분명한 것은 이웃간에 너무도 대화가 없다는 것이다. 이웃간에만 대화가 없는 것이 아니다. 직장에 가도 동료 간에, 상사와 부하 간에 대화가 없다. 그저 업무적인 이야기뿐이다. 학교에서도 대화가 없다. 단지 칠판 앞에서 교과서를 들고 설명하는 선생님, 받아 적는 학생만 있을 뿐, 선생님과 학생이 마주앉아 얘기를 나누는 일이 점점 줄어들고 있다. 교과 진도를 계획대로 따라가기에 선생님도 학생도 모두 바쁘다. 틈이 있어야 대화도 하는 것인데 선생님들은 수업 부담 외에도 이런저런 일로 시달려서 시간만 없는 것이 아니라 학생을 만나 얘기를 할 기운조차 없다.

그러면 가정에서는 어떤가? 부모와 자식간에, 그리고 부부지간이나 형제지간에 대화가 있는가? 대화가 없다.

어느 식당 여종업원으로부터 들은 얘기다. 그녀는 식당 안에 들어오는 손님이 부부 사이인지 아닌지를 금방 알 수 있다고 한다. 두 남녀가 값싼 것을 주문해서 그저 말없이 밥만 먹고 휑하니 나가면, 그 두 사람은 십중팔구 부부 사이라는 것이다. 그러나 그렇지 않은 경우에는 대체로 남자 쪽에서 여자에게 값비싼 것을 주문해 주고, 또 무슨 얘기가 그렇게 많은지 꽤나 오랫동안 앉아서 밥을 먹고 얘기를 한다는 것이다. 그 비슷한 얘기를 택시기사한테서도 들었다. 남편이든 아내든 부부 중 어느 한쪽이 운전을 하고 그 옆에 함께 타고 가는 경우에는 대체로 빨리 달린다는 것이다. 왜냐하면 서로 말이 없고 그저 앞만 보고 달리기 때문이란다. 그러나 연인이나 친구 사이인 듯 보이는 남녀가 탔을 때는 두 사람간에 무슨 얘기가 그렇게 많은

지 운전하는 남자가 자꾸 옆에 앉은 여자 쪽을 바라보니, 자연히 브레이크를 자주 밟고 차량들의 흐름을 쫓지 못해, 그런 자동차 뒤를 따라가노라면 신경질이 난다는 것이다. 그러면 사랑하는 사람들끼리는 대화가 많고, 사랑하지 않는 사이엔 대화가 없는 것인가? 또, 부모와 자녀 간에 대화가 없는 것은 부모와 자녀 사이에 사랑이 없어서인가? 사랑과 대화를 꼭 등식화시킬 수는 없을 것이다. 그럼에도, 많은 가정에서는 서로 대화가 없다.

가정에서 서로 입을 열어 얘기를 한다고 해봤자, 안 하면 안 되는 말들뿐이다. 이를테면, 「어서 씻고 밥 먹어」「이제 그만 들어가서 공부나 해」「내일 입을 와이셔츠 다려 놓았어?」「내일 저녁엔 늦으실 거예요?」「큰집에는 전화해 봤어? 언제 모이는지 날짜 정했대?」하는 식의 지극히 업무적인 얘기뿐이다. 그러나 이런 것은 대화가 아니다. 대화란 따뜻한 차 한잔, 과일 몇 조각이라도 놓고 서로 마주보며 앉아서 이런저런 얘기를 주고받는 것이 아니겠는가?

그렇다면 왜 우리 사회, 우리 가정에서 대화가 이토록 줄어들고 있는가? 모두가 바빠서일까, 모두들 집에 돌아와서 입을 다물고 사는 까닭은 모두가 밖에 나가서 지치고 피곤해서일까, 아니면 아무런 얘기가 없어도 그저 눈빛만 보면 상대방과 서로 통해서일까? 마치 유행가 가사처럼 「아무 말 않고서 이렇게 앉아 있어도 무작정 당신이 좋아서」일까?

대화는 상호이해의 필수적 조건이다. 서로가 서로를 이해하려면 그것이 구두로든 글로든 대화를 해야 한다. 대화 없이 서로를 이해하기란 지극히 어려운 것이다. 그러므로 부모가 자녀를 이해하기 위해서는 반드시 자녀와 대화를 해야 한다. 대화를 통해 그들의 마음을, 생각을, 행동을 이해하려고 노력해야 한다. 부모가 자녀와 대화를 잘해서 그들의 세계와 그들의 생각을 이해해 주면, 그것으로 이미 자녀 교육의 90퍼센트 정도는 끝난 셈이라고 할 만큼 대화는 중요하고 필요한 것이다.

한국청소년개발원이 1994년 9월 수도권 지역의 중·고교생을 대상으로 실시한 정신건강상태 조사에 따르면, 47퍼센트의 학생들은 「때때로 자살하고 싶은 충동을 느낀다」, 52퍼센트는 「자꾸 신경질이 난다」, 64퍼센트의 학생들은 「하고 싶은 말을 못하는 경우가 많다」, 41퍼센트는 「쌓이는 갈등과 고민을 풀 길이 없다」고 응답하였다. 이런 조사 결과는 우리에게 무엇을 시사해 주고 있는가? 우리네 청소년들은 한마디로 대화의 상대가 필요한 것이다. 그리고 그들이 원하는 대화의 상대는 우선 가정의 부모일 듯싶다.

오늘날 많은 사람들이 가정이나 학교, 직장에서 느끼고 있는 소외감 또는 심리적 이탈감(psychic dropout)은 무엇에서 비롯되는 것일까? 또 사람들간에 벌어지는 다툼이나 갈등은 무엇에서 비롯되는 것일까? 그것은 서로간의 대화가 부족할 때 더욱 심해진다. 역으로 대화가 잘 이루어지는 경우 그러한 소외감이나 갈등은 훨씬 줄어든다. 그렇다면 우리 부모들은 자녀와 대화를 어떻게 해나가면 좋겠는가? 다음에서 모두 여덟 가지로 짚어 보고자 한다.

자연스럽게 대화를 시작한다

내가 어느 날 특강에서 요즘 부모 자녀 간의 대화가 부족하다고 지적하자, 그 얘기를 들은 어떤 부모가 자녀와 대화를 하기로 마음먹고 집에 가서는 아이들을 보자마자 대뜸 이랬다고 하자.

「야! 오늘 이성호 교수 강의 들었는데, 부모 자녀 간에 대화가 중요하다더라. 너희들, 엄마 아빠와 대화가 없어서 뭐 문제 있냐? 어디 우리도 대화를 한번 해보자. 이리로 와서들 앉아 봐, 대화 좀 하게. 여보, 당신도 그렇게 앉아 있지 마시고 이리 좀 와요. 애들하고 오늘 우리 대화나 좀 합시다.」

이런 경우, 정말 부모와 자녀 간의 진정한 대화가 이루어질 수 있을까? 또는, 밤 9시 텔레비전 뉴스를 보려다가 아버지가 식구들에게 이렇게 말했다고 하자.

「아버지는 지금 텔레비전 뉴스를 보려고 하는데, 9시 뉴스 끝나면 우리 대화 좀 하자. 너희들 방에 들어가서 공부하다가 9시 50분쯤 되면 모두 이리로 나와, 알았지?」

이렇게 해서 9시 50분에 온 식구가 소파에 둘러앉으면 정말 부모와 자녀 간의 진정한 의미의 대화가 이루어질 수 있을까?

어느 조그만 회사에서는 정기적으로 사장과 사원 간의 대화를 실시한다고 한다. 어떻게 하는가 보았더니, 우선 매월 첫째주 토요일 11시를 사장과 사원 간의 정기 대화시간으로 정하고 있었다. 항상 토요일 11시가 되면, 사장과 임원, 그리고 직원 모두 합쳐서 100여 명이 사내 식당에 모인다. 사장은 맨 앞 가운데 넓은 탁자를 앞에 놓고 큰 의자에 앉는다. 탁자 위엔 으레 꽃바구니도 놓는다. 양옆으로 비스듬히 서너 명의 임원들이 앉고 사원들은 줄을 맞추듯, 10열 종대형으로 쭉 앉는다.

시간이 되었다. 사원들은 미리 모여 앉아 있고, 사장과 임원들이 11시 조금 지나서 입장하였다. 총무부장이 사회를 맡고 있었다.

「지금부터 저희 회사 사장과 사원 간의 3월 정기 대화시간을 갖도록 하겠습니다. 모두 자리에서 일어나 주십시오. 먼저 국민의례가 있겠습니다. 국기에 대한 경례.」

그리고 선을 타고 지지직거리는 녹음된 소리가 흘러나왔다.

「나는 자랑스러운 태극기 앞에…….」

「바로, 모두 자리에 앉아 주십시오. 그럼, 우선 사장님의 인사말씀이 있겠습니다.」

「안녕하십니까, 오늘 다시금 여러분을 만나니…….」

이렇게 시작된 사장님의 인사말씀은 10분쯤 지속되었다. 늘상 들었듯이 세계화, 국제화, 국가경쟁력 강화, 21세기, 수출증대, 뭐 그런 단어들이 주류를 이루었다.

「그러면, 이제부터 자유로운 대화시간을 갖도록 하겠습니다. 누구든지 이 자리에서 이야기하고 싶은 것이 있으면, 가운데로 나와서 마이크를 이용해 소속과 직급, 성명을 대고 말씀을 해주시기 바랍니다.」

아무도 말이 없다. 아무도 선뜻 나서는 사람이 없다. 기다리는 시간을 메우느라고, 그리고 사람들의 발언을 유도하느라고 사회를 맡은 총무부장이 이런저런 얘기를 자꾸 한다. 그래도 말이 없다. 아마도 모두들 속으로 이렇게 생각하고 있는가 보다.

「야, 어서 누구든 말 좀 해라!」

얼마의 시간이 흘렀을 때, 젊은 대리 한 사람이 일어나서 사내 작업 환경, 특히 공기정화와 흡연문제에 대한 얘기를 꺼냈다. 이때 다른 사람들의 반응은 어떠했을까? 모두들 「야, 그것을 말이라고 하니, 자……아식!」이라고 속으로 말하고 있는 듯 냉소적이었다. 용기를 갖고 말한 대리는 1분쯤 얘기했을까? 그러나 그에 대한 사장의 얘기는 10분을 끌었고, 또 어느 한 임원의 얘기가 10분 가까이 걸렸다. 이렇게 해서 한 시간 가량 지속된 사장과 사원 간의 대화는 총무부장의 긴 광고로 막을 내렸다. 그리고 다음달 첫째 주 토요일에 다시금 대화를 갖기로 서로 확인하고 끝났다. 한 시간이라야, 앞뒤로 10여 분 빠져나가고 10여 분 사장 인사가 있고 나머지 30여 분의 대화마저 사장과 임원들의 긴 설명으로, 듣기에 따라서는 긴 훈계로 가득 채워진 채로 사장과 사원 간의 정기 대화는 끝난 것이다.

이상의 사장과 사원 간의 대화를 놓고 볼 때, 참가자 모두가 그들 스스로 뜻 깊은 대화를 나누었다고 생각할 것이라 믿는가? 그렇지 않다면, 무엇이 문제가 되어서 그 대화는 대화답지 못하게 되었는가?

이유는 간단하다. 대화가 어떤 형식을 갖추어 진행되면, 그것은 대화의 성격보다는 회의의 성격을 띠게 마련이다. 특히, 대화가 때와 장소를 정해서 이루어질 경우 더욱 그렇다. 몇 월 몇 일 몇 시에 어디에서 대화를 하기로 사전에 결정해 놓고 모이면, 대화는 이미 형식에 얽매이게 된다. 게다가, 좌석 배치도 위아래를 따져서 질서정연하게 가꾸어 놓고 시간제한을 받아 가면서 대화를 주고받게 되면, 대화는 엄청난 형식에 구속되고 결국엔 의미 있는 대화가 이루어지지 못한다. 그저 대화 그 자체에 대한 사람들의 혐오감만 증대시킬 뿐이다.

집 안에서 그렇게 대단한 형식을 갖추는 경우는 없을 것이다. 그 럼에도 모두가 바쁘다 보면, 때때로 무의식적으로 그 비슷한 형식을 갖추는 경우가 있다. 예컨대, 엄마가 아이들에게 이렇게 말하는 경우가 그렇다.

「아버지가 9시에 들어오신다고 전화하셨거든. 그런데 오늘 밤엔 너희들하고 아마 얘기를 하시고 싶은 모양이야. 철호 과학고등학교 가는 문제며, 아름이 너는, 지난번 중간시험 성적표를 아빠가 보셨는가 봐. 아마 그 얘기를 하시려는 것 같애.」

이렇게 해서 부모와 자녀 간의 대화가 이루어진다면 이는 회사 못지않게 대화의 형식이 갖추어진 셈이다. 우선 시간이 정해졌고 장소가 결정되어 있고 대화의 주제가 사전에 통고되었고 또 참석자 범위까지 확정되었다. 과연 아이들은 얼마만큼 자신들의 가슴을 열고 부모와 허심탄회하게 즐거운 대화를 할 수 있을까? 경우에 따라서 대화는 초점을 맞추어 이루어지는 것이 좋으나, 그렇다고 사전에 결정하고 통고하는 것은 그 형식성으로 인해 대화의 진수를 서로 체험하기 어렵게 된다.

부모와 자녀 간의 대화는 그야말로 때와 장소와 소재에 상관없이 자연스럽게 이루어져야 한다. 함께 식사를 하다가 서로 이런저런 얘기를 주고받으면서 시작되고, 또 식사가 끝나 그 자리에 그냥 앉아서 계속될 수도 있다. 내가 이제껏 두 아이의 아버지로서 그들과 가졌던 많은 대화는 주로 식탁에서 이루어졌다. 밥 먹다가 자연스레 시작된 이런저런 얘기가 식사가 끝났는데도 30분이고 한 시간이고 계속되었던 것이다. 비형식적인 자연스러운 대화는 가족이 함께 텔레비전을 보다가, 또는 늦은 시간 과일이나 간식을 나누어 먹으면서, 아니면 그냥 집 안이 갑갑해서 함께 밖에 나가 아파트 단지 내 초등학교 운동장 한구석 벤치에 앉았다가도 이루어질 수 있다.

부모와 자녀가 방을 따로 쓸 때, 어린아이들은 이따금 일찍 일어나 엄마 아빠 침대로 비집고 들어올 때가 있다. 엄마가 있는 이불 속은 더 따뜻해 보이고, 또 엄마 냄새가 나서 좋다며 아이들은 엄마 품으로 들어온다. 그러면 그곳에서 「잘 잤니, 왜 이렇게 일찍 일어났어?」 하면서 부모와 아이 사이에 자연스러운 대화가 이루어지는 것이다. 자연스러운 대화의 기회는 얼마든지 있으며, 그것을 잘 이끌어 가면 되는 것이다.

또한, 대화의 주제도 그렇다. 굳이 미리 정해 놓을 필요는 없다. 얘기를 나누다 보면 대화의 내용은 끝없이 가지를 치게 마련이다. 물론, 부모가 특별히 아이들과 어떤 것에 대하여 얘기를 나누고 싶다고 생각했을 때는, 처음에는 자연스럽게 시작했다가 대화 도중에 틈을 봐서 적당할 때, 그런 내용을 꺼내면 되는 것이다. 중요한 것은 부모와 자녀가 서로 마음 편하게 부담 없이 마음을 활짝 열고 자연스럽게 대화를 갖도록 하는 것이다.

자녀에게 말하기보다 그들의 얘기를 들어준다

어느 날 저녁 모처럼 온 가족이 모여 앉았다. 고등학교 2학년에 다니는 아들녀석과 중학교 3학년에 다니는 딸아이가 엄마 아버지와 함께 앉았다. 텔레비전을 함께 보고 있던 아버지가 말문을 열었다.

「민규, 너 요즘 좀 해이해진 것 아니냐? 이제 몇 달 있으면 너도 고3이야. 너도 다 생각하겠지만, 하여튼 인간이면 생각을 해봐. 너 대학에 안 갈래? 대학 가려면 지금부터 열심히 해야 돼…….」

옆에서 엄마가 아버지 얘기를 거든다.

「지금부터도 늦었지. 지금부터 해서 되나, 벌써 했어야지. 그냥 틈만 있으면 텔레비전 보느라고. 아예, 텔레비전을 없애버리든지 해야지…….」

아버지가 다시 계속한다.

「앞으로 정말 얼마 안 남았어. 이 녀석아, 이제 금방 닥쳐. 하여간 난 모르겠다. 네 인생 네가 사는 거다. 대학 못 가면 그만이다, 재수는 안 시킬 테니까…….」

다시금 엄마가 중간에 끼어든다.

「여보, 재수는 뭐 아무나 하는 줄 알아요? 그것도 공부를 어느 정도 하는 애들이 억울하게 실패해서 하는 거지요.」

「엄마는? 내 친구 오빠는 후기까지 떨어져서 재수한대. 뭐 그 오빠가 억울하게 떨어졌남!」

「그걸 말이라고 하니?」

괜스레 끼어들었던 딸아이가 엄마의 핀잔을 샀다. 그리고 가만 있으면 될걸 화를 자초했다.

「이것아, 너도 마찬가지야. 너도 중3이야. 너 이제 내년에 고등학교 들어가. 이것아, 남들은 뭐 과학고등학교를 가니, 외국어고등학교를 가니 하고 난리법석인데. 이건, 어이구, 그저 먹기만 해서 키는 삐쭉 커가지고……..」

「하여간, 아버지는 너희들이 공부하겠다고 하면 돈은 얼마든지 대 줄 거야. 그러나 공부를 못해서 대학 못 가면 그만이야! 알아서들 해…….」

모처럼 네 식구가 앉았다가 두 아이는 엄마 아버지로부터 예전처럼 일장 연설만 들었다. 결코 신나는 얘기도 아닌 것을, 그저 기회만 있으면 하시는 말씀을 오늘 또 들은 것이다. 아이들은 더 이상 앉았다가는 더 심한 얘기를 들을까 봐 일어섰다. 그리고 각자 자기 방으로 들어가 버렸다. 여기서, 이들 부모와 자녀와의 만남은 끝났다. 대화도 끝났다.

부모와 자녀 간의 대화에서 보면, 흔히 부모들이 일방적으로 아이들에게 일장 연설을 하듯 훈계하고 야단치고 타이르고 잔소리하는 경우가 많다. 대체로 어느 관계에서든 나이를 더 먹은 윗사람들은 아랫사람들과 대화를 할 때 일방적으로 말한다. 윗사람은 말하는 편에 서고, 아랫사람은 그저 듣는 편에 선다. 그러나 진정한 대화를 하려면, 그 역할이 바뀌어야 할 것이다. 아랫사람들이 말을 하고 오히려 윗사람들이 들어야 한다. 사장은 사원의 얘기를, 교사는 학생의 애기를, 선배는 후배의 애기를, 대통령은 국민의 애기를 들어야 한다. 부모와 자녀 간의 대화에서도 자녀들이 말을 하고 부모는 열심히 그들이 애기를 들어주는 대화를 하여야 한다. 그래야만 그들의 생각과 행동과 감정을 이해할 수 있는 것이다. 부모가 열심히 들어주면 아이들은 모든 것을 애기한다. 상대방이 열심히 듣지 않는데, 누가 열심히 애기하랴! 교실 수업에서도 그렇다. 학생들이 열심히 들으면, 선생님은 더욱 열심히 설명하지 않던가?

결혼한 여자 친구 몇이서 오래간만에 커피 전문점에 모였다. 서로별 특별한 용건이 있는 것은 아니고 그저 얼굴 좀 보자고 만난 것이다. 그때 서로들 어떻게 애기하나 보자. 서로 상대방 애기를 열심히 들어주며 열심히 애기하지 않던가. 그리고 미주알고주알 애기하며 시간 가는 줄도 모르며 대화를 하지 않던가. 그런데 왜 부모와 자녀 간에는 그런 대화를 하지 못하는가?

오후 서너 시가 되면, 학교에 다니는 아이들이 집에 돌아온다. 아이들이란 게 그렇지 않던가. 들어오자마자, 「엄마!」 하고 부르면서 엄마를 찾는다. 한창 먹을 나이인 애들은 집에 들어오자 곧 먹을 것을 찾는다. 저녁밥 먹으려면 한참 기다려야 하니 간식을 찾는다. 찾지 않아도 엄마 쪽에서 먼저 주는 경우도 많다. 다른 나라 엄마들도 그렇겠지만, 특히 우리나라 엄마들은 애들 먹이는 일만큼은 매우 잘한다.

「엄마, 나 배고파! 뭐 먹을 거 없어? 나, 빵 먹을래.」

「그래, 빵 구워 줄까? 두 쪽 구워 줄까, 세 쪽 구워 줄까?」

「세 쪽 구워줘.」

「그래. 얘, 마가린 발라 구워 줄까, 그냥 구워 줄까?」

「나, 마가린 싫어. 그냥 구워줘, 나 잼 발라 먹을래.」

「그래, 어서 가서 손이나 씻고 와.」

엄마는 가스레인지 앞에 서서 프라이팬을 꺼내 놓고 은박지를 깔고, 거기다 빵 세 쪽을 굽는다. 토스터에 구우려다가, 그냥 별 생각 없이 프라이팬을 꺼내 빵을 굽는다. 손을 씻고 나온 초등학교 6학년 아들아이는 부엌으로 와서 엄마 뒤에서 허리춤을 껴안는다.

「엄……마아…….」

「아유, 저기로 가. 귀찮아, 더워 죽겠어! 어딜 잡아!」

「엄……마아…….」

「아, 비키라니까! 너희 아버지가 잡는 것도 귀찮아 죽겠는데……. 징그러워! 저기 앉아 있어. 빵 다 구웠어!」

아이는 좀 무안해서 식탁에 앉는다. 빵을 다 구운 엄마는 빵을 접시에 담고, 주스 한 잔을 따라서 식탁 위에 갖다 놓는다. 아이는 빵에 잼을 바르면서 앞에 앉아 있는 엄마에게 말을 건넨다.

「엄마 엄마, 근데 오늘 우리 반에 전학 온 애 있다. 걔, 울산에서 전학 왔대.」

참으로 큰 뉴스다. 또 이것은 식탁에서 이루어지는 엄마와 아들 간 대화의 시작이다. 얘기를 들어주는 엄마 같으면, 대화는 다음과 같이 진전될 성싶다.

「경상도 울산?」

「그래, 걔 꽤 먼데서 전학 왔지? 근데 엄마, 걔 사투리 되게 쓴다. 어떤 때는 무슨 말 하는지 못 알아들을 때도 있어.」

「뭐라고 했는데?」

「몰라, 흉내내기도 어려워…….」

이렇게 시작된 아들의 얘기, 그리고 그것을 정말 사랑과 관심을 가지고 열심히 들어주는 엄마, 그러면 이들 모자의 얘기는 그냥 식탁에서 오랫동안 이루어질 것이다. 빵을 다 먹어도, 그들은 오랫동안 그 자리에 함께 앉아서 이런저런 대화를 나눌 것이다. 그리고 결국 엄마는 아들의 그날 생활을 이해할 수 있을 것이고, 또 두 사람은 그만큼 공감대를 형성할 것이다.

그러나 이야기를 들어주지 않는 엄마의 경우에는 어쩌면 아들과의 대화가 이렇게 끝날지도 모른다.

「엄마 엄마, 근데 오늘 우리 반에 전학 온 애 있다. 걔 울산에서 전학 왔대.」

「걔, 공부 잘하니?」

「엄만……, 오늘 왔는데 어떻게 알아.」

「울산에서 오면 어떻고, 마산에서 오면 어떻니? 너나 잘해! 어서 빵 먹고 들어가 공부해. 너, 학습지 여섯 장이나 밀려 있어. 만날 하지 않아서 밀리면 어떡하니? 그건 뭐 누가 거저 갖다 주는 줄 아니. 전부 돈이야, 돈. 너, 아빠가 알아 봐라. 혼나지. 오늘 밀린 것 다해 놔. 그리고 앞으로는 한 장 밀리는 데 다섯 대씩 맞을 줄 알아?」

빵을 먹던 아이는 학교에서 있었던 큰 뉴스를 전하려다가 엄마의 그런 긴 잔소리에 그만 빵맛이 뚝 떨어진다. 엄마 앞에서 계속 먹다가는 더 심한 얘기를 들을 성싶다. 그래서 아이는 일어서며 말한다.

「엄마, 나 이거 내 방에 갖고 들어가서 먹을래.」

「뭐? 여기서 먹어. 또 사방천지에 흘리려고? 끈끈한 것 여기저기 묻히지 말고 여기서 그냥 다 먹고 들어가.」

「그럼, 나 안 먹어, 그만 먹을래.」

「다 안 먹을 걸, 그럼 왜 세 쪽이나 구워 달라고 했니? 누구보고 먹으라고. 아, 잼 발라 놓은 것이나 다 먹어. 주스도 마저 다 마시고.」

「아, 싫어.」

아이는 그만 벌떡 일어서서 휑하니 제 방으로 들어간다. 문을 쾅 닫는 소리가 엄마 귀에 제법 크게 들린다. 엄마는 「저 녀석이 어디서 문을 쾅 닫아? 버릇 없게!」라고 생각하지만 참는다. 그러나 이렇게 해서 아들과 엄마의 만남은 그냥 기분 나쁘게 끝나 버릴 것이다.

그러면 엄마는 사랑한다면서 사랑하는 아들의 얘기를 왜 못 들어

주는 것인가? 바빠서 그러는 것인가, 아니면 아이의 공부 시간을 아껴 주기 위해서인가? 귀찮아서 그런 것은 아닐 터인데. 누구든지 조금만 주의와 관심을 기울여서 아이들의 이야기를 들어주면 아이들과 좋은 대화를 할 수 있는 것이다.

부부지간의 대화도 그렇다. 남자들은 밖에 나가서 대단한 일을 하는 듯이 목에다 힘을 주고 돌아다니다가도 집에 들어오면 편안히 쉬고 싶어한다. 때로는 부인 앞에서 어리광도 피우고 엄살도 부린다. 어찌 보면 애들하고 똑같을 때가 많다. 별로 피로하지도 않은데 괜스레 피곤한 척하기도 한다. 아내의 사랑스러운 손길을 더 많이 받고 싶어서 그럴 성싶다.

소파에 털썩 주저앉으면서 남편이 혼잣말로 중얼거린다. 물론, 이것은 꼭 혼잣말은 아니다. 저만치 있는 아내가 들어주길 바라면서 하는 소리다.

「아유 참, 힘들어서 못해 먹겠어, 전부 때려치우든가…….」

이 말은 꼭 사실이 아닐 수도 있다. 괜히 힘들다고 했고, 또 때려치우다니, 때려치울 것 같으면 아내한테 말 안 하고 때려치울 수도 있다. 그럴 생각은 아예 없으면서도 말만 그럴 뿐이다. 그러면 이런 말을 들은 아내는 어떻게 나오는가?

「어이구, 허구한 날 때려치운대. 아, 그렇게 때려치우고 싶으면 지금 당장 때려치워요! 뭐가 무서워서 못해요? 때려치우면 자기 손해지.」

남편은 아무 말이 없다. 그냥 말문이 막혀 버린 것이다. 텔레비전을 켜놓고는, 그냥 눈을 지그시 감는다. 그러자 아내의 불호령이 떨어진다.

「아, 그렇게 텔레비전 켜놓고 졸지 말고 들어가 자요. 씻고 잠이나 자요! 그러면 괜찮아질 테니까.」

글쎄, 이런 집이 얼마나 될지는 모르지만 부부간에 그린 식의 대화가 오갔다면, 이는 대화가 아니다. 남편의 이야기를 들어주는 아내 같으면 아마 다음처럼 대꾸를 했을지 모른다.

「아유 참, 힘들어서 못해 먹겠어, 전부 때려치우든가…….」

「왜, 오늘 밖에서 힘든 일 겪으셨어요, 또 공장 사람들이 속 썩입 디까?」

「뭐 그렇게 속 썩이는 것은 아닌데…….」

남편은 이렇게 해서 조금씩 얘기를 풀어 간다. 옆에서 아내가 열심히 관심을 갖고 물어 주고 들어주기 때문이다. 더욱이 아내는 따뜻한 녹차 한 잔을 갖고 와서 남편의 얘기를 때로는 재미있어하는 듯 때로는 걱정하는 눈빛으로 열심히 들어준다. 이렇게 시작된 부부 간의 대화는 한참 계속된다. 물론 들어주는 쪽은 꼭 아내만이 아니다. 남편도 하루종일 동네에서 있었던 일, 아이들에 관한 일, 집안 어른들에 관한 일 등 아내의 얘기를 열심히 들어준다. 서로 열심히 들어주는 대화, 그것이 어쩌면 부부간에 평생 할 수 있는 가장 확실한 즐거움이 아닌가 싶다.

노인들에 대한 젊은이들의 태도도 그래야 될 성싶다. 특히, 어른들을 모시고 사는 젊은 부부들은 어른들의 이야기를 열심히 들어주는 것이 돈으로 많은 것을 해드리는 것 못지않게 값진 효도일 듯싶다. 그렇기에, 노인들은 말벗을 찾지 않던가? 어떤 경우에는, 그야말로 한 번만 더 들으면 백 번이나 듣는 똑같은 얘기를 할 때도 있다. 그래도 처음 듣는 것처럼 열심히 들어주는 일이 그들에겐 매우 중요하고 보탬이 된다.

세상에는 수십 억의 사람들이 함께 살고 있다. 그 모두를 따질 필요는 없고, 우리가 혈연을 맺어 사는 부모, 남편, 아내, 자식만 생각해 보자. 그리고 부모, 형제 이상으로 가깝게 지내는 선후배나 친구들을 생각해 보자. 그 가운데 아무 때고 무슨 얘기든 가슴을 열고 마음속의 모든 얘기를 솔직하게 털어 놓고 이야기할 때, 가슴을 열고 온몸 온마음으로 내 얘기를 들어줄 수 있는 사람이 몇이나 되랴. 단한 사람만 있다고 해도 그런 사람은 매우 행복한 사람이다. 아내에 겐 남편이, 남편에겐 아내가, 그리고 아이들에겐 부모가 바로 그런상대가 되어 주어야 한다. 아이들은 가슴속에 맺혀 있는 이야기를누군가에게 말하기 어렵고, 말해도 들어줄 사람이 없어 힘들어하고있을지도 모른다. 겉보기에는 멀쩡해 보여도, 또 부모 입장에서는밥해 먹여, 돈 줘, 학교 보내줘, 사달라는 것 다 사줘, 뭐가 부족해서그러느냐고 하지만, 그래도 아이들은 아이들대로 가슴속에 그들만의 이야기를 갖고 있는 것이다. 그것을 꺼내어 이야기할 수 있도록우리 부모들이 더욱 열심히 그들의 이야기를 들어주어야 한다.

마음을 실어서 대화한다

작년에 출간된 《지금 당신의 자녀가 흔들리고 있다》에서, 나는 질적인 대화와 양적인 대화를 구분지어 자녀와 보다 질적인 대화를 할 것을 이야기한 바 있다. 그 책을 읽은 독자들은 '마음을 실은 대화'가 무엇인지 이미 알고 있을 것이다. 그렇기에, 여기서는 다시금 예를 들어 가면서 길게 설명하지 않겠다. 다만, 그것은 대화의 원리에서 빼놓을 수 없는 중요한 것이기에 요점만 간단히 적겠다. 질적인 대화는 바로 마음을 싣는 대화이다. 마음, 관심, 사랑, 정, 그런 것들을 실어서 하는 대화가 질적인 대화이다. 반대로, 그저 건성으로 아무런 생각 없이 지나가는 말로 하는 대화나, 업무적, 기계적으로 할 수 없어서 하는 대화나, 말했다는 그 사실 하나만으로 그저 의미를 챙기려는 무의미한 대화는 양적인 대화이다.

그럼에도 많은 부모들은 자녀와의 대화에서 이 두 가지 방식의 대화 중 질적인 대화보다는 양적인 대화를 하는 경우가 많음을 본다. 즉, 마음을 싣지 않고 마치 공연장의 감독이 무엇인가를 확인하고 점검하듯 딱딱 짚어 나가면서 대화를 하는 경우가 많다. 아니면, 그저 건성으로 한마디하거나 말이다.

내게는 대학 2학년에 재학중인 큰아들과 고3인 작은아들이 있는데, 작은아들은 다른 집 아이들처럼 몇 달 안 남은 대학입학시험 준비에 자기 딴엔 여념없이 시간을 보내고 있다. 집에서 공부해도 되는데 굳이 독서실에 가서 하겠다고 해서, 그렇게 하고 있다. 녀석은 대체로 밤 1시나 2시가 되면 집에 들어온다. 대부분의 경우, 엄마나 나는 그냥 잔다. 아이가 집에 왔을 때 불이 모두 꺼져 있으면 싫어할까 봐 거실에 있는 등 하나는 켜놓은 채로 잔다. 그러면 작은애는 들어와서, 혼자 물도 마시고 빵도 한쪽 꺼내 먹고는 좀 더 공부하다가 자는 듯하다. 그러나 나는 밀린 원고를 쓰느라고 좀 늦어질 때면, 일이 다 끝났어도 아이가 들어오는 것을 보고 자려고 일부러 조금 더 기다릴 때도 가끔 있다.

아이는 으레 모든 식구가 잠자고 있을 것이라 믿고 벨을 누르지도 않는다. 자기가 열쇠로 조용히 열고 들어온다. 아이가 들어오는 소리에 나는 현관으로 다가간다. 그러면 아이는 놀란 듯이, 「아버지, 아직 안 주무셨어요?」 한다. 그때 나는 대체로 그 녀석을 가슴에 꼭 껴안는다. 비록 키는 나만하고 껴안기에는 억세고 덩치가 너무 크지만, 그래도 나는 녀석을 껴안는다. 그러고는 참으로 나의 모든 마음, 녀석을 사랑하는 마음, 녀석의 몸과 마음이 얼마나 힘들까 하는 아비로서의 안타까운 마음을 실어서 녀석의 귀에다 대고 얘기한다.

「해석아, 참 힘들지?」

「괜찮아요.」

「어쩌겠냐, 노력하는 수밖에.」

「괜찮아요, 왜 주무시지 않으셨어요?」

그럴 때면 녀석은 꼬박꼬박 존댓말로 대답하며, 아버지를 퍽이나 안심시킨다. 그리고 우리는 잠시 식탁에 함께 앉는다. 녀석은 냉장고에서 주스 한 잔을 따라 놓고는 식탁 위에 엄마가 챙겨 놓은 과자

두어 개를 집어먹으면서, 오늘 있었던 이런저런 얘기를 잠시 한다. 비록 짧은 만남, 짧은 몇 마디였지만 우리는 마음을 나누었고 사랑을 느꼈다. 마음을 실은 대화를 통해서 말이다.

이렇듯 질적인 대화, 마음을 실은 대화를 하는 한 굳이 대화의 시간이나 양이 문제가 되지 않는데도 우리는 그런 일에 별로 신경을 쓰지 않고 그냥 지나쳐 버리는 수가 많다. 마음을 실은 대화는 그만큼 노력이 필요하다. 마음을 모으는 노력이 필요한 것이다. 학교에서 돌아온 아이가, 「학교에 다녀왔습니다」 하고 인사할 때도, 「잘 갔다 왔니?」 하는 부모의 한마디에도 마음이 실려야 한다. 정말 엄마의 사랑과 관심을 실어서, 힘주어 「잘 갔다 왔니?」 했을 때, 아이는 벌써 느낌이 다르다. 오늘 엄마의 사랑은 긴 잔소리보다 더 뜨겁게 아이의 마음을 새롭게 하는 활력소가 된다. 「오늘 학교에서 말썽 피우다 선생님한테 혼났는데……」 하고 속으로 생각하는 아이도 엄마의 그런 마음을 실은 한마디를 듣고는 「앞으로는 잘 해야지」 하고 결심을 하게 된다.

부모들이 피곤하거나 짜증나거나, 혹 아이들이 부모의 기대를 잘 따라오지 못한다 하더라도, 부모의 사랑 어린 뜨거운 마음을 실어 대화를 하면 부모와 자녀 간의 간격은 더욱 좁아지고 그 속에서 자녀들은 그들 스스로 더 나은 내일을 향해 열심히 노력하게 될 것이다.

보고 들은 것을 화제로 삼아 대화한다

부모들이 자녀와 대화를 할 때, 가장 많이 오고 가는 내용은 역시 공부에 관한 얘기다. 그저 훈계를 하든 잔소리를 하든, 아니면 함께 마주보고 앉아 얘기를 하든 부모들은 공부 얘기를 가장 많이 꺼낸다. 하다못해 아이가 어떤 행동을 보이면 엄마나 아버지는 기가 막히게도 그것을 공부에 연관시켜 얘기하는 경우가 많다.

예컨대, 식구들이 함께 모여 과일을 먹다가도 한 아이가 다른 사람보다 한쪽 더 먹을 양이면, 엄마가 옆에서 이러는 경우가 있다.

「공부를 그렇게 욕심을 내서 해봐. 공부는 그렇게 못하면서, 먹는 것은 어찌 그리 욕심을 잘 내노?」

아이가 옷을 하나 사달라고 엄마한테 조를 때도 엄마는 쉽게 그런다.

「공부만 잘해봐, 사달라고 안 해도 사준다. 공부도 못하는 게 무슨 놈의 옷을 사달라고 하니?」

부모가 그저 무슨 얘기든지 무조건 공부에다 끌어댈 때, 아이들은 자연히 엄마니 아버지와의 대화를 기피하게 된다.

언젠가 나는 평소에 잘 알고 지내던 어느 집 식구와 함께 소파에 앉아 텔레비전 종합뉴스를 보게 되었다. 그 집에는 초등학교 6학년과 5학년에 다니는 두 아들이 있었다. 그날 마침 텔레비전 뉴스에는 어느 신도시 아파트가 날림 공사였다는 얘기가 나왔다. 아파트 지하의 기둥에 바른 시멘트가 떨어져 나온다면서, 현장에서 기자가 리포트하고 있었다. 그때, 그 집 큰아들이 함께 보고 있던 아버지한테 말을 건넸다.

「아빠, 우리 아파트는 괜찮지?」

이럴 때 아버지는 뭐라고 대답했어야 좋을까? 아마 이런 식으로 말했으면 좋았을 성싶다.

「그럼, 우리 아파트는 괜찮지. 우리가 새로 입주해서 이사 온 지 몇 년이지? 9년째 아닌가? 아직도 아무 문제 없었는데 괜찮겠지. 저기 아파트도 괜찮을 거야. 어쩌다 기둥 하나가 문제가 됐겠지. 설마하니 모두 그렇게 부실하게 지었을라구. 그랬다면 정말 문제지만……」

그러나 그때, 그 아버지는 무엇에 화가 났는지 버럭 소리를 질러가면서 이렇게 얘기를 하지 않겠는가!

「야, 그게 다 공부 못하는 사람들이 집을 지어서 그래! 그러니까, 만날 너희들보고 내가 공부 열심히 하라잖아! 그렇게 앉아 있지 말고, 너희들 다 들어가 공부해!」

아이들은 말 한마디 잘못(?) 건넸다가 뉴스도 마저 못 보고 엉겁결에 그만 쫓겨 들어가고 말았다. 후에 내가 그 부모에게도 얘기했지만, 아이들한테 그저 말끝마다 공부를 갖다 붙여서는 결코 부모와 자녀 간의 대화를 이루어낼 수가 없는 것이다. 아이들은 부모가 공부 얘기를 꺼낼 때 제일 싫어한다. 공부를 잘하는 아이들도 마찬가지다. 잘하는 아이는 잘하는 아이대로, 못하는 아이는 못하는 아이대로 공부 얘기가 듣기 싫다. 그러면, 아이들하고 무슨 얘기를, 무엇을 화제로 삼아 얘기하는 것이 좋겠는가?

길포드(J.P. Guilford) 같은 심리학자들은 창의적 사고력 또는 지력을 기르고 발휘하기 위해서는 여러 가지 종류의 정보가 골고루 머릿속에 들어가 있어야 한다고 한다. 이를테면, 시각적인 정보, 청각적인 정보, 표상적인 정보, 어의적인 정보, 행동적인 정보와 같은 여러 종류의 정보가 머릿속에 들어가 있어야 한다고 한다. 그것은 마치 집에 별안간 손님이 들이닥쳤을 때, 슈퍼마켓이나 시장 갈 시간은 없고,「무엇인가 저녁식사를 맛있게 해내야 할 텐데」하고 냉장고를 열어볼 때도 비슷하다. 냉장고를 열어 보았더니 다행스럽게도 쇠고기도 좀 있고, 생선도 몇 토막 있고, 두부도 한 모 있고, 콩나물도 좀 있고, 배추도 있고…… 그러면 무엇이든지 '생각해 내서' 음식을 만들 수 있다. 그러나 냉장고를 열어 보니 그 안에 물통만 덩그러니 놓여 있다고 했을 때, 무슨 생각을 할 수 있겠는가?

머릿속에서 이루어지는 창의적 사고도 그렇다. 머릿속에 정보가 들어가 있어야 그것에서부터 생각이 나오기 시작하는 것이다. 또한 정보가 들어가 있어도 골고루 들어가 있어야 한다. 냉장고를 열어 보니까 양파, 대파, 쪽파, 실파만 있다고 해보자. 그것으로 무엇을 만들 수 있겠는가? 하기야 파국이나 파전을 만들 수는 있겠지만, 어떻든 그래도 이것저것 골고루 들어가 있어야 한다. 마찬가지로 머릿속에도 여러 종류의 정보가 골고루 들어가 있어야 하는 것이다. 이런 뜻에서, 길포드가 제시한 다섯 가지 정보는 아이들의 창의력을 개발하는 데 있어 필수적이다. 그렇다면 우리는 어린아이들이 그들 다섯 가지 정보를 골고루 습득하도록 도움을 주어야 할 것이다.

그 다섯 가지 가운데, 대화와 관련하여 두 가지만 얘기를 하고자 한다. 하나는 시각적 정보이고, 다른 하나는 청각적 정보이다. 시각적 정보는 눈으로 직접 보아서 받아들이는 정보이고, 청각적 정보는 귀로 직접 들어서 받아들이는 정보이다. 그래서 우리는 어린아이들에게 많은 것을 '보여 주고' 많은 것을 '들려주어야' 한다. 어렸을 때, 가능한 한 많은 곳을 데리고 다니고, 여행도 많이 시키고, 또 많은 사람들의 얘기를 듣도록 해주는 것이 바람직하다는 것은, 바로 그렇게 해서 얻은 정보들이 훗날 창의력 발휘에 매우 유용하기 때문이다. 그럼에도, 우리네 부모들은 그나마 아이들이 볼 수 있는 기회, 들을 수 있는 기회를 박탈하고 억제할 때가 많다.

어떤 엄마가 다섯 살짜리 어린 아들을 데리고 백화점에 갔다. 청바지를 사 입히려는 것이다. 그저 바쁘다 보니, 여기저기 들를 생각도 없이 막바로 3층 아동복 매장으로 올라가던 참이었다. 백화점은 그야말로 온갖 물건이 들어차 있는 곳 아닌가. 아이는 엄마 손에 잡혀 끌려가면서 여기저기 둘러보느라 정신이 없다. 천장에 파묻힌 할로겐 등조차도 너무 멋있게 보였다. 그러자 아이는 손가락으로 그 등을 가리키면서 멈추어 섰다.

「엄마 엄마, 저것 봐, 불이 쑥 들어가 있다!」

이때, 엄마가 뭐라고 대답할까?

「야, 그거 멋있구나. 이쪽에서 보면 더 멋있다. 이쪽으로 와서 봐! 애, 그리고 저것도 봐라! 너, 저것이 무엇인지 아니?」

이렇게 말하는 엄마야말로 무엇이 중요한지를 아는 엄마일 듯싶다. 그러나 그런 것을 모르는 엄마는 불쑥 이렇게 말한다.

「뭘 보고 있어? 어서 가, 너 때문에 엄마만 넘어질 뻔했잖아? 너, 엄마 손 놓치면 난 몰라. 너 안 찾을 거야. 한눈 팔지 말고 앞만 보고 가. 알았어? 빨리 와.」

그리고 엄마는 아이의 손을 꼭 잡고, 부지런히 아동복 매장으로 향한다. 겁먹은 아이는 엄마 손을 놓칠까 봐, 그야말로 앞만 보고 간다. 백화점에 왔으면서도 아무것도 보지 못하고 그냥 엄마한테 끌려서 갔다 온다. 아동복 매장에서 그 청바지가 맞나 안 맞나 입어 본 것 외에는 백화점에 가서 엄마 쫓아가서 본 것도, 들은 것도, 한 것도 아무것도 없다. 볼 수 있는 그 좋은 기회를, 눈으로 보아서 정보를 받아들일 수 있는 기회를 몽땅 잃어버린 것이다. 이처럼 엄마들은 아이들이 볼 수 있는 기회를 오히려 가로막는다.

집에 돌아온 아이는 저녁에 들어오신 아버지한테 얘기한다.

「아빠! 나, 엄마하고 오늘 백화점에 갔었다!」

「오, 그래. 가서 뭐했어?」

「엄마가 바지 사줬어!」

「그리고?」

「그리곤 뭐야? 그냥 왔지.」

「어, 그랬어?」

이것으로 대화는 끝난다. 백화점에 가서 무엇을 보고 왔는가 묻지도 않았지만, 물어도 아이는 실상 대답할 것이 아무것도 없다. 보고 온 것이 아무것도 없으니까. 가서 무엇을 보았고, 무엇이 어떻게 생겼고, 그런 얘기가 대화의 좋은 소재가 되는 것이다. 그러나 우리의 많은 부모들은 아이들에게 보여 주지도 않고, 또 그나마 아이들이 보고 온 것에 대하여 관심도 없고, 따라서 묻지도 않는다.

초등학교에 다니는 딸아이가 자연농원으로 소풍을 갔다 왔다. 오후에 돌아온 딸아이에게 엄마가 묻는다.

「애, 너 엄마가 선생님 갖다 드리라고 한 것 갖다 드렸니?」

「응…….」

「너 혼자 그냥 드렸니? 아니면 딴 아이들이 줄 때 함께 주었니?」

「딴 애들이 줄 때, 그냥 함께 줬어.」

「그럼, 선생님이 네가 가져온 줄 알아, 몰라?」

「아는가 봐.」

「아는가 보다니? 선생님이 집에 가서 엄마한테 뭐라고 하라고 그래, 안 그래?」

「아무 말 안 했어.」

「혼자 꺼내 잡수시든, 여럿이 잡숫든?」

「몰라, 그냥 드렸으니깐.」

「넌, 어째, 애가 그러니? 그런 것 하나 잘 전하지 못하고…….」

소풍 갔다 온 아이에게 엄마가 한 얘기는 고작 그런 것뿐이었다. 자연농원에 가서 무엇을 보았는지, 동물을 보았는지, 튤립을 보고 왔는지, 뭐 하고 놀다가 왔는지, 누구와 어떻게 놀았는지, 뭐 그런 것은 물어 보지 않고 겨우 도시락을 선생님께 갖다 드렸는가만 확인하였다면, 이 엄마는 자녀와 전혀 대화를 할 줄 모르는 것이다. 온종일 무엇을 보고, 무엇을 듣고, 무엇을 하다 왔는지 그런 것에 관심을 갖고 물어 보고, 또 열심히 들어주면 아이들은 다음부터 밖에 나가서 더욱 열심히 보고, 듣지 않겠는가? 그래서 머릿속에 보고 들어서 얻는 정보도 많이 넣게 되는 것이고.

초등학교에서는 매주 월요일 애국조회라는 것을 하고 있다. 중·고등학교에서도 매주는 아니지만 이따금씩 하고 있다. 옛날엔 운동장에서 전교생이 줄을 맞추어 서서 했지만, 요즘은 정보통신기술 덕분인지 교실에서 방송을 통해 한다. 교장선생님이 방송실에 가서 말씀을 하시면, 아이들은 교실 안에 설치된 모니터를 통해서 듣고 본다. 어떤 선생님 얘기로는 아이들이 운동장에 오래 못 서 있고 자꾸 쓰러져서 하는 수 없이 교실에서 하게 되었다고 하고, 또 어떤 학교에서는 운동장에서 하면, 이웃하고 있는 아파트 주민들이 시끄럽다고 항의를 해서 교실에서 하게 되었다고 한다. 모두가 말도 안 되는 우스운 이유들이지만, 요즘엔 애국조회를 교실 안에서 하는 경우가 많다. 교장선생님께서 어린이들에게 무슨 얘기고 직접 들려주는 기회는 아마도 이 애국조회 시간이 유일한 듯싶다. 그렇다면 월요일 저녁때는 엄마나 아버지가 한번쯤 물어볼 수도 있지 않을까?

「너희, 오늘 애국조회했지? 교장선생님께서 뭐라고 말씀하시던?」

교장선생님한테 들은 얘기를 소재 삼아 부모와 자녀 간에 대화를 나누었다면, 그들은 우선 의미 있는 대화도 한참 나누었거니와, 또 아이들한테 언제나 다른 사람들의 얘기를 잘 경청해야 한다는 자극도 주었을 것이다. 그래서 아이들은 다양한 사람들로부터 많은 얘기를 들어 정보를 얻게 되고 듣는 자세도 기르게 된다. 결국 자녀의 창의력을 기르기 위해서도, 아이들을 더 잘 이해하기 위해서도 자녀들이 보고 들은 것을 화제로 삼아 대화를 하는 것이 공부 얘기보다 훨씬 바람직함을 부모들이 인식해 주면 좋겠다.

심리적 자아 상태에 맞추어 대화한다

에릭 번(E. Berne)이라는 심리학자는 새로운 인간관계 이론을 만들어서 사람들의 관계 개선과 대화에 많은 도움을 주고 있다. 이름하여 교류분석이라고 불리우는 그의 인간관계 이론은 요즘 우리나라 기업체의 연수원 같은 곳에서 아주 중요한 교과내용으로 다루어지고 있다. 나는 그의 여러 가지 심오한 이론을 모두 깊이 있게 연구하지는 않았지만, 그의 이론 중 한 가지는, 보통 사람들간의 대화에서도 적용되겠지만 특히 부모와 자녀들 간의 대화에서도 한번쯤 적용해 볼 가치가 있다고 생각한다.

그의 주장에 따르면, 사람들은 누구나 세 가지 자아 상태, 즉 부모 같은 마음, 어른(성인) 같은 마음, 어린아이 같은 마음, 이 세 가지 마음을 갖고 있다는 것이다. 그리고 사람들은 겉으로 행동하고 말할 때는 이 세 가지 자아 상태 중 어느 한 가지가 나타나서 그 사람의 언행을 지배한다고 한다. 그런데 이들 세 가지 자아 상태는 각각 그 언행의 형태에서 독특함을 지닌다.

예컨대, 어떤 엄마가 저녁 찬거리를 사러 슈퍼마켓에 가려고 엘리베이터를 타고 내려가 보니 아파트 주차장에서 자기집 아이들이 야구공을 던지며 놀고 있었다. 그때 엄마는 부모라는 마음 상태에서 말한다.

「너희들 지금 거기서 뭐 하는 거냐? 그러다가 남의 자동차 유리라도 깨면 어쩌려고 그러니, 또 다치면 어떻게 하려고 그래? 남의 차유리 깨면 누가 물어줘? 얘네들이 별짓을 다하고 있어! 빨리 집에 들어가! 들어가서 손 씻고 공부해, 엄마 슈퍼마켓 갔다 와서 밥 해줄게. 빨리 들어가야 돼, 알았어?」

부모로서의 마음 상태일 때는 긍정적인 경우든 부정적인 경우든 그 말하는 방식이 일방적이고 지시적이고 명령적이다. 그러나 아파트 주차장에서 남의 집 아이들이 야구공을 갖고 노는 것을 슈퍼마켓에 가다가 보았다고 하자. 이때는 엄마(부모)가 아닌 그저 동네 아주머니로서, 성인으로서의 마음 상태로 아이들에게 얘기한다.

「얘들아! 거기는 놀이터가 아니란다. 그러다가 자동차 유리 깨거나 다치거나 하면 엄마한테 혼나요. 야구공 놀이는 저기 운동장에 가서 해야 돼요. 여긴 매우 위험해요!」

이렇듯, 성인의 마음 상태에서는 아주 냉정하고 객관적이며 합리적으로 이야기한다. 이는 상대방에게도 성인의 마음 상태를 전제하고 대화를 한 것이다.

한편, 슈퍼마켓 갔다 오던 엄마는 아까 그렇게 일렀는데 아직도 자기집 아이들이 야구공 놀이를 하고 있는 것을 보았다고 하자. 그러면 아마 이렇게 얘기하는 엄마도 있을 것이다.

「너희들, 엄마가 몇 번 얘기해야 알아듣니? 왜 이렇게 엄마 말을 안 들어! 엄마 속 썩일 거야, 으응? 엄마가 말했잖아, 여기서 놀면 다치기 쉽다고, 또 남의 차 유리도 깰 수 있다고. 제발 엄마 말 좀 들어다오, 네 아버지가 속 썩이는 것만으로도 엄마는 힘들어 죽겠는데, 너희끼지 속 썩일 거야! 어서 들어기, 으응? 부탁이다, 부탁!」

이는 엄마가 어린아이들의 마음 상태에서 얘기한 것이다. 어린아이들은 대체로 부모에게 말할 때, 특히 무엇을 요구하거나 조를 때 애원하고 간청하지 않던가?

이렇듯 세 가지 자아 상태에 따라 대화의 방식은 크게 다르다. 즉, 어떤 마음에서, 어떤 마음을 갖고 있는 사람과 대화를 하느냐가 대화의 질이나 대화의 가치를 결정하는 데 매우 큰 영향을 미치게 마련이다.

예컨대, 어느 날 저녁 남편이 집에 일찍 돌아왔다. 아내도 나름대로 힘든 하루였고, 남편 역시 밖에서 이런저런 일로 힘든 하루였다. 집에 들어온 남편이 상의를 벗으면서 소파에 털썩 주저앉았다. 결혼 초에는 그래도 옷 벗으면 받아 주던 아내도 이제는 시큰둥해졌다. 받아 걸어 줄 것을 기대하지도 않는 남편은 옷을 벗어 그냥 소파 한 켠에 내려놓았다. 앉아서 양말을 벗던 남편은 갑자기 장난기가 돋아서, 양말 한 짝을 고린내나 맡으라고 아내의 얼굴을 향해 던졌다. 아내는 그런 행동에 별로 기분이 유쾌하지 않았다. 남편은 다른 한 짝을 마저 벗어서는 이번에는 중학교 다니는 딸아이한테 던졌다. 딸아이는 그것을 막으려고 팔로 가로저었는데, 하필이면 그것이 저쪽편 식탁 위에 떨어졌다. 그때까지 묵묵히 남편 하는 꼬락서니를 보고 있던 아내가 소리치면서 야단하기 시작했다.

「당신, 지금 뭐 하는 거야? 어디다 던져? 거기가 빨래통이야, 아니면 우리가 빨래통이야?」

이때 아내는 부모와 같은 자아 상태에서 남편을 어린아이 상태로 보고 말한 것이다. 그러나 그 얘기를 들은 남편 역시 자신을 부모와 같은 자아 상태에다 두고, 아내를 어린아이 상태로 놓고 응수를 해 왔다.

「지금 당신 뭐라고 했어?」

「우리가 빨래통이냐고 했다. 뭐 잘못했어?」

「어디, 다시 한 번 말해 봐!」

「다시 한 번 하라면 못하냐?」

「가만 있어 봐. 이 사람이 이젠 막 반말이야!」

「반말 안 하게 됐어?」

「어쭈, 막 나오네.」

「막 나오다니? 누가 먼저 막 나왔는데…….」

이렇게 서로 자신의 마음 상태를 부모의 마음 상태에다 놓은 다음 상대방을 어린아이 마음 상태에다 놓고 주고받은 대화는 심한 언쟁을 가져왔고, 결국 그날 밤 남편은 저녁도 못 얻어먹는 결과를 초래한다.

그러면 이 대화에서 무엇이 잘못된 것인가? 서로 자기의 마음 상태를 같은 마음 상태에 놓았기 때문이다. 한쪽이 부모의 자아 상태에 놓이면, 다른 쪽은 어린아이 상태에 자신을 갖다 놓아야 대화가 부드러워지고 원만해지며 갈등이 적어진다. 그렇지 않은가? 던지면 받으려는 사람이 있어야 한다. 서로 던지기만 하겠다고 하면 어떻게 하겠는가? 상보적이어야 한다. 한쪽이 까다로우면 다른 한쪽은 덜렁거리는 것이 좋다. 그래야 보합이 되는 것이다. 이를테면, 위에 적은 부부간의 대화는 다음과 같이 자아 상태 간의 보합을 이루었어야 한다.

「당신, 지금 뭐 하는 거야? 어디다 던져? 거기가 빨래통이야, 아니면 우리가 빨래통이야?」

「거기 빨래통 아닌데요.」

「근데 어디다 던지는 거야? 가서 빨리 주워 빨래통에 넣어요.」

「알았어요. 지금 주워 넣으려고 그래요.」

「앞으로 또 그런 식으로 아무 데나 던질 거예요?」

「아녜요, 안 그럴 게요.」

「또 한 번만 그런 식으로 던져 봐라.」

아내의 자아 상태가 부모의 마음 상태였기에, 대화를 잘하는 남편은 자신을 아이의 마음 상태에 갖다 놓아서, 부부간에 대화의 보합을 이룬 것이다. 이러한 경우, 그들 부부는 큰 언쟁을 벌이지 않았을 것이다. 그리고 아내는 분명 웃음을 머금고 남편을 용서(?)하였을 것이며 또 저녁밥도 차려 주었을 것이다.

이러한 자아 상태의 작용은 친구지간의 대화에서도 많다. 친구 사이인데도 한 친구가 다른 친구에게 아주 부모처럼 굴 때가 있다.

「얘, 넌 머리가 그게 뭐니? 내가 몇 번 얘기했니, 퍼머를 좀 해라. 미장원 가서 퍼머하는 데 돈 몇 푼 든다고, 그렇게 아껴서 뭐 하려고 해! 제발 치장 좀 하면서 살아라.」

자못 딸 대하듯 부모처럼 말한다. 또 어떤 친구는 친구한테 자못 어린아이처럼 굴 때도 있다.

「나, 이 옷 좀 봐줘. 어때, 어울리니? 이거 아직 돈을 안 주었거든. 집에 갖고 와서 한번 입어 보고 돈 주기로 했어. 나 살까 말까?」

꼭 딸이 엄마에게 하듯 말하고 행동하는 것이다. 그러면 친구는 마치 엄마인 양 대답해 주지 않던가? 이렇게 해서 대화는 상보적으로 이루어지는 것이다.

이러한 심리적 자아 상태에 따른 대화를 부모들은 자녀와도 할 수 있어야 한다. 부모는 언제나 부모의 자아 상태에서만 대화하려고 해서는 안 된다. 때로는 어린 자녀가 오히려 부모 상태에 서고, 엄마가 어린아이 상태에 놓여서 대화를 할 수도 있어야 한다.

남편이 며칠간 출장을 떠났다. 엄마는 중학교 1학년짜리 아들과 초등학교 4학년짜리 딸과 함께 저녁을 먹고 텔레비전을 보고 있었다. 그때, 중학교에 다니는 아들녀석이 엄마에게 다가와서 소리를 지르듯 말했다.

「엄마! 문 잠갔어? 문 잠가야 하잖아!」

자못 아버지처럼 말을 했다. 그때 이 말을 들은 엄마는 속으로 생각했다.

「뭐가 없으니까 뭐가 왕노릇을 한다더니, 지 아버지가 없으니까, 이젠 저 녀석이 큰소리네. 모처럼 시집살이시키는 사람이 없다 했더니, 저게 누굴 시집살이시키려 들어.」

이렇게 생각한 엄마는 자신도 부모의 자아 상태에 갖다 놓고 대꾸를 한다.

「안 걸었다, 왜?」

「걸어야잖아. 엄마, 빨리 가서 걸어!」

「네가 걸어! 이 녀석이 어디에다 대고 이래라 저래라 그래? 어서 걸어!」

「나, 못 걸어! 엄마가 걸어!」

「어쭈, 이 녀석 봐라!」

결국, 엄마는 화가 났고 아이는 아이대로 문을 쾅 닫고 들어가 버렸다. 물론 어떤 면에서 보면, 아이가 버르장머리 없다고 생각할 수도 있다. 그러나 이때 아이의 자아 상태를 따져 보면 그렇게 버르장머리 없는 것으로만 해석할 필요는 없다. 대개 아버지가 며칠간 집을 비우면 아들녀석이 그래도 코빼기는 사내라고, 엄마를 보호하려 들고 집안을 챙기려 들지 않는가? 또 반대로 엄마가 어쩔 수 없는 일로 며칠 집을 비우면 딸아이가 엄마처럼 잔소리하지 않던가? 아이라고 해서 언제나 아이라는 심리 상태에만 머무는 것은 아니다. 아이들도 때로는 부모의 자아 상태, 성인의 자아 상태에 자신을 갖다 놓기도 한다. 그럴 때에 부모는 그것에 맞추어서 자신을 어린아이의 자아 상태나 성인의 자아 상태에 갖다 놓아야 한다. 그런 경우, 위의 대화는 이렇게 진전되었을 것이다.

「아직 안 걸었는데요.」

「그럼, 빨리 걸이!」

「걸어야지. 그런데 내가 지금 바빠서 그러니 영철이가 좀 걸어 줄 수 없겠어요?」

「그럼. 내가 걸까? 그래, 내가 걸게. 엄마는 엄마 일 해.」

아이는 자못 부모 같은 자아 상태 놓여 있고 엄마가 오히려 어린아이와 같은 자아 상태에 놓여 있는 것이다. 결국, 대화란 그저 자기 머릿속에서 떠오르는 얘기를 아무렇게나 하는 것이 아니라 상대방과의 인격적인 만남인 것이다. 그러나 그 인격은 상황에 따라, 자아 상태에 따라 다른 모습을 띨 수 있는 것이다. 대화를 잘하는 부모, 자녀와의 대화를 통해서 그들을 이해하려는 부모, 특히 그들과 보다 가까운 관계로 공감대를 형성해 가고자 하는 부모라면, 자녀들의 자아 상태를 먼저 이해하고 대화를 이끌어 나감이 현명한 태도일 것이다.

인내하며 끝까지 경청한다

초등학교 5학년에 다니는 아이가 집에 오자마자 엄마한테 말을
한다.

「있잖아, 엄마!」

마침 남편 와이셔츠에 떨어진 단추를 달고 있던 엄마는 일을 멈추
지 않고 대답한다.

「그래, 왜?」

「엄마 엄마, 있잖아! 우리 내일 봄방학한다.」

「그래서?」

「그래서, 근데 근……데, 엄마, 우리 반 내 친구들 알잖아. 내 친구
모두 여섯 명 친한 애들. 그러니까 있잖아 왜, 친한 애들 말이야.」

「더듬지 말고 말해. 왜 이렇게 더듬어?」

「내 친구 웅규, 명환이, 또 누구지, 응, 영석이, 철규, 응…….」

「그래서?」

「이제 우리가 6학년이 되거든. 그런데 모두 반이 바뀔지도 몰라.
그래서 엄마, 우리가 내일 봄방학하면 한번 모이려고 하거든.」

이때 엄마는 단추를 달던 와이셔츠를 손에서 내려놓고는 아이에게 큰소리로 묻는다.

「그래서 얼마가 필요하냔 말이야? 왜 이렇게 서론이 길어, 결론만 얘기해! 얼마야?」

그러는 엄마한테 아이도 별로 기분이 좋지 않은 투로 말한다.

「5,000원이야. 5,000원만 주세요.」

「5,000원이 누구 애 이름이야? 조그만 녀석이 겁도 없어! 5,000원씩 모아서 뭐 하려고, 하라는 공부는 안 하고. 안 돼, 1,000원만 줄게.」

「1,000원 갖고는 안 되는데……. 5,000원 주세요.」

「아, 시끄러워! 저리 비켜. 엄마, 빨리 단추 달아 놓고 와이셔츠 다려 놓아야 돼, 저녁밥도 해야 되고.」

아들과 엄마의 대화는 이렇게 해서 결론 없이 끝났다. 물론 엄마가 아들의 속마음을, 요구사항을 꿰뚫어 본 것이 잘못은 아니다. 문제는 끝까지 들어주지 않았다는 것이다. 인내심을 가지고 끝까지 경청해 주지 않았다는 것이다.

흔히 대화에서 보면, 상대방의 이야기를 끝까지 들어주지 않고 중간에서 상대방의 말을 가로채거나, 또는 상대방의 얘기를 알아채고 오히려 그 말을 자기편에서 먼저 다함으로써 상대방의 입을 틀어막고 난처하게 만드는 경우가 있다. 이는 대화의 아주 기본적인 예의도 갖추지 못한 태도이다. 부모가 자녀와 대화할 때, 대화의 내용 그 자체도 중요하지만 대화의 과정을 통해서 아이들이 습득하고 스스로 고착되는 대화의 습성도 매우 중요하다. 즉 대화를 통해서 아이들은 관계지음의 사회적 기능과 태도도 배우는 것이다.

나는 미국에서 수학할 때, 그곳 대학도 그렇지만 초등학교나 중·고등학교 미국인 교사들이 영어가 모국어가 아닌 외국인 학생들을 대하는 태도에서 깊은 감동을 받은 적이 있다. 한국이나 베트남, 또는 남

미국가에서 이민 온 어린 학생들이 영어를 더듬거리며 말할 때, 또는 대학에서 영어가 능숙하지 못한 외국인 학생이 더듬거리며 말할 때, 대체로 미국 선생님들은 인내심을 갖고 끝까지 경청한다. 학생에게 다가가서, 우선 환한 미소를 띠며 학생이 마음 편히 얘기할 수 있도록 분위기를 만들어 준다. 한마디 한마디 끝까지 경청을 한다. 그러고는 학생이 다 얘기했는가를 확인한 다음, 자기가 이해한 대로 아주 쉬운 영어로 또박또박 천천히 말을 해서 지금 학생이 얘기하고자 하는 것이 이런 얘기냐고 되묻는다. 그때 그 학생이 그렇다고 말하면, 선생님은 모든 학생들의 주의를 환기시킨 다음, 지금 아무개 학생이 이렇게 좋은 얘기, 좋은 질문을 했다고 하면서 그 외국인 학생의 얘기를 전체 학생에게 다시금 말해 준다. 한마디로 미국인 선생님들의 공통된 특징은 그 어떤 학생의 말이든 못 알아듣는 선생님이 없는 듯 싶다. 끝까지 인내하고 최선을 다하여 상대방의 얘기를 들어준다는 것은 참으로 예의바르고 아름다운 대화의 태도이다.

　나는 미국에 유학 가기 전, 독일에 먼저 갔었다. 독일어를 한마디도 못하는 채로 갔으니, 우선 어학공부부터 해야 했다. 결국엔 독일어를 어느 세월에 배워 언제 대학원 공부를 하겠느냐 싶어, 7개월 만에 그만두고 미국으로 건너가서 대학원 공부를 했다. 그러나 그때 독일에 있었던 그 7개월 동안은 독일어 공부에 진력하였다. 당시 나는 독일의 보쿰 대학(Ruhr Universitat Bochum)의 박사과정에 적을 두고 있었는데, 실상은 그 대학의 어학연수과정부터 받아야 했다. 그때 그곳에서 독일어를 가르치던 선생님 얘기가 가끔 떠오른다. 그는 언제나 학생들에게 충분한 시간을 주었다. 그리고 언제나 학생들에게 이르기를 'langsam, deutlich, laut'를 원칙으로 삼으라고 했다. 즉, 말을 할 때 '천천히, 분명하게, 큰소리로' 하라는 것이었다. 그런 다음 그는 언제나 학생들의 얘기를 끝까지 경청했다. 물론, 미국 선생님들도 이들 독일 선생님들처럼 학생이 아무리 더듬거리며 말이 되지 않는 얘기를 해도 못 알아듣는 경우가 거의 없었다.

이에 비해 우리네 선생님들은 어떠한가? 학생들이 더듬거리면서 무엇인가 얘기하려면, 끝까지 경청해 주고 또 그들에게 말할 수 있도록 용기를 북돋우고 참아 주는가? 우리네 엄마 아버지들은 집 안에서 어떻게 하는가? 아이들의 얘기를 끝까지 듣기도 전에 알아차렸다고 아이의 말을 중단시키고, 자기가 먼저 이런 것 아니냐고 되묻지는 않았는가, 또는 서론이 좀 길고 말이 안 된다 싶을 때 요점만 말하라고 다그치지는 않았는가? 좀 미리 알아챘어도 모르는 체하고 끝까지 들어주는 인내심이 발휘되어야 할 것이다. 더욱이 무슨 얘기인지 도무지 알 수 없을 때는 끝까지 인내하며 들어주어야 아이들은 부모에게 마음 편히 무슨 얘기든 할 것이다. 그렇지 않으면, 아이들은 괜스레 야단이나 맞을까 싶어 입을 다물고 말을 하지 않을 것이다. 그러면 부모와 자녀 간의 대화는 더 어려워질 수밖에 없는 것이다.

어른들도 그렇지 않은가? 몇 사람 모여서 웃고 얘기할 때, 어떤 사람이 신종 농담 한 가지를 듣고 와서 모처럼 입을 열었다. 평소 그런 얘기를 잘하지 않던 친구니까, 모두가 그에게 귀를 기울였다. 그러나 그가 말하려고 한 농담은 이미 장안에 널리 알려진 얘기고, 또 시리즈로까지 나온 얘기다. 그는 그런 것도 모르고 꽤나 새로운 재미있는 얘기다 싶어 말을 꺼낸 것이다. 그러자 좌중의 한 사람이 그의 말을 가로채고 나섰다.

「이봐, 그 얘기는 그렇게 시작하는 게 아냐! 내가 해줄게. 그 얘긴 말이야……」

말하자면 좌중에 있던 한 친구는 모처럼 그런 얘기를 꺼낸 사람에게 「그런 얘기는 이미 다 알고 있다. 어찌 그런 얘기를 새로운 얘기마냥 꺼내느냐! 말 주변도 없고 제대로 알지도 못하면서……」 하는 식의 느낌을 주었다. 가만히 있을 것을 괜스레 말을 꺼냈다가 무안만 당한 꼴이 되었다. 그러나 여기서 생각할 점은, 상대방 얘기를 비록 알고 있다고 하더라도 좀 모르는 체하고 끝까지 들어줄 수는 없었는가 하는 점이다.

부모와 자녀 간의 대화에서도 분명 그러한 것이 많다. 세상 경험을 많이 한 부모로서, 또 그 때를 다 경험해 본 부모로서, 어찌 아이들의 심리를 꿰뚫어보지 못하겠는가? 그러나 그렇다고 해서 아이들이 숨기고 있는 얘기를 미리 끄집어내서, 「네가 지금 이래서 그렇지」하고 미리 나서서는 안 될 것이다. 아이가 하려는 이야기의 서론이 좀 길어도, 좀 더듬거려도 끝까지 인내하며 경청하는 부모라야 자녀와 진정한 대화를 할 수 있는 것이다.

대화를 통해 문제해결 사고력을 기른다

　나는 오래전에 내가 봉직하는 대학에서 여러 해 동안 학생상담교수 역할을 했었다. 당시 대학에서는 약 10명의 교수들을 각각 전공 분야와 연계하여 학생상담교수로 위촉하였다. 예컨대, 의과대학 정신과 교수는 학생들의 정신문제를 상담해 주고, 법학과 교수는 학생들의 법률문제를 상담해 주도록 한 것이다. 나는 교육학과 교수이고, 특히 대학에서의 교육과정과 교수방법을 전공한 관계로, 학생들의 학업 부진과 진로문제를 맡아서 상담하였다. 상담은 대체로 학생들이 상담소를 통해 시간 약속을 해오면, 내가 상담소에 내려가서 상담 학생들과 한두 시간 정도 상담하는 것으로 되어 있었다. 대체로 상담이 한번에 끝나지 않기 때문에, 같은 학생을 몇 달에 걸쳐 대여섯 번씩 만나게 된다.

　여러 해에 걸친 상담교수 역할을 통해, 내가 한 가지 터득한 것은 상담자는 내담자의 이야기를 「열심히 끝까지 인내하며 들어줘야 한다」는 것이다. 그래서 이런 경험에 기초하여, 앞에서 부모들에게 들어주는 대화, 인내하며 끝까지 경청하는 대화를 강조한 것이다. 내가 여기서 다시금 강조하고자 하는 것은 학생들은 선생님이 열심히 끝까지 들어주면 많은 이야기를 하게 되며, 그 속에서 스스로 문제를 해결해 나가는 사고를 하게 된다는 점이다.

「선생님, 제 원래 고향은 전주입니다. 그런데 고등학교는 광주에서 다녔습니다.」

「그러니까, 중학교 졸업한 다음 광주로 이사했다는 얘기냐?」

「아니에요, 가족들은 제가 중학교 때 광주로 이사했습니다. 그러나 저는 전주에 남았습니다⋯⋯.」

이런 식으로 한 학생과의 상담이 시작되었다. 학생은 두 번씩이나 학사경고를 받았다. 학생은 공부를 잘해서 대학을 마친 다음 유학을 떠나야겠다는 생각을 가지고 있었다. 그런데 학교성적이 좋지 않고, 또 유학을 가는 것이 꼭 좋은지, 게다가 군대는 언제쯤 갔다 오는 것이 좋은지, 유학 가면 학비는 어떻게 해야 하는 것인지⋯⋯. 참으로 복잡한 생각에 학생은 나를 찾아온 것이었다. 그러나 학생은 이야기하는 과정에서 지금 자기에게 당면한 문제가 무엇이고, 그 원인은 무엇이며, 앞으로는 어떤 방향으로 해결해 나가야 할 것인가, 어떤 방향으로 해결해 나가기 위해서는 단계적으로 어떤 일부터 해야만 되겠는가, 그래서 지금 당장 시급한 문제는 무엇인가 등을 잘 알게 되었다는 것이다. 즉, 내게 긴 이야기를 하는 과정에서 학생은 자기 문제를 스스로 진단하고 평가하고 정리하는 논리적인 사고를 하게 되었다는 것이다. 결국, 그 학생은 나하고 몇 번 만난 다음 「이젠 알겠어요, 제가 어떻게 해야 하는지. 많이 정리되었습니다」 하고 말했다. 내가 특별하게 답을 준 것도 없고, 또 그런 문제들이 마치 「아스피린 3알을 먹으면 낳는다」는 식으로 명쾌하게 대답을 해줄 수 있는 성격의 문제들도 아닌 것이다. 가만히 따져 보면, 내가 한 일은 그저 학생을 마음 편하고 따뜻하게 맞이해 주고, 친구마냥 열심히 들어주고, 공감하면서 질문한 것뿐이었다. 결국 답은 자기 스스로 찾은 것이다.

이처럼, 대화는 문제를 자기 스스로 해결하거나 어떤 것을 논리적으로 분석하고 정리하는 데 있어 큰 도움을 준다. 또, 얘기하다 보면 자기도 모르게 새로운 생각들이 자꾸 터져 나온다. 대화의 장점은 아마도 그런 데 있을 성싶다. 부모와 자녀와의 대화에서도 그렇고, 직장의 상사와 부하직원 간의 대화에서도 그럴 성싶다.

즉, 아이들이 무슨 문제가 있어 부모에게 말을 건네 올 때 부모들이 미처 다 듣지도 않고 이래라 저래라 일방적으로 지시하고 명령해서는 안 된다. 우선 아이의 얘기를 질문을 던지면서 찬찬히 들어주면 아이들은 자기들 스스로 문제를 진단케 되고, 또 그 해결 방안도 찾게 되는 것이다.

그렇기에 아이들이 아버지보고 어떤 수학문제를 풀어 달라고 했을 때, 그냥 풀어줄 것이 아니라 우선 아이에게, 「너는 어떻게 해보려고 했느냐?」고 물어 나름대로의 생각을 들어보는 것이 좋다. 전혀 생각을 안 해봤다고 하더라도 생각을 해보게 하고, 설명을 하게 하고, 그 가운데서 자기 스스로 논리를 세울 수 있도록 조장하는 것이 좋다. 공부를 잘하는 많은 아이들은 문제를 풀다가 중간에 막힌 경우, 대개 자기는 이렇게 생각해 이렇게 풀어 봤는데, 여기에서 딱 막혔다고 자세하게 설명을 한다. 그러다가 설명 도중에 스스로 그 대답을 찾고는 「아, 이제 알았다. 맞아, 이렇게 하는 것인데」 하고 오히려 아버지에게 거꾸로 설명을 해주는 경우도 많이 있을 것이다. 이렇듯, 대화는 자기 스스로 문제를 해결하는 논리적 사고를 조장한다는 데서 또 다른 가치가 있는 것이다.

어떤 여자가 전날 밤 남편하고 심한 갈등을 일으켜 남편과 크게 싸우고, 아침에 홧김에 집을 나왔다. 속으로 굳은 결심을 하고 말이다.

「어디들, 나 없이 잘들 살아 보라지. 나 없이 밥 한끼나 제대로들 해먹나 보자. 오늘 밤 내가 자정이 되기 전에 들어오나 봐라.」

그러고는 집을 나섰지만 특별하게 갈 곳이 없다. 그렇다고, 이리 저리 싸돌아다닐 수도 없고 친정으로 가서 하소연하기도 부끄러워서, 겨우 찾아간 곳이 그래도 마음 편한 친구네 집이었다. 친구는 반겨주었다. 모인 김에 다른 친구도 불렀다. 모두 여고동창 넷이 모였다. 여자 넷은 온종일 점심도 해먹고 차도 마시며 실컷 수다를 떨었다. 서로들 상대방의 얘기를 열심히 들어주면서, 서로 공감하고, 서로 동정하고, 서로 이해하는 대화를 했다. 화제는 으레 남편들에 대한 얘기였다.

「그래, 맞아, 남자는 모두 똑같아!」

「애, 영규 아빠도 그러시니? 믿어지지 않는다, 애.」

「말도 마, 나 속 썩는 건 아무도 몰라.」

「그래도 너는 안 그럴 줄 알았어. 네 남편은 안 그럴 줄 알았어.」

「남자란 다 속 다르고 겉 다른 거야.」

「참, 옛날엔 내가 뭘 보고 죽자 사자 쫓아다녔는지.」

「그래도 넌 네가 쫓아다녔지, 내가 쫓아다닌 남자는 따로 있었는데……」

「무일푼인 사람한테 시집와서 애 낳아 길러 주고, 부모님 잘 모셨고, 자기 뒷바라지도 잘해 주었어. 그랬는데 이제 와서 이게 뭐람.」

남편에 대한 성토, 비난, 험담이 끊이지 않고 경쟁적으로 이루어졌다. 듣고 보니 모두가 엇비슷한 생각들이었다. 꼭 내 남편만 그런 것은 아닌 것 같다는 데서, 그래도 위안을 받는다.

해가 기울어 서쪽 창문을 통해 저녁이 다가오고 있음을 알릴 즈음, 네 여자는 서로 눈을 바라본다. 누가 먼저랄 것 없이 이구동성이다.

「애, 이제 그만 일어나야지 어쩌겠니. 그래도 가서 밥 해줘야지.」

온종일 대화하는 가운데, 이들은 남편과의 문제의 원인과 배경, 그리고 현재의 상황, 모든 것을 상호 비교·분석했다. 공통점도 많았고 차이점도 있었다. 또 이들은 대화 속에서 앞으로 나아갈 방향도 결론지었다. 그리고 지금 당장 무엇을 어떻게 해야 하는지도 알았다. 그래서 모두들 일어선 것 아닌가.

「어쩔 거야, 애들 봐서라도 그냥 살아야지. 어차피 그럴 거면, 또 늦어서 문제가 더 커지기 전에 일찍 집에 가서 저녁 준비나 해야지.」

이렇듯 대화는 스스로 문제를 해결해 나가는 논리적 사고력도 발휘케 한다.

질문을 잘 던져 대화의 질을 높인다

엄마 아버지가 소파에 앉아서 밤 8시에 시작하는 주말연속극을 보고 있었다. 여섯 살짜리 아들녀석은 자기 방에서 혼자 조립장난감으로 비행기를 만들고 있었다. 아이는 비행기를 다 만들어 가지고 엄마 아버지에게로 다가갔다.

「에엥 에엥, 엄마, 비행기 떴다, 비행기. 에엥, 엄마, 이 비행기 내가 만들었다.」

「어이구, 우리 영원이, 비행기 잘 만들었네. 그래, 갖고 가서 놀아라, 엄마 텔레비전 보게, 으응!」

「아빠, 비행기, 에엥 에엥엥. 아빠, 비행기 좀 봐. 근사하지?」

「야, 잘 만들었네. 그래, 아빠 텔레비전 보니까 저기 갖고 가서 조용히 놀아라.」

엄마도, 아버지도 시큰둥해하는 것 같았다. 아이는 저녁 내내 낑낑대며 만들었는데, 엄마 아버지는 텔레비전 보느라고 정신없고, 그저 건성으로 칭찬할 뿐이다. 아이는 다시금 자기 방에 들어와서 이것저것 뺐다 끼웠다 하다가 심심했는지 또 비행기를 가지고 나갔다.

이번엔 비행기가 나는 것처럼 한 손에 비행기를 들고 「에엥」 하면서 거실로 냅다 뛰어나갔다. 그리고 엄마 아버지 얼굴 앞으로 비행기를 번갈아 띄웠다. 그러자 엄마 아버지의 반응이 자못 신경질적이었다.

「잘 만들었다고 했잖아, 왜 이렇게 자꾸 와서 귀찮게 그래. 어디 너 때문에 연속극 하나 제대로 볼 수 있겠니?」

「아, 이 녀석이 왜 자꾸 나와서 그래! 졸리면 먼저 자, 자꾸 와서 그러지 말고!」

아이는 참으로 실망한 눈치다. 그리고 힘없이 방으로 들어가서 조용하다. 자는지 뭐 하는지 모를 정도로 기척이 없다. 연속극이 다 끝난 다음 엄마가 가서 들여다보았을 때, 아이는 비행기를 한 손에 쥔 채 침대에 엎드려 잠이 들어 있었다. 물론, 옷도 안 벗고 그냥 잠이 들어버렸다.

이러한 경우, 우리는 엄마 아버지의 행동을 어떻게 해석해야 좋을까? 물론, 꼭 보아야 할 연속극이라면 어쩌겠냐만, 아이를 그렇게까지 따돌려 가면서 보았어야 할까? 평소에 자녀와 대화를 잘하는 부모 같았으면, 처음에 아이가 비행기를 만들어 가지고 나왔을 때, 아마 그렇게 하지는 않았을 것이다.

「에엥 에엥, 엄마, 비행기 떴다, 비행기. 에엥, 엄마, 이 비행기 내가 만들었다.」

엄마는 우선 아이가 가지고 나온 비행기를 보자고 하며, 손에 들고 이리저리 살펴볼 것이다.

「어디, 엄마 좀 줘봐! 야, 멋있다. 그런데 너, 이 날개는 어쩌면 요렇게 잘 만들었니? 어떻게 이런 생각을 다했을까? 어디, 한번 엄마한테 가르쳐 줘봐!」

엄마의 그런 말에 아이는 신난다. 비행기를 엄마로부터 다시 받아 쥔 아이는 엄마 앞에 앉아서 설명을 하기 시작한다.

「엄마, 내가 가르쳐 줄게. 지금 이렇게 되어 있지? 이쪽은 내가 이렇게 끼운 거야. 그리고 이건 내가 처음에 이렇게 했더니 잘 안 돼서, 어떻게 하면 좋을까 생각하다가 바로 이렇게 끼웠더니 날개가 되었어. 엄마, 그리고 있잖아, 여기 이 앞은 꼭 새머리처럼 생겼지, 그치? 이것도 내가…….」

아이는 엄마에게 하나하나 설명한다. 처음부터 어떻게 만들려고 했다가 어떻게 실패를 했으며, 그래서 어떻게 성공을 했는지 차근차근 설명을 한다. 아예 거의 부순 다음 새로 만들듯 모든 과정을 빠짐없이 엄마에게 설명해 주려고 애쓴다. 그 과정에서 우선 아이는 엄청난 기쁨을 느낀다. 다 만들어진 비행기 자체보다는 비행기를 만드는 과정에서의 '실패와 성공의 연속'이 더 기쁘고 신났던 것이다. 또한, 아이는 설명 과정에서 다시금 자기가 만들던 과정을 돌이켜 볼 수 있는 기회를 갖는다. 이름하여 반성적 사고(reflective thingking)를 경험하는 것이다.

이처럼 「어떻게 만들었니?」라는 질문 한마디는 엄마와 아이의 대화를 질적으로 승화시킨다. 대화라는 것이 그렇지 않은가? 그저 마주보고 앉아서 아무렇게나 얘기하는 것이 아니라, 서로 관심을 갖고 경청하면서 공감하고, 놀라고, 기뻐하고, 때론 반대하고, 이의를 달고, 그러는 중에 대화의 질은 높아지는 것 아닌가? 그렇기에 의미있는 대화를 하려면, 대화중에 적절한 질문이 이루어져야 한다. 특히, 자녀들의 지적인 성장과 발달을 돕기 위해서는 부모가 자녀와의 대화중에 적절한 질문을 던지는 것이 매우 중요하다.

질문은 우리가 흔히 얘기하는 육하원칙, 즉 의문사를 이용하는 것이 좋다. 육하원칙 이 가운데서도 특히, '왜'나 '어떻게' 같은 의문사들은 대화의 양을 풍성하게 하고 대화의 질을 높여서 결과적으로 어린이들의 생각하는 힘을 길러 주는 데 매우 큰 도움을 주게 된다. 더불어, 그러한 의문사에 대한 답을 설명하면서, 사람들은 어떤 결과에 이르게 된 배경과 과정을 다시금 음미하게 되고, 그 속에서 또 다른 의미를 발견하게 되는 것이다.

그러한 예를 주부들은 저녁 식탁에서도 쉽게 경험하고 있다. 어느 날 저녁식사 시간이었다. 모처럼 부인이 맛있는 꽃게탕을 끓여 내놓았다. 국물을 한 숟갈 떠서 맛을 본 남편이 놀라워하면서 말을 건넨다.

「야! 이것 되게 맛있네. 여보, 그런데 당신 이것 앞집에서 또 얻어 온 거 아냐? 사오진 않았을 테고…….」

「뭐 앞집에서 아무거나 막 준대요! 접때 한번 갖다 준 것을 가지고, 이 양반은 뭐 만날 내가 이집 저집에서 주는 걸로 상차린다고 생각하나 보지! 이것 내가 만든 거예요. 내가, 이 박미영 여사가 만든 것이라고요!」

「그런데 되게 맛있네, 당신 이것 어떻게 만들었는데?」

어떻게 만들었느냐고? 아내는 그 말에 밥 먹는 것도 잊고, 숟갈을 집어든 채 설명하기에 바쁘다. 연신 맛있다면서 허겁지겁 먹는 남편을 귀엽다는 듯이 바라다보면서 설명을 한다.

「오늘 왜 201호 아줌마하고 앞집 여자하고 셋이서 수영하러 간댔 잖아요. 원래 시장 갈 생각은 없었는데 201호 그 여자가 수산시장 에 들렀다가 가자고 해서, 그냥 따라갔었는데. 근데 어떻게 길이 막 히는지, 하여간 88은 안 막히는 때가 없어. 거기 들어가는 데 30분 은 걸렸을 거야…….」

남편이 식사를 거의 끝낼 때까지, 아내는 설명을 이어 나갔다. 말하다간 딴 데로 빠질 듯하면서도, 용케 주제를 놓치지 않고서, '어떻게' 오늘 저녁 꽃게탕을 맛있게 끓이게 되었는가를 구체적으로 설명했다. 신이 났다. 이렇게 맛있게 먹는 남편, 그리고 아이들을 위해서 자기가 오늘 꾸민 식탁. 맛있게 먹어 준 식구들에게도 고맙고, 오늘 계획없이 다녀온 시장에서 좋은 반찬감을 찾게 된 기쁨, 가져와서 끓여 내올 때까지의 그 과정, 모든 것이 재미있었고 기뻤고, 그래서 아내는 신이 났다. 「어떻게 만들었는가」라는 그 질문 한마디에 말이다.

별것도 아닌 말 한마디가 듣는 사람에 따라서는 엄청난 의미로 느껴질 때가 많다. 특히, 어린 자녀들에게는 부모가 어떠한 질문을 해 주느냐에 따라서 느끼는 심리적 정서가 크게 다르다. 「어떻게 만들었니?」 「어떻게 생각을 했니?」 「어떻게 해서 네가 이것을 알아챘니?」 「이것을 어떻게 생각했길래 ㉮가 정답이라고 했니?」 등의 질문은 아이로 하여금 많은 생각을 하게 할 뿐만 아니라, 그만큼 의미를 느끼게 한다는 것을 부모들이 자녀와의 대화에 있어서 한번쯤 깊이 생각해 주면 좋을 것 같다.

제4장

자녀에게 어떤 사고와 행동을 하도록 도울 것인가

명절이나 집안의 큰 행사가 있을 때 온 가족이 모여 저녁을 먹으며 이런저런 얘기를 할 때가 있다. 그때마다, 칠순이 넘은 어머니께서는 아들 여섯, 딸 하나를 낳아 기르셨던 옛날 이야기를 하신다. 그때는 왜 그렇게 애를 많이 낳았는지 모르겠다고 하시면서, 어려웠던 그때 그 많은 자식들을 길러 내면서 겪었던 당신의 한 많은 이야기를 추억 삼아, 보람 삼아 말씀하신다. 이야기 중에는 이제까지 아마 백 번도 더 들은 말씀도 섞여 있지만, 들을 때마다 새롭다. 둘러앉은 자식들을 바라보면서, 이젠 나이를 먹어 머리가 조금씩 희기 시작한 장성한 자식들을 하나하나 짚어 가면서 자랄 때의 일화들을 말씀하신다.

「해승 아비는 학교 다닐 때 공부 잘했어, 그래도 시골에서 경동중학교에 갔으니까. 저, 현주 아비처럼 어렸을 때 순했던 사람 있을라구. 해정 아비는 언제나 눈에다 눈물을 달고 다녔지. 그냥 온종일 앙앙대고, 오죽하면 돌아가신 할머니께서 쩸보라고 별명을 지었을라구. 바로 밑의 동생인 해동 아비는 놔두고, 꼭 해정 아비를 업어 줬으니까. 피난 가서 부산서 살 땐데, 아마 해정 아비가 다섯 살인가 여섯 살이었지? 영도다리 근처에 가면 고래고기를 쭉 놓고 팔았는데 그걸 사달라고 징징대고, 그때 고래고기 맛이나 알았겠어?」

이런 식으로 둘러앉은 자식들에게 옛날 얘기를 하시면, 그 옆에서 자기네 아버지가 어렸을 때 그랬었나 하면서 듣던 어린 손주들은 할머니 앞으로 다가앉으며 짐짓 재미있어한다. 그리고 질문도 한다.

「할머니, 우리 아버진요?」

「너희 아비도 그랬어…….」

어머니는 계속 말씀을 이어 나가신다.

「참, 그땐 왜 그렇게 ○구멍 째지게 가난했는지……. 제대로 먹이지도 못하고 입히지도 못했으니 어디 공부는 할 수 있었겠니? 저 해석 아비는 만날 다락 꼭대기에 쭈그리고 앉아서 공부를 했다. 너희들 다락이 뭔지나 아니?」

어머니는 언제나 자식들에게 잘해 주지 못했음을 한스러워하시지만, 이젠 자식 낳고 제 힘으로 사는 것을 대견스러워하신다.

사실, 40~50대 사람들은 몇몇 예외적인 경우를 제외하고는 어린 시절을 찌든 가난 속에서 성장했다. 대부분 스스로의 힘으로 일어섰다고 믿는 사람들이다. 어떤 사람들은 부모님께서 아무것도 해준 것이 없으나 오늘 이만큼 이루어 냈음을 자랑스럽게 얘기한다. 「결혼할 때 부모가 숟가락 하나 해준 줄 아냐?」 하면서, 그야말로 맨땅에서 맨손으로 일어났음을 내세우는 사람들도 있다. 최소한 경제적인 면에서는, 지금의 젊은 부모들이 아이들에게 해주는 것에 비교하면 그렇게 생각할 수도 있을 법하다. 그러나 정말 우리네 늙은 부모들은 자식들에게 아무것도 해준 것이 없는가? 자식들에게 물려준 것이 없는가?

나는 가만히 나 자신을 돌이켜볼 때가 많다. 학교도 제대로 못 다니신 시골 부모님들이라서, 그리고 그저 논 몇 마지기, 땅 몇 평 물려받아 그것을 일구며 자식을 낳아 기르신 부모님들이라서, 물론 자식들에게 돈이나 재산을 물려주진 못했다. 그러나 생각해 보면, 우린 부모님한테 눈에 보이지 않는 많은 것을 물려받았다. 사람된 도리를 하며 살아가려는 마음가짐, 태도, 가치관 같은 보배를 물려받았다. 특히, 어떤 어려움 속에서도 혼자 일어서는 힘, 이를테면 자립, 독립, 인내, 절약, 검소의 태도와 가치관을 일상생활 속에서 눈으로 보고 몸으로 체험하면서 물려받은 것이다. 그러한 가치관, 그러한 범주의 사고와 습관은 눈에 보이는 것도, 굳이 돈으로 환산할 수 있는 것도 아니다. 그러나 그것은 쓰고 나면 없어져 버리는 물질적인 유산과는 달리 아무리 세월이 지나도 우리들 마음속에 자리 잡아 평생 동안 지켜 주는 고귀한 유산이 되었다. 때로는 부모님께 그것이 차라리 땅 한 떼기, 금붙이 몇 개, 돈 몇 다발 물려주는 것보다 엄청나게 값지고 소중했음을 알려 드리고 싶다.

물론 그러한 가치관도 물려주고 많은 재산도 물려주면 금상첨화겠지만, 그 두 가지는 서로 잘 섞이지 않는 요소들이고 보면, 그 두 가지를 모두 물려주긴 어려운 일이다.

그렇다면, 지금 이 사회에서 각기 자기 분야에서 중추적인 역할을 수행하는 우리 자신, 30~50대의 기성세대들은 우리네 자녀들에게 무엇을 물려줄 것인가? 그들이 우리보다 더욱 여유 있게 살 수 있을 만큼 많은 돈을 물려주면 되겠는가? 자녀가 어렸을 때부터 자녀 이름으로 된 통장을 하나씩 만들어 주어서, 훗날 그들이 대학 다니고, 결혼하고, 집 살 때 어려움 없도록 헌신할 것인가? 나라 전체로 보면, 그야말로 세계 선진국 대열에 당당히 들여놓게 하여 우리의 후세들이 그들의 부모가 일구어 놓은 세상에서 세계 선진국민으로서의 만족과 기쁨, 자랑스러움을 느끼며 살 수 있도록 넘겨주는 것이 좋겠는가?

그런 것도 좋다. 궁극적으로는 그런 얘기가 맞다. 그들이 보다 나은, 질적인 삶을 살아갈 수 있도록 물려주어야 한다. 그래서 부도 축적해 놓고, 환경도 깨끗이 보호해서 물려주기 위해 애쓰지 않는가? 그러나 그보다 앞서 정말 중요한 것은, 그들에게 어떤 마음을 갖고 어떠한 생각과 행동을 하면서 살라고 할 것인지, 즉 그들에게 어떤 가치관, 어떤 유형의 사고와 행동을 물려줄 것인가 하는 점이다. 우리가 떠나면, 그들은 스스로의 삶을 꾸려 나가야 한다. 21세기는 분명 우리네 자녀들이 이끌어갈 시대다. 그들은 그들의 사회, 그들의 삶을 스스로 개척하고 발전시켜 나가야 한다. 그렇기에, 기성세대들은 학교, 가정, 사회에서 그들에게 무엇을 가르쳐 주어야만 하는가에 대해서 고심하며 궁리한다. 그럼에도 늘상 실패만 거듭했고, 그들에게 확실한 것을 심어 주지 못했기 때문에 우리네 자녀들이 흔들리고 갈팡질팡하고 있는 것이다. 때로는 부모마저 갈피를 못 잡고 흔들려 그 밑에서 자라나는 아이들을 더 혼미에 빠지게 하는 경우도 있다.

그렇다면, 기성세대는 신세대 자녀들에게 어떤 믿음을, 어떤 가치관을 가르쳐서 물려주어야 하겠는가? 그들이 어떤 식으로 생각하고 행동할 수 있도록 인도해 주어야만, 지금 우리가 부모님께 감사하듯, 그들도 훗날 늙은 우리 자신에게 감사하게 될 것인가? 이 장에서 나는 우리네 자녀들이 그들의 삶을 스스로 살아갈 수 있도록 갖추어야 할 열 가지 사고와 행동을 열거하고자 한다.

특히, 여기에 열거하는 열 가지 사고와 행동은 일상생활 속에서 오랜 기간에 걸쳐 형성되는 것들임을 먼저 밝혀 둔다. 그것들은 특정한 기간, 특정한 방법으로 집중적 훈련을 받고 교육을 받아서 성취될 수 있는 성질의 것이 아니다. 예컨대, 논리적이고 창의적인 사고를 기른다고 해서, 몇 달 동안 과외공부를 시켜서 그러한 사고력을 길러낼 수 있는 것은 아니다. 물론 조금은 도움이 되겠지만, 큰 효과를 보기는 어려운 것이다. 조금씩 키가 자라고 몸이 자라듯, 이들 열 가지 사고와 행동들은 가정에서, 학교에서, 또는 길거리에서 왔다 갔다 생활하면서 자신도 모르게 길러지는 것이다. 문제는 자녀들이 그러한 사고력을 스스로 길러낼 수 있도록 분위기를 우리 부모들이 어떻게 만들어 주느냐이다.

즉, 그러한 여건과 환경을 조성해 주어야 한다. 모든 것이 평화롭고 자연스럽고 아름다운 곳에서는 사람들의 마음 역시 지극히 평화로워지고 아름다워지는 것 아닌가? 앞으로 이 장에서 다룰 열 가지 사고 역시 그와 똑같은 성질의 것들이다. 그렇기에, 나는 여기서 이런 사고를 기르려면 이런 방법으로 자녀들을 훈련시키는 것이 좋다고는 지적하지 않겠다. 그러한 사고력을 자녀들이 갖추고 행동하도록, 우리가 집 안에서 어떻게 분위기를 조성해 줄 것이냐에 초점을 맞추어 몇 가지를 그저 예시하고자 한다. 이를 읽어 보면 우리 부모님들이 이보다 더 좋은 아이디어를 만들어 낼 수 있으리라는 믿음을 갖고 있기 때문이다.

체계를 세우는 논리적 사고와 행동

나는 서울 서쪽 끝인 양천구 목동 아파트 9단지에 살고 있다. 모두 다 자기가 사는 동네가 최고겠지만, 나는 서울 시내 어디를 돌아다녀 봐도 목동 아파트 단지만큼 좋은 곳을 못 보았다. 물론 내게는 직장인 연세대학교까지 왔다 갔다하는데 큰 불편 없고, 시간도 그리 오래 걸리지 않아 좋은 까닭도 있지만, 아파트 동과 동 사이의 공간이 상당히 넓고 나무도 많으며, 공원도 제법 잘 가꾸어 놓았다는 점이 특히 좋다.

1988년에 입주해서 지금까지 만 7년을 살아서 모든 것에 더욱 정이 들었고, 또 일방통행으로 되어 있는 도로에도 아주 익숙해져 있어 아무런 불편이 없다. 그럼에도 불구하고 처음 우리 동네에 오는 사람들이 제일 먼저 불평을 해대는 것은, 922동이 저만치 뻔히 보이는데도 찾아 들어오기가 어려워서 몇 바퀴를 돌았는지 모른다는 것이다. 그리고 찾아 들어오긴 했는데, 나갈 일이 걱정이라는 것이다. 그래서 으레 큰길까지 데려다 주거나 약도를 그려 주지만, 그 다음에 다시 찾아올 때도 불평은 줄지 않는다. 도대체 길을 어떻게 뚫어 놓

172

았느냐, 그렇게 불편한데 당신들은 어떻게 매일 그 안에서 출퇴근을 하느냐며 걱정과 핀잔을 함께 한다. 그럴 때마다 나는 무엇이 그들을 그렇게 어렵게 헤매도록 만들었는지 곰곰이 생각해 본다.

한마디로, 그들이 우리 동네에 들어왔다가 헤맨 이유는 일방통행으로 이루어진 길에 대한 논리적 사고가 습관화되지 못해서 그런 것 아닌가 싶다. 그것은 그들에게 왜 헤매었는가를 물어보면 나타난다. 간단한 얘기다. 한쪽 길이 가도록만 되어 있으면, 저편의 다른쪽 길은 오도록만 되어 있을 것 아닌가? 이렇게 생각하면 복잡할 게 하나도 없다. 그리고 그것은 길에 대한 당연하고 자연스러운 논리적인 사고 아닌가? 하긴 그동안 우리나라의 길들이 어디 그러한 체계적이고 논리적인 사고를 할 수 있게끔 만들어져 있었는가? 그저 길 뚫는 사람들이 편하게 마구잡이로 뚫어 놓았었으니까.

집 번지만 해도 그러했다. 이를테면, 유치원 다니는 어린애라도 짐작하고 기대하기는 96번지 다음엔 97번지가 있을 것이다. 바로 옆에 안 붙어 있으면 미국식으로 길 건너 맞은편에 있거나 말이다. 그러나 96번지 다음에 느닷없이 487번지가 있고, 또 그 옆엔 엉뚱하게 14번지가 있고, 그야말로 제멋대로가 아닌가? 그러한 가운데서는 우리가 아무리 논리적인 생각을 해보았자 소용없을 것이다.

여기에서 논리적인 사고가 어떤 것인가에 대해서는 논쟁할 필요가 없다. 좀 더 체계적으로 앞뒤를 가리고 선후를 따지고 시작과 종결을 분명히 하는 것뿐이다. 이를테면 어떤 일이나 행동에서 나름대로의 기준에 의한 질서를 세우자는 것이다. 한 가지 작은 일을 해도 어느 것을 먼저 시작하고, 어느 것을 나중에 하는 것이 그 일을 성공적이고 효율적으로 잘하는 것인가를 파악하는 것이 곧 논리적인 사고와 행동일 듯싶다.

이러한 논리적인 사고와 행동은 우리의 삶이 더욱 복잡해지고 다양화될수록 그 필요를 절실하게 느낀다. 사실 옛날에는 모든 것이 단순하고 더디게 진행되는 느린 사회였다. 그러니 지금은 모든 현상이 복합적으로 서로 얽히고설켜서 발생하고, 빠르게 진행되며, 그 가운데서 터져 나오는 문제들도 꽤나 복잡하다. 이러한 사회에서 보다 슬기롭게 우리의 삶을 가꾸어 나가려면, 더욱 냉정하고 객관적이고 분석적인 사고를 해야 한다. 그저 옛날처럼 대충대충 생각하고 행동해서는 안 될 성싶다.

「아저씨, 여기서 군청까지 가려면 얼마나 더 가야 해요?」

「조금만 가면 돼요.」

「조금만요? 차로 가면 얼마나 걸려요?」

「뭐 금방이에요. 5분도 안 돼요.」

「몇 킬로미터쯤 가야 되는데요?」

「뭐 얼마 안 걸려요.」

그러나 실제 자동차로 30분도 더 걸렸다면 어떻게 할 것인가? 이런 식의 생각과 행동은 아직도 우리 주변에 널려 있다.

「설탕 좀, 넣어 드릴까요?」

「그래요.」

「얼마나 넣을까요?」

「알아서 적당히, 그냥 맛있게 넣어 주세요.」

물론 지금까지는 그런 식으로 대충대충 살았어도 큰 문제가 없었다. 또 따지면 소인배 같은 사람, 또는 버릇없는 사람으로 인식되어서 그렇게 행동하였는지도 모른다. 더욱이 동양 사람들의 몸에 밴 통합적 사고, 즉 부분보다는 전체를 중시하는 사고 때문에 그렇게 행동하였는지도 모른다. 그러나 이제는 세부적인 부분도 따지도 또 그것을 다시 통합해 전체를 볼 수 있어야 한다. 한마디로 모든 일에 있어서 논리적인 사고를 하여야 하는 것이다.

그렇기에, 대학입학시험에서도 자꾸만 논술을 강조하는 것이다. 1995년 5월 말에 발표된 신교육체제 수립을 위한 교육개혁방안에 제시된 새로운 대학입학생 선발제도를 살펴보면, 결국 앞으로는 논술이 대학을 가느냐 못 가느냐에 더욱 중요한 요인으로 작용하게 되었다. 그래서 많은 학부모들은 지금까지도 그랬지만, 앞으로 더욱 자녀의 논술 능력을 어떻게 길러 줄 것이냐에 관심을 기울일 것이다. 논술 과외도 더욱 늘어나고, 논술 능력을 기르기 위한 각종 학습지들도 늘어날 전망이다. 그런데 여기서 우리가 분명 알아둘 일은, 논술 능력이란 것이 그렇게 얼마 동안의 집중적인 훈련으로 형성되는 것이 아니라는 점이다. 앞에서도 언급했듯이 이 장에서 이야기하는 열 가지의 사고 형태 전부가 그렇지만, 논리적 사고와 같은 힘은 일상생활 속에서 하나의 습관처럼 형성되어야 하는 것이다. 문제는 자녀들이 일상생활에서 그러한 습관을 형성하기 위해서는 어떤 분위기가 조성되어야 하는가이다. 많은 예를 들 수 있겠으나, 여기에서는 부모님들께 하나의 아이디어를 예시한다는 뜻에서 몇 가지만 생각해 보기로 하겠다.

「엄마, 나 교회 갔다가 교보문고에 가서 책 사가지고 학교 도서관에 가서 공부하다 올 게요.」

「몇 부 예배에 가려고 하는데?」

「그냥 3부 갈까 봐, 11시 반에 시작하는 예배에.」

「그럼, 교보문고는 몇 시에 가려고?」

「교보문고는 지금 가지 뭐.」

「지금 몇 시인데?」

「지금 8시 반 아냐?」

「그럼, 교보문고 갔다가 시간 남잖아? 그리고 교보문고 벌써 문 열었을까?」

이상과 같은 아주 작은 일에서도 마찬가지다. 여기서도 조금만 신경 쓰면 아이에게 논리적으로 생각할 수 있도록 도와줄 수가 있다. 즉, 세 군데를 꼭 가야 힌다고 할 때, 어떤 **교통수단**을 이용하는 것이 좋은지, 또 볼일을 다 본 다음 학교 도서관에 앉아 공부하는 것이 마음에 편한지, 아니면 도서관에서 공부하다가 중간에 지루하면 바람 쐴 겸 서점에 갔다 오는 것이 좋은지…… 작은 일이지만, 여기에서도 논리적으로 어떤 질서를 찾아내고, 순서를 체계화시키려면 따져 볼 것이 많지 않은가? 그런 것이 습관화되어 논리적 사고가 형성되는 것이다.

「그냥 가보지, 가보면 찾을 수 있겠지.」
「그냥 가보았다가 문 닫았으면 나중에 다시 가지.」
「그냥 나가면 아무 버스나 타게 되겠지.」
「그냥 나서면 찾아가게 되겠지.」

우리는 이런 식으로 생각하면서 무턱대고 가보고, 무턱대고 나서다가 낭패를 당하고, 쓸데없는 시간, 돈, 노력을 낭비하지 않았던가? 그렇기에 어떤 사람들은 차를 몰고 어디에 가려고 하면, 사전에 앉아서 지도를 펴놓고 도상연습을 먼저 하지 않는가? 그런 것은 논리적 사고가 몸에 배어서 나타나는 행동이다.

이러한 작은 버릇들은 일상생활에서 부모들이 조금만 관심을 기울이면 아이들 스스로 기를 수 있을 것이다. 밖에서 들은 말을 부모에게 전달할 때도, 말의 핵심이 무엇인지를 간결하고 분명하게 전한다든가, 부모님이 안 계셨을 때 걸려 온 전화의 메시지를 부모님에게 전달하는 일에서도, 무엇이 중요하고 무엇이 중요하지 않은가 무엇이 그 메시지의 핵심인가를 파악해서 전달하는 습관 같은 것은 이들의 논리적 사고를 키우는 데 도움이 된다. 텔레비전에서 방영되는 토론 프로그램을 부모와 자녀가 함께 보면서 무심결에 나누는 대화도 자녀들이 논리적 사고를 갖추는 데 큰 도움이 된다.

「지금, 저 양반은 고등학교 평준화를 폐지하자는 얘기냐?」
「아녜요. 아빠, 저 아저씨는 유지하자고 얘기하는 거예요.」
「그런데 아까 말을 왜 그런 식으로 하냐?」

「그것은 아마 저쪽에 앉은 사람이 자꾸 딴소리를 하니까 그랬나
봐요…….」

장난감을 갖고 놀 때도 그 속에는 논리적인 사고가 깔려 있게 마
련이다. 혼자서 무엇을 조립하거나 만들 때도 아이들은 논리적으로
생각한다. 여럿이 모여 놀 때도 아이들은 제각기 논리적인 생각을
한다. 때때로 부모들이 아이들에게 어떤 생각에서 그렇게 했는지를
물어봄으로써, 아이들의 논리적인 생각을 언어로 표현하게 하고 그
논리성을 스스로 확인케 할 수도 있다. 중요한 것은 아이들 나름대
로 생각할 수 있도록 조장하고, 격려하고, 고무해 주는 일이다. 아이
들의 생각과 행동에서의 논리가 어이없고 한심하게 보여도, 생각 없
이 시키는 대로만 하는 것보다는 훨씬 바람직하다. 아이들의 천진스
러운 논리가 때로는 어른들보다 더 과학적이고 진취적일 때도 많음
을 잊지 말아야 할 것이다.

인습과 타성에서 벗어난 창조적 사고와 행동

나는 두 아들에게 입버릇처럼 늘 하는 얘기가 있다.

「너희들 장가갈 때 아버지한테 너무 기대하지 마라. 집 사주고, 차 사주고, 살림 다 사주고, 그런 것 안 할 거야. 너희들이 시작하는 데 정말 필요한 최소한의 것만 해줄 생각이다.」

이럴 때마다 철모르는 아이들은 큰소리로 대답한다.

「알았어요, 누가 해달라기나 한대요? 걱정 마세요, 우린 우리가 다 알아서 할 거니까요.」

아직은 실감이 나지 않은 얘기니까 저희들도 저렇게 대답하는가 싶고, 또 그렇게 말하는 나도 아직은 눈앞에 닥친 일이 아니니까 그렇지 정말 닥쳐도 그렇게 할 것이냐? 그래도 자식인데, 해줄 수 있는 한 해주고 싶은 것이 부모 마음인데……. 그렇게 생각할 때도 있지만 지금의 생각은 단호하다.

나는 주례를 서게 되어 양가의 부모들을 사전에 만나는 경우에도 그런 내 생각을 부모들에게 말해 줄 때가 많다. 물론, 많은 경우에 그들은 내 얘기에 별로 귀를 기울이는 것 같지는 않다. 주례를 부탁했는데 그저 동감하는 시늉만 해주면 되지 않느냐는 듯한 모습을 보일 때가 많다.

내가 우리집 아이들의 성장을 돕는 데 있어 철저하게 지켰던 한 가지는 모든 것을 저희들 스스로 하게 해야 한다는 것이다. 부모가 모든 것을 만들어 주고 챙겨 주는 것은, 결국 아이들의 권리를 침해하는 것이고, 또 어쩌면 그러한 과정에서 아이들 스스로 누릴 수 있는 기쁨을 빼앗는 것이다 싶어서였다.

창의적인 사고는 학자들 주장에 따르면 여러 가지 양태로 정의되고 설명된다. 그러나 글자 그대로 쉽게 생각하면, '새로운 것을 만들어 내는 것'이다. 그것은 무에서 유를 만들어 내는 것이지만, 때로는 있는 것을 다른 양태로 변화시키는 것도 포함한다. 그리고 사람은 그러한 과정에서 존재의 의미와 보람을 느끼는 것이 아닌가 싶다.

하나님께서 인간에게 베푼 가장 큰 은사는 스스로 만들어 낼 수 있는 능력을 주신 것이다. 결혼해서 아이를 낳았을 때를 생각해 보면 쉽게 이해할 수 있다. 어디서 저렇게 예쁘고 부모를 꼭 빼닮은 아기가 태어났을까? 사람들은 신비스러운 창조의 기쁨을 누린다. 결혼하는 자녀에게 부모들이 많은 것을 해주지 않는 것이 오히려 그들을 위하는 일이라고 내가 생각하는 까닭이 바로 여기에 있다. 저희들이 고생하고 노력하면서 집도 장만하고, 차도 사고, 살림도구도 갖추어 나가는 그런 평범함 속에서 그들 스스로 만들어 가는 기쁨을 누리게 해주고 싶은 것이다. 혹자는 그런 것을 미리 다 갖추어 주면, 그보다 더 큰 다른 것을 남보다 빨리 창조하고 성취하는 데서 더 큰 기쁨을 누리게 되는 것 아니냐고 반박하기도 한다. 꼭 그렇게 하는 것이 그들의 생각이고 신념이라면 그것도 결코 나쁘지는 않다. 다만 내가 강조하는 것은 자기 나이와 때에 걸맞게, 작은 일에서부터 차근차근 벽돌 쌓아 가듯이 기쁨을 쌓아 갈 때, 결국 그런 기초 위에 더 큰 것도 만들어 낼 수 있디는 생각을 강조할 뿐이다.

창의적인 사고는 다가오는 사회에서 모든 사람이 생존을 위해 필수적으로 갖추어야 할 능력이다. 특히 부존자원이 없는 우리나라에서는, 또 고도로 발전하고 있는 과학기술사회에서는 일상생활에 창의적인 사고가 배어들어 있어야 한다. 그리고 그러한 힘은 어려서부터 평생을 두고 일상생활 속에서 스스로 갖추고 개발하는 가운데서 더욱 배양되는 것이다.

가정에서 아이들의 창의적 사고력을 기르는 데 도움을 주려면, 부모들은 우선 자신들이 갖고 있는 판에 박힌 타성과 습관을 아이들에게 무조건 주입시키지 않도록 노력해야 한다. 모든 일에서 아이들 나름대로의 생각이 부모의 생각과 다르다고 그들의 생각을 비난하거나 윽박지르는 식의 언어 행위는 삼가야 한다. 이를테면 이런 식의 표현들이다.

「야, 그걸 생각이라고 했니?」

「잔소리하지 마.」

「쓸데없는 생각하지 마.」

「말도 안 되는 소릴 하고 있냐?」

「넌 어디서 생각한다는 게 그 모양이냐?」

「머리통이 아무리 작다고 하지만, 넌 생각하는 것조차 그러냐?」

「엉뚱한 소리를 하기로는 널 따라갈 사람 있냐?」

「너처럼 생각하면, 왜 사람들이 진작 그렇게 못했겠니?」

「그렇게 엉뚱한 생각을 하니까, 만날 틀리잖아.」

「참, 넌 사람을 웃긴다!」

「네가 하는 생각치고 제대로 된 생각 한번도 못 봤어!」

이 모두가 아이들의 자유로운 창조적 사고를 자꾸 억제하고 포기하도록 하여, 결국 어른들이 일러 주는 정형화된 답만을 무조건 받아들이도록 하는 것이다.

어느 초등학교 저학년의 수업 광경이다.

「자! 여러분, 여기 보세요. 선생님이 여기에다 무엇을 적는가 보세요. 어머니가 시장에 가서서 다음과 같은 물건들을 사오셨어요. 선생님이 하나하나 적을 테니까 모두들 떠들지 말고, 함께 큰소리로 읽어 보세요.」

그러고는 선생님은 흑판에다 다음과 같이 열 가지를 적었다.

「사과, 상추, 배, 무, 시금치, 바나나, 귤, 호박, 배추, 참외.」

아이들은 선생님이 적을 때마다 하나하나 큰소리로 합창하듯 말했다.

「여기 선생님이 적어 놓은 것 중에서 여러분이 모르는 것이 있나요?」

「없어요!」

「그래요, 집에서 이런 것 모두 먹어 보았지요?」

「네!」

「어디, 지은이는 여기 있는 것 모두 좋아해요?」

「아뇨! 선생님, 저는 호박이 제일 싫어요.」

그러자, 한쪽 구석에서 짓궂은 사내 녀석이 낄낄대며 떠들었다.

「자기가 호박이니까 그렇지.」

옆에 있는 아이한테 한 소리였는데, 모든 아이들이 듣고는 웃고 말았다. 선생님의 지혜로운 수습으로 지은이도 상처를 안 받고, 아이들도 더 이상 떠들지 않고 주의를 집중하였다.

「자, 이제 선생님이 문제를 내겠어요. 여기에 적어 놓은 물건은 크게 두 가지 또는 세 가지 종류로 묶을 수 있어요. 무엇을 무엇과 함께 묶을 수 있는지, 어디 누가 한번 말해 볼래요?」

「저요, 저요!」

여러 아이가 손을 번쩍 들고 대답하겠다고 나섰다.

「그래, 그럼 저 뒤에 있는 우리 김기현 어린이가 말해 볼까?」

「네, 저는요, 두 가지로 묶을 수 있다고 생각해요. 상추, 무, 시금치,

호박, 배추를 하나로 묶고요, 나머지 사과, 배, 바나나, 귤, 참외를 또 하나로 묶을 수 있어요.」

「아, 그래요! 여러분 어때요. 지금 기현이가 얘기한 게 맞아요?」

「네, 맞아요.」

모두들 씩씩하게 합창했다.

「그렇지요! 아주 정말 잘했어요. 그렇게 두 가지 종류로 나누어 묶을 수 있지요. 그런데 왜 우리는 그렇게 두 가지로 묶었나요?」

「저요, 저요!」

「어디 이번엔 우리 박은정 어린이가 대답해 볼까?」

「한쪽은 채소고, 다른쪽은 과일이에요.」

「그렇지요! 바로 그거예요. 상추, 무, 시금치, 호박, 배추는 채소 종류이고, 나머지 사과, 배, 바나나, 귤, 참외는 과일이지요. 오늘은 선생님이 채소와 과일에 대해서 설명하겠어요.」

그러나 정말 이러한 식의 수업이 이루어지고 있다면, 이는 어른들이 아이들에게 판에 박힌 사고를 주입시키고 창의력을 길러 주지 못하고 있다는 점에서 문제가 있는 수업이다. 만약 선생님이 조금만 신경을 써서 아이들에게 창조적인 발상을 조장했다면 그 수업은 이렇게 진행될 수도 있을 것이다.

「저요, 저요!」

「그래, 그럼 저 뒤에 있는 우리 김기현 어린이가 말해 볼까?」

「네, 저는요, 두 가지로 묶을 수 있다고 생각해요. 상추, 무, 시금치, 호박, 배추를 하나로 묶고요, 나머지 사과, 배, 바나나, 귤, 참외를 또 하나로 묶을 수 있어요!」

「아, 그래요? 그런데 왜 그렇게 생각했어요?」

「상추나 무 같은 것들은 채소고요, 사과나 배 같은 것들은 과일이니까요.」

「그래, 그럼 이번에는 또 누가 해볼까?」

선생님 말에 아이들은 모두 의아해했다. '아니, 그렇게 묶는 것이 아닌가? 나도 채소와 과일 두 가지로 나누어 묶는다고 생각했었는데…….' 아까, 「저요, 저요!」 하면서 손을 들었던 많은 아이들이 이번에는 아무도 손을 안 들고 있다. 모두들 기현이처럼 생각했었기 때문이다.

「왜, 또 없어요? 기현이가 말한 것이 틀린 것은 아녜요. 그러나 또 다른 방식으로 묶을 수는 없는가 해서 선생님이 물어본 거예요.」

그러자 평소에 공부를 잘하지 못하던 은석이가 손을 들었다.

「어! 저기, 그래 우리 정은석 어린이가 말해 볼까?」

「선생님, 저는요 세 가지로 묶을 수 있어요. 하나는 열매를 먹는 것이고, 또 하나는 뿌리를 먹는 것이고, 나머지 하나는 잎사귀를 먹는 것이고요.」

「아, 그래요. 맞아요! 그것도 아주 좋은 생각이네요. 그럼, 이번엔 또 누가 해볼까?」

선생님의 그러한 칭찬에 아이들은 사기가 올랐다. 모두들 머리를 조아리며 생각하기 시작했다. 얼마 안 가 아이들이 신나서 서로 먼저 말하려고 나섰다.

「선생님, 저는요, 익혀 먹어야 하는 것과 날로 먹어도 되는 것으로 묶을 수 있다고 생각했어요.」

「저는요, 선생님, 글자가 한 자짜리, 두 자짜리, 세 자짜리로 묶을 수도 있다고 생각했어요.」

아이들이 한바탕 웃었다. '그런 걸 말이라고 하니' 하는 듯한 조롱 어린 웃음이 가득했다. 그러나 선생님은 「아무렴, 그런 생각도 할 수 있지」라며, 아이들의 모든 의견을 존중해 주었다.

학교에서건 가정에서건 바로 이런 식의 분위기 조성이 필요한 것이다. 그저 교과서에 쓰여진 정답만을 외우게 하고 주입시키거나, 어른들의 타성적 사고를 아이들에게 그대로 주입시키는 것이 아니라,

아이들 나름대로 생각의 나래를 마음껏 펼 수 있도록 조장하는 것이 창조적 힘을 기르도록 도와주는 것이다. 만약, 글자수에 따라 세 가지로도 묶을 수 있다는 어린이에 대하여 선생님이 이랬다고 해보자.

「야, 이리 나와. 넌 지금 그걸 생각이라고 했니? 장난치는 거야, 뭐야. 손바닥 내밀어.」

그리고 막대기 자로 손바닥을 두어 대 때렸다고 하자. 그러면 어떻게 될 것인가?

어떻게 하면 아이들 스스로 창의적 사고력을 기를 수 있을까? 좁은 지면에 그 모든 것을 다 얘기하긴 어렵다. 다만 내가 부모들에게 부탁하고 싶은 것은 어른들의 생각만을 강제로 주입시키지 말고, 그들이 상상의 나래를 힘껏 펼 수 있도록 분위기를 만들어 주자는 것이다.

머리와 마음을 여는 자발적 사고와 행동

어느 공휴일 날 엄마가 외출하면서 중학교 3학년인 딸아이에게 집 안 청소를 시켰다.

「미영아! 엄마 나갔다 올게. 집 안 청소 좀 해놓고, 공부하고 있으렴. 너는 계집애가 네 방 하나 제대로 치우지 못하니? 좀 치우면서 살아. 그냥 꼭 미친○처럼 해가지고, 어떻게 그 속에서 공부를 하니? 시집가선 어쩌려고? 그 뭐야, 침대 시트는 엄마가 빨아 놓은 것 있으니까 가져다 갈아 끼우고, 오빠 방도 깨끗이 치워 주렴. 그 책꽂이 옆에 먼지 쌓인 것 봐라. 그리고 옷을 아무 데나 그냥 벗어 던져 놓으면 어떡하니? 빨랫감은 빨래통에 갖다 넣고……」

「어이구, 알았어요. 다녀오세요.」

「알았다고만 그러지 말고, 정말 깨끗이 치워! 엄마 간다.」

엄마는 나갔다. 나도 진작 오빠처럼 독서실에 간다고 내뺄 걸, 괜스레 그냥 집에 앉았다가 덤터기만 썼다 싶고, 그냥 엄마는 기회만 있으면 나한테 뭘 시키려고 한다며 투덜대는 미영이는 자기 방과 오빠 방을 청소했다. 그러나 미영이는 외출했다 돌아온 엄마한테 야단만 된통 맞았다.

「너, 이게 청소한 거니?」

「했잖아요.」

「그런데 왜 이 양말 짝은 책상 밑에 그냥 있냐? 아니, 뭘 청소한 거
야? 여기 먼지는 그대로 있잖아?」

「아까 다했는데…….」

「그렇게 하니까 만날 욕을 먹지? 공부도 그렇게 하니까 만날 그
타령이지.」

미영이는 아무 말 없이 그저 꾸중만 들었다. 기껏 해놓고도 좋은
소리를 못 들었다. 그러면 미영이는 왜 그렇게 했을까? 여러 가지
이유가 있겠지만 제일 큰 이유는 '하기 싫은 일'을 해서일 것이다. 하
기 싫은 일을 마지못해 해서 그런 것이다.

대체로 하기 싫은 일을 할 때는, 창의적인 사고도 논리적인 사고도
잘 이루어지지 않게 마련이다. 즉, 마음이 동해야 생각도 나는 법이
다. 만약 미영이가 엄마가 외출한 뒤에 자기 방 청소를 스스로 했다
고 하자. 만날 엄마가 닦아 주고 치워 주는데, 오늘은 모처럼 휴일이
니까 엄마를 거들어 드리자는 생각에 미영이는 자기 방 청소를 말끔
히 했다. 내친김에 오빠 방까지 깨끗이 치워 주었다. 그야말로 누가
시켜서 한 것이 아니고 자발적으로 한 것이다. 나중에 돌아온 엄마
는 아마 이렇게 말할 것이다.

「아니, 누가 이렇게 청소를 깨끗이 했니? 미영이가 했구나! 하여
튼, 너는 꼼꼼하기도 해. 어쩜 이렇게 구석구석 깨끗이 청소를 했
니? 엄마보다 낫구나.」

사람이 어떤 일을 자발적으로 하게 되면, 우선 지각의 장이 넓어져
서 보고 듣고 느끼는 것이 많아진다. 청소를 자발적으로 할 때는, 책
상 밑, 책꽂이 뒤, 유리창 문틀 등 구석구석이 눈에 저절로 들어온다.
그것은 바로 그러한 자발성이 머리와 마음을 넓게 열어 놓았기 때문

이다. 열려 있는 머리와 마음은 곧 여러 가지를 생각하게 한다. 창의력과 논리적 사고력은 이 자발적인 사고와 깊은 관계가 있다. 공부도 자발적으로 해야 잘되고, 음식도 먹고 싶을 때 먹어야 소화가 잘되지 않던가.

그런데 우리네 부모들은 이러한 자발적 사고와 행동을 적극 조장해 주지 못하는 것 같아 안타까울 때가 많다. 그러면 왜 부모들은 일상생활 속에서 자녀들의 자발적 사고와 행동을 자꾸만 억제하는 것일까? 여러 가지 이유가 있겠지만, 우선 제일 큰 이유는 아이들을 너무 지나치게 사랑해서인 듯싶다. 그저 모든 것을 해주려는 부모의 생각들이 아이들의 자발성을 억제하는 경우가 많다. 그런가 하면, 아이들을 지나치게 보호하려는 마음도 한 요인이 된다. 항상 다칠세라 걱정하며 공부 이외의 다른 일은 아무것도 신경 쓰지 말도록 하려는 데서 아이들의 자발성을 억제하는 것이 아닌가 생각될 때가 많다. 그러나 결과적으로 자녀에 대한 부모들의 그러한 사랑은 아이들의 자발성을 죽이고, 나아가서는 창의성을 말살시키며, 그저 아이들을 부모의 판에 박힌 틀 안에다 가두어 놓는다는 것을 인식해야 될 것이다.

자녀의 자발성을 길러 주기 위해서는 부모의 인내심이 요구된다. 아이들이 스스로 깨닫고 알아서 하려고 할 때까지 좀 참고 기다려 주는 것이 바람직하다. 아이들도 속으로 나름대로의 생각과 계획이 있다. 그리고 그러한 생각과 계획에 따라 자기가 해야 할 일들을 자발적으로 하고자 한다. 이를테면, 학교에서 집에 돌아올 때 머릿속에 자기가 할 일을 그리면서 온다. 우선 집에 가면, 엄마보고 빵이나 구워 달라고 해서 먹고 난 다음, 산수 숙제부터 해야지. 저녁에는 우리나라 축구대표 팀과 브라질 국가대표 팀의 시합이 있으니까, 그 중계방송을 보려면 그 이전에 숙제를 끝내야지. 그래야 텔레비전 본 다음에 밀려 있는 학습지도 할 것 아닌가? 어쩌면 이런 생각을 하고 집에 올지도 모른다. 그럼에도 엄마들은 아이가 집에 들어서지미지 야단치듯 이른다.

「너, 우선 손 씻고 빵 먹어. 배고플 테니까 엄마가 빵 두 쪽 구워 줄게. 그리고 들어가서 학습지 밀린 것부터 해놔. 아까 네 방 청소하다 봤는데 다섯 장이나 밀렸더라.」

「아니에요. 산수 숙제부터 해야 돼요.」

「시끄러워, 산수 숙제는 이따 저녁 먹고 하면 되잖아! 지금 들어가서 학습지부터 해놓고 나서 산수 숙제든 뭐든 해.」

아이의 생각과 행동은 통째로 무시된 것이다. 아이도 스스로 학습지를 할 마음이 있었다. 그러나 산수 숙제는 내일 당장 가져가야 하니까 우선순위를 그것에다 둔 것뿐인데, 엄마는 무조건 학습지부터 하라는 것이다. 엄마는 「학습지부터 해놓으면, 산수 숙제야 내일 안 해 가면 혼날 테니깐, 밤을 새워서라도 하겠지」라는 계산으로 우선 학습지부터 하기를 강요한 것이다. 엄마의 이런 계산은 결국 아이에게 스스로 하고자 하는 마음마저 몽땅 빼앗아 버렸다. 학습지고 산수 숙제고 간에 모든 것이 하기 싫어졌다. 이제는 그저 엄마가 하라고 하니까 하는 수밖에. 그러니 그 속에서 무슨 생각이 나고, 무슨 기쁨이 느껴지겠는가? 두어 시간 낑낑대며 학습지부터 했다. 조금 있다가 엄마가 방으로 들어왔다.

「어디, 너 학습지 문제 다 풀었니?」

「네!」

「그럼, 이리 줘봐, 잘했나 보게.」

「여기 있어요.」

「그런데 왜 너 앞에만 했어? 뒤에도 문제가 있는데?」

아이는 놀랐다. 앞에만 문제가 있는 줄 알았는데 뒤에도 있는가? 엄마는 다시금 방 안이 떠나가도록 소리를 친다.

「하여튼, 너는 꾀를 부리는 데는 알아줘야 돼. 아니, 뒷장의 문제를 슬쩍 안 하면 누가 모르니? 너 학교에서도 시험볼 때 앞에만 하니? 뒤에도 문제가 있나 봐야 하잖아? 그래, 안 그래?」

아이는 대답이 없다. 그리고 어이가 없다는 표정이다.

「이것아, 아니 여기 문제를 봐. 이 끝에 가서, 이렇게 끝날 수가 없잖아. 이것은 분명 그 다음으로 이어지는 것 아냐? 그럼, 이게 어디로 이어졌는지 봐야 할 것 아냐? 뒤로 이어졌는지, 다음 장으로 이어졌는지?」

「아까 봤는데……. 그래서 나도 이상하다고 생각했었는데…….」

「그렇게 해서 뭐 하니? 안 되면 진작 다 때려치우든지…….」

결국 아이는 엄마한테 꾸중만 실컷 들었다. 아이는 왜 뒷장에 있는 문제를 못 보았을까? 왜 생각이 거기에 미치지 못했을까? 하기 싫은 것, 남이 시켜서 하는 일이고 보니, 지각의 장이 좁아진 것이다. 눈이 닫히고 생각이 멈춘 것이다. 만약, 그 아이가 하고 싶은 대로 하게 내버려 두었다면 모든 것이 그 아이 눈에 보였을 것이다.

아이들의 자발성을 길러 주는 데 엄마 아버지가 신경 써야 할 또 한 가지는 늘 아이들 몫을 남겨 두라는 것이다. 세상 모든 일에 있어서 서로 상대의 몫을 남겨 주는 것은 매우 중요하다. 만약 밖에 나가서는 회사 일을 아주 잘하고 집에 와서는 아이들을 돌보는 일과 부엌에 들어가 음식을 만들고 설거지하는 일을 아주 잘해서, 늘 부인보고는 「당신은 그저 가만히 앉아 있어, 내가 다할게. 당신은 소파에서 텔레비전이나 보고 있어」 하면서 아내의 등을 떠미는 남편이 있다고 가정하자. 그러면, 부인들은 그런 남편을 최고라고 하겠는가? 남편이 제아무리 음식을 잘하고 설거지를 잘한다 해도 그것은 부인의 역할로, 부인의 몫으로 남겨 두는 것이 좋다. 물론 때때로 도와주는 것은 좋지만, 남의 일까지 자기가 잘한다고 해서 모두 빼앗으면 그 사람은 그야말로 아무런 존재의 의미를 느끼지 못하게 될 것이다.

사람은 잘났든 못났든 다 각자의 할 일을 갖고 있는 것이다. 자기 몫의 일을 갖고 싶어하는 것이다. 그것은 아이들도 마찬가지다. 자녀를 위한다고 부모가 모든 것을 다 해주면, 아이들이 스스로 무엇인가 해보려고 해도 기회가 없어지며, 결국 아이들은 자발성을 전혀 키우지 못하고 마는 것이다.

그러한 몫은 집 안 모든 일에서도 마찬가지다. 온 식구가 모처럼 모여 도배를 하고 있다. 일곱 살짜리 아이도 참견을 한다. 자기도 풀칠을 하겠다며 덤빈다.

「그냥 놔둬, 넌 저기로 빠지는 게 도와주는 거야, 알았어. 비켜, 오히려 더 거치적거려! 이 근처에는 얼씬도 하지 마.」

이때 아이는 자신이 아무런 필요가 없는 존재라고 생각할 수도 있다. 아이가 할 수 있는 정도의 일을 아이 몫으로 남겨 두고, 아이 스스로 자발적으로 동참한다는 의식도 느끼고, 자기도 무엇인가 스스로 해낼 수 있다는 느낌을 갖게 해주는 것이 바람직하다.

분명한 기준에 의한 선택적 사고와 행동

삶은 무수한 선택으로 형성되는 것 아닌가 싶을 때가 많다. 아침에 눈을 떠서 잠자리에 들 때까지 수없이 많은 선택을 하고, 또 그선택을 위해 고심하면서 지내는 것 아닌가 싶다. 샤워를 할까 말까? 밥부터 먹고 샤워를 할까, 샤워하고 나서 밥 먹을까? 넥타이는 오늘이것을 맬까, 저것을 맬까? 차를 갖고 나갈까, 좌석버스를 타고 나갈까? 점심을 구내식당에서 먹을까, 나가서 먹을까? 중국집에 갈까, 어디 가서 모밀국수나 먹을까? 저 친구들하고 어울렸다가 들어갈까, 그냥 집으로 곧장 들어갈까? 오늘 계약을 체결할까, 한번 더 확인하고 할까? 부장한테 가서 그것을 말할까 말까? 하루 동안에도 정말수없이 많은 것을 선택하면서 산다.

어떤 경우, 그 선택은 일생을 좌우할 때도 있고, 또 어떤 때는 나라, 회사, 가정에 엄청난 변화를 가져오는 선택일 때도 있다. 이처럼, 선택으로 점철된 삶에서 진실로 슬기롭게 살아가려면, 너 나 할 것없이 선택적인 사고와 행동을 해야 할 듯싶다. 특히, 다가오는 21세기는 다원화 시대라고 하지 않던가? 다원화 시대에는 사람들의 가치, 믿음, 생각 등이 다양화되고, 사람들의 삶의 양태가 다양화된다. 사람들의 하는 일도 끝없이 다양화되고, 사람들의 행동방식도 다원화된다. 이러한 시대에 우리 자녀들이 그들의 삶을 진실로 인간답고 풍요롭게 주도하면서 살아갈 수 있도록 하기 위해서는 그들에게 선택적 사고와 행동 능력을 개발하도록 도와주어야 할 듯싶다.

사실 오늘의 학교에서는 어린이들에게 엄청난 선택 능력을 학습시키고 있는 것처럼 보인다. 허구한 날 보는 시험이 모두 선택형 시험 아닌가? 그래서 아이들도 골라잡는 일이라면 신물이 나도록 경험을 했고, 누구든 자신 있어 하는 것처럼 보인다. 그러나 실상 선택형 시험들은 학생들이 선택적 사고와 행동을 할 수 있는 본질적인 능력을 길러 주는 데 실패하였다. 오히려 「어떤 것이 우리를 함정으로 몰아가고 있는가?」하는 식의 잔꾀와 표피적인 요령만 길러 준 것이 아닌가, 또는 암기된 지식에 기초한 피상적, 찰나적 생각만을 조장한 것 아닌가 하는 의구심을 갖게 될 때가 많다. 선택적인 사고 역시 하루아침에 길러지는 능력이 아니다. 그리고 이 또한 앞에서 이야기한 논리적인 사고, 창조적인 사고, 자발적인 사고들과 연계되어서 상보적으로 길러지고 개발되는 능력이다. 그러한 능력들과 마찬가지로, 선택 능력도 일상생활 속에서 아이들은 많은 선택의 기회를 경험하고, 때로는 시행착오를 반복하면서 스스로 깨닫고, 고쳐나가는 가운데 길러지는 지적이고 정서적인 복합 능력인 것이다.

집 안에서 누구든 쉽게 경험하는 것 중에 예를 들면, 고스톱 놀이를 할 때 처음에 일곱 장씩 나누어 주지 않는가? 일곱 장을 받아 들고, 사람들은 제일 먼저 정사(scanning)를, 즉 정밀히 한번 쭉 훑어보면서 조사하지 않는가? 그러고는 이런 식으로 생각한다.

「잘하면 이 판도 먹을 수 있겠는데. 이렇게 하면 광으로 날 수도 있고, 여기다가 이게 홍단만 물어 오면 홍단도 가능하고. 그런데 잘못하다간 피박 쓸 염려도 있으니까, 이것은 피를 물어 와야 하겠는데…….」

그리고 판이 돌아갈 때 상대방이 무엇을 먹어 가는가를 봐가면서 선택은 달라진다.

「홍단도 이미 끝난 일이고, 광도 어렵게 생겼네. 비를 가져와 봐야 2점밖에 안 되고, 그런데 저 친구 고도리하려고 하네. 가만 있어 봐, 이걸 내가 먹겠다고 움켜쥐고 있으면, 나중에 잘못하다가 저 친구에게 빼앗기겠는데…….」

계속 거듭되는 정사, 그리고 눈치껏 중간중간 선택을 바꾸는 일을 지혜롭게(?) 잘하는 사람이 이기는 것 아닌가? 그렇다고 혹 독자들이 내가 고스톱을 꽤나 잘 치는 사람처럼 오해할지 모르겠지만 그냥 몇 번 가족들하고 하면서 느낀 것이다. 하긴 나는 수업시간에 고스톱 치는 과정에서 이루어지는 사고의 형태를 가지고 학생들에게 지력과 사고의 문제를 강의하기도 한다. 고스톱에서 늘 지는 사람이나 뷔페 식당에 가서 밥을 제대로 먹지 못하는 사람은 결국 선택적 사고와 행동을 제대로 할 줄 모르는 사람일 듯싶다. 또한 대학에 입학해서 전공이 적성에 안 맞아 4년을 헤매다가 겨우 졸업하는 학생들도 처음의 잘못된 선택 때문에 그렇게 된 것 아닌가 싶다.

아이들의 선택적 사고를 키우려면, 부모가 어떻게 도와주어야만 하겠는가? 우선 자녀들에게 선택의 기회를 많이 경험하도록 하는 것이 좋다. 그리고 그것은 지극히 작은 일에서부터 시작하는 것이 좋다. 무슨 장난감을 갖고 놀까부터 밥을 몇 시에 먹을까? 물을 먼저 마시고 먹을까, 어떤 반찬을 먼저 먹을까? 양말부터 신고 옷을 입을까, 옷부터 입고 양말을 신을까? 무슨 옷을 입을까? 무엇을 먼저 공부할까? 산수부터 할까, 국어 숙제부터 할까? 무슨 놀이를 할까? 나가서 야구공 갖고 놀까, 애들하고 축구를 할까? 스스로 선택할 수 있는 기회가 참으로 많다. 그런데 우리네 부모들은 힘도 안 드는지, 왜 그 모든 것을 일일이 정해 주고 가르쳐 주려 하는가? 그래야만 마음이 놓이기 때문일까?

다음으로 중요한 것은 부모가 아이들에게 선택의 기회를 제공하였을 때, 그들 스스로 선택하도록 하여야 한다. 형식적으로 물어보는 것이 되어서는 안 된다.

「우리 오늘 저녁에 어디 나가서 외식하려고 하는데, 너희들 뭐 먹고 싶으니?」

이렇게 물었으면 정말 그것을 아이들이 선택할 수 있도록 하여야 한다. 이미 답은 엄마나 아버지 머릿속에 있으면서 형식적으로 묻는 것이 되어서는 안 된다. 물론, 아이들이 도저히 가능하지 않은 것을 얘기할 때도 있다. 그렇지만, 그것이 부적절한 것임을 충분히 이해가 되도록 설명해 주고 다른 것을 선택할 수 있도록 조장하는 것이 진실로 아이들에게 선택의 기회를 제공하는 것이다.

그렇기에, 부모들은 대안 제시자이며, 아이들의 생각을 비추어 보는 거울과 같은 존재일 수도 있다.

「저, 아버지! 이 다음에 경영학과 갈까 봐요?」

「글쎄다. 왜, 선생님이 경영학과에 가라고 그러시던?」

「아뇨, 그냥 저 혼자 그렇게 생각했어요.」

「왜 그렇게 생각했는데?」

「경영학과 나오면 회사 같은 데 취직 잘되잖아요.」

「왜, 다른 과 나오면 취직이 잘 안 된다던?」

「그렇잖아요. 다른 과 나오면 잘 뽑아 주지를 않잖아요.」

「어디 그렇게 쓰여 있던, 잘 안 뽑아 준다구?」

「모르겠어요.」

「넌 이 다음에 뭐 하고 싶은데? 무슨 일이 하고 싶은데?」

「외국 같은 데 나가서 일할 기회가 있었으면 좋겠어요.」

「하긴 넌 영어도 잘하니까, 외국어 실력을 살려서 일하는 것은 좋지. 그런데 외국 나가서 일하는 것이 꼭 회사 같은 데 들어가야만 되는 것은 아니잖니?」

「그럼, 무슨 과를 가야 되죠?」

「글쎄, 너도 다시 한 번 생각해 봐라, 아버지도 생각해 볼게…….」

이런 식의 대화가 부자지간에 얼마나 이루어지는지 모르겠지만, 이런 대화야말로 선택을 위한 생각의 의미 있는 교류가 아닌가 싶다. 만약 이런 대화에서 부모가 이렇게 말했다고 하자.

「경영학과고 뭐고 시끄러워! 우선, 너는 ○○대에 가야 돼! 거기 갈 수만 있으면, 무슨 과를 가든 상관없어.」

혹은 이렇게 말하는 아버지가 있다면 믿을까?

「시끄러워. 경영학과는 네게 안 맞아! 너는 문헌정보학과 같은 데 가는 게 좋아. 내가 보기에 네 적성은 문헌정보학과에 맞아.」

「아버지가 가라는 대로 가! 군소리하지 말고!」

부모는 자기들의 생각대로, 자기들이 선택한 대로 자녀들이 무조건 따라와 주길 바라서는 안 된다. 또 그렇게 부모의 생각을 무조건 따라주는 아이들이 착하고 효도하는 아이들이라 생각해서도 안 된다. 부모는 아이들보다 경험을 더 많이 쌓고, 또 정보를 더 많이 소유하고 있으니까, 아이들에게 정보를 제공해 주는 조력자가 되어 주고, 그래서 아이들이 스스로 여러 가지 대안을 탐색하는 데 있어 대안 제시자 역할을 해야 하는 것이다.

특히, 자녀들에게 선택의 기회를 부여해서, 자녀들이 어떤 것을 선택하게 될 때, 부모들은 그가 어째서 그렇게 선택했는지, 그 생각의 밑바탕에 무엇이 깔려 있는지를 대화를 통해 알아보는 것이 중요하다. 도대체 어떠한 논리적인 사고에서 어떠한 기준과 근거로 그렇게 선택하였는지를 들어주는 일이 중요하다. 그리고 그러한 것들이 얼마나 설득력 있고 합리적이며 충분한 조회력을 갖고 있는지를 들어봄이 좋다. 아이들보고 「그저 네 마음대로 하라」고만 하는 것이 선택적 기회를 부여하고 개방적으로 생각하도록 만들어 주는 것은 아니

다. 그 속에 분명 그 아이 나름대로의 확고한 논리가 서야만 하는 것
이다. 또한, 선택을 운명적인 것으로만 해석해서도 안 된다. 그게 다
네 팔자라느니, 어쩔 수 없이 너는 그럴 수밖에 없었다느니 하는 식
으로 모든 것을 불가항력적인 것에 귀인시켜 버리는 것 역시, 선택적
사고를 개발하는 데 도움이 되지 못한다.

상호 관련을 이해하는 관계적 사고와 행동

이 세상에 존재하는 모든 것은 서로 관계를 맺고 있다. 상호 관계 속에서 그 각각은 존재의 의미를 갖고, 서로 도움을 주고받는 것이다. 따라서 어떤 행동을 할 때 그것이 다른 사람에게 어떤 영향을 줄 것인가를 생각하게 되고, 어떠한 일이나 현상을 이해할 때도 그 안의 여러 가지 요소들이 어떻게 얽히고설켜 있는지를 따져 보게 되는 것이다.

특히, 오늘날처럼 모든 것이 복잡하게 얽히고 다변화되어 있는 가운데, 갖추어야 할 기본적인 능력 중의 하나가 바로 관계적인 사고와 행동인 것이다. 이러한 관계적인 사고와 행동이 곧 더불어 살아가는 삶의 원동력이 되는 것이다.

몇 년 전 나는 대학입학시험 때 우리 교육학과에 지원한 학생들에게 면접을 실시한 적이 있었다. 사범계 대학에서는 교직 적성이나 인성 등을 점수에 반영하게 되어 있었다. 그런데 그것은 지필검사로 하는 방법도 있으나, 우리 학과에서는 여러 명의 교수들이 각기 나누어진 영역을 맡아 면접으로 실시하여 그것을 점수화시켰다. 학생들에게 여러 가지를 물었는데, 그중에는 이런 문제가 있었다.

「자네, 지하철 타 보았나?」

「네.」

「그럼 집에서 신문은 보나?」

「네, 보고 있습니다.」

「자네도 매일 신문을 보는가 이 말이야.」

「네, 거의 매일 보고 있습니다.」

긴장하고 있는 학생들의 마음을 편하게 해주기 위해서 나는 가능하면 질문을 막바로 던지지 않고, 이런저런 가벼운 얘기를 먼저 했다. 그리고 문제를 던졌다.

「자네, 지하철과 신문의 성격이나 모습을 잘 살펴보면 무슨 공통점이 있을 터인데 한번 생각해 봤나? 서두르지 말고 생각나는 것 있으면 한번 말해 봐.」

어떤 학생들은 이런 질문을 매우 재미있어하면서 제법 생각을 잘해 냈다.

「우선, 두 가지 모두 **빽빽**하다는 공통점이 있습니다. 지하철엔 사람들이 **빽빽**하고, 신문엔 글자가 **빽빽**하고요.」

「그렇군, 또?」

「신문에도 광고가 많고, 지하철 안 곳곳에도 광고가 많고요.」

「그렇지! 그래, 어디 또 생각나는 게 있으면 말해 봐?」

「네, 시간이 정확해야 할 듯싶은데요. 지하철도 시간에 늦으면 안 되고 신문도 시간에 맞추어 나와야 할 것 같고요.」

「그래, 알았어, 수고했네.」

그런데 꽤나 많은 수의 학생들이 교수의 질문이 떨어지자마자, 정말 어이가 없다는 듯이 이렇게 대답했다.

「모르겠는데요.」

「그런 것은 전혀 생각 안 해 보았는데요.」

「그런 것은 어느 과목에서 배우는 것인데요?」

「두 가지가 공통점이 전혀 없는데요.」

그런 경우, 나는 학생들에게 다른 질문을 주어 보았다. 초등학교 때 우리가 수도 없이 해본 짧은 글짓기였다.

「자네, 짧은 글 한번 지어 보려나?」

「네.」

「호수, 호수 알지? 물이 고여 있는 큰 연못 같은 것 말이야! 그 호수하고 벽돌이란 단어를 넣어서 어디 짧은 글을 지어 봐?」

「……?」

호수와 벽돌을 넣은 짧은 글을 지으라니? 그 둘이 무슨 관계라도 있어야 글이 될 것 아니냐 싶은 게 학생들의 반응이었다. 학교와 집, 이 두 단어를 넣어서 짧은 글을 지으라고 했으면 학생들은 아마 얼른 대답을 했을 것이다.

「나는 7시에 학교에 갔다, 오후 4시에 집에 왔다.」

「학교와 집, 이 두 곳은 내가 그저 매일같이 반복해서 왔다 갔다하는 곳이다.」

「교육과 학교는 집처럼, 집은 학교처럼 되어야 잘 이루어질 수 있다.」

아마 이런 식의 대답을 해냈을 것이다. 그러나 왜 벽돌과 호수를 넣어서 짧은 글을 지을 때는 헤매는 것인가? 그 두 가지에 공통된 특성이 없어서일까? 아니면 두 가지가 전혀 무관한 것이어서 그런가?

관계적 사고는 꼭 지력 향상을 위해서만 필요한 것은 아니다. 관계적 사고는 우리가 다른 사람들과 더불어 살아가는 데 필요한, 정적인 요소로도 매우 중요한 것이다.

어느 날 이른 새벽에 골목길에서 어떤 사람이 힘껏 소리쳐 부르고 있었다.

「2739, 2739, 2739! 차 빼주세요!」

아무런 대답이 없자 목소리는 더 커졌고, 말 끝맺는 방식도 달라졌다.

「2739, 2739, 어, 2739! 차 빼요!」

「2739! 주인 누구요! 차 빼라니깐!」

「야, 2739! 안 들리냐! 차 빼!」

「2739! 야 임마, 차 빼!」

나중엔 욕이 튀어나오고 있었다. 얼마나 깊은 잠에 빠져 있는지, 아니면 차를 세워 놓고 어디로 갔는지, 2739의 주인은 아무런 대답이 없었다. 새벽 6시, 급하게 어딜 가려고 일찍 나선 사람은 2739 차 때문에 옴짝달싹 못하고 시계만 보며, 발을 구르고 있었다. 결국, 그 사람은 택시를 타기 위해 길거리로 뛰어나갔다.

이런 식의 상황은 정말 주변 곳곳에서 얼마든지 볼 수 있다. 남의 입장은 전혀 생각 안 하고 그저 아무 데나 아무렇게 차를 세워 놓고 가버린 사람을 하루에도 몇 번씩 볼 수 있다.

나는 학교에서 늘 겪는 일이기 때문에 늘 학생들 서너 명에게 거의 매일 잔소리를 하다시피하는 일이 한 가지 있다. 왜 밀고 나가면 저절로 닫히는 문이 있지 않던가. 밀고 나갔다가 그냥 탕 놓아 버리면 뒤에 따라오는 사람이 머리를 부딪치기 십상인 문 말이다. 그래서 누구나 습관적으로 밀고 나간 다음에는 손을 놓기 전에 뒤에 누가 따라오는가 보아서, 가까이 따라오고 있으면 잠깐 쥐고 있다가 그 사람에게 부드럽게 넘겨주고, 아니면 그대로 가만히 놓으면 되는 그런 문 말이다. 그럼에도, 이따금 학생들이 내 기대대로 행동을 해주지 않는다. 내가 문을 붙들고 뒤에 누가 따라오나 잠시 지켜보는 동안 학생들은 마치 「문 잘 붙들고 계시오」라고 하듯, 내 옆으로 비켜서서 잘도 빠져나간다. 그럴 때마다 나는 그런 학생들을 그냥 보내기가 어려워, 소리쳐 불러 세운다.

「어이, 거기 안경 쓴 남학생, 이리 와. 그 뒤에 여학생도 이리 오고.」

「왜 그러시는데요?」

「왜 그러다니, 몰라서 물어? 이리들 들어 와. 그리고 네가 문 잡아, 내가 나갈 테니까. 무슨 말인지 아직도 몰라? 그 다음, 또 여학생 네가 인계 받아서 잡아 봐!」

학생들은 어이없다는 표정이다. 뭐 그런 것 가지고 그렇게 소리지르냐는 표정이다. 학생들은 그래도 이내 내 말을 이해해 준다. 옆에서 킬킬거리고 웃던 학생들도 동감을 표한다. 그들이 몰라서, 버릇없어서 그런 것은 아닌 것 같다. 문제는 남을 조금이라도 생각할 줄 아는 관계적 사고가 몸에 배어 있지 않다는 데 있다. 즉, 자신의 행동이 남에게 어떤 영향을 미칠지는 전혀 염두에 두지 않는 사고와 행동에 문제가 있는 것이다.

이러한 관계적 사고와 행동은, 어떤 문제 상황을 분석하여 그 원인을 찾고, 해결방안을 세우는 일과 같은 인지적인 과업에서만 중요한 것은 아니다. 이웃과 함께 더불어 살아가는 데서도, 직장동료들과 함께 일하는 데서도, 하다못해 동네 슈퍼마켓에 가서도, 길거리를 지날 때도, 그야말로 삶의 모든 현장에서 매일같이 우리가 부딪치는 중요한 것이다. 그리고 이 역시 자녀들한테 그저 몇 마디 「관계적으로 사고해라」라고 충고했다고 해서 금방 갖추어지는 성질의 것이 아니다. 일상생활 속에서 그러한 것들이 가슴속으로 스며들도록 부모들이 좀 더 세심한 주의를 기울여야 할 것이다.

이를테면, 아파트에서 어린아이들이 이리저리 뛰어다닐 때, 우리 부모들은 아이들에게 뭐라고 말하는가?

「야, 뛰지 마. 그러다 넘어지면 다쳐!」

그뿐인가? 그러다가 아래층에서 견디다 못해 인터폰을 한다. 아이들이 너무 늦은 시간에 심하게 뛰는 것 같으니, 가능하면 좀 조용히 해줬으면 좋겠다고…….

「네, 알았어요!」

그렇게 대답하며 기분 나쁘게 전화기를 내려놓는다. 그때 옆에 있던 남편이 묻는다.

「왜? 무슨 전화야? 아랫집에서 왔어?」

「그래요, 저희는 안 뛰나. 자기 집 애들이 더 극성맞던데. 한 아파트에서 살면서 그런 것 갖고 일일이 인터폰하기 시작하면 어떻게 산담. 뭐 애들이 만날 뛰나?」

「아니, 어디 그 집에서 매일 인터폰했어? 그 집에서도 참다못해 한 것이지. 우리 애들이 심하게 뛰긴 뛰었잖아!」

「뭘 심하게 뛰었어요? 그럼, 애들이 그 정도도 안 뛰어요? 참, 나 원.」

그 옆에서 이야기를 듣던 아이들은 무엇을 깨닫게 되었을까? 아무리 어린아이들이지만, 그 정도의 대화는 모두 이해할 것 아닌가? 어린 자녀들이 이 다음에 크면 다른 사람들과 어울려 살 수 있어야 한다는 것을 부모들이 왜 생각하지 못할까?

자신에게 책임을 돌리는 자책적 사고와 행동

지난번 성수대교가 무너지고, 대구에서 가스 폭발사고가 났을 때, 또 삼풍백화점이 무너졌을 때, 소식을 들은 온 국민은 너 나 할 것 없이 경악했다. 아무 죄없는 많은 사람들, 더욱이 등교길에 희생된 많은 어린 생명들의 죽음은 우리를 슬프게 했다. 그러나 그 사건 이후, 우리가 더 분노를 느꼈던 것은, 그 일에 대해서 어느 누구도 책임지겠다고 선뜻 나서는 사람이 없었다는 점이다. 검찰이 밤을 새워 가며 온갖 수단과 방법을 동원해서 누구의 잘못인가를 가려내려고 애써보았지만, 모두들 자기는 아니라고 발뺌하기에 급급하지 않았는가?

사실 그런 경우 누구든지 본능적으로 발뺌하려고 할 것이다. 그것은 인간의 보편적인 모습일 게다. 그럼에도 우리는 자꾸 그 일을 생각하면, 공공책무를 수행하는 사람들이 책임을 회피하고 모면하려는 듯해서 분개하는 것이다.

지방자치 선거가 끝났다. 많은 사람들이 시장으로, 도지사로, 구청장으로, 자치단체 의원으로 뽑혔다. 그들이 그동안 내걸었던 수많은 공약들을 지키지 못하게 된다면, 그들은 그것에 대해 책임을 질 것인가? 아니면 돈이 없어서 추진하지 못하였다든가, 다른 이익집단의 거센 반발로 추진하기가 어려웠다든가, 중앙정부에서 지원을 해주지 않아서라며 구구한 변명들을 늘어놓을 것인가? 우리 모두가 두고 볼 일이다. 그들이 진정 얼마나 공약에 책임을 지는가.

지금 우리 사회 곳곳에서 절실하게 요구되는 것은 스스로 책임지는 사고와 행동을 하여야 한다는 것이다. 어른들은 어른들대로 책임을 지고 어린아이들은 어린아이들대로 자기 일에 책임을 지는 자책적인 사고와 행동을 할 수 있어야 하는 것이다.

공부를 잘하는 아이들과 못하는 아이들 간의 차이 가운데 하나는, 공부를 잘하는 아이들은 못하는 아이들보다 스스로 책임지려는 자책적 성향이 강하다는 점이다. 학교에서 중간시험을 보고 온 중학교 1학년 아들녀석한테 엄마가 다그쳐 묻는다.

「너, 오늘 몇 과목 보았니?」

「세 과목.」

「무슨 과목 보았지?」

「수학하고, 기술하고, 과학 봤어.」

「몇 개씩 틀렸어?」

「엄마, 그런데 오늘 우리 수학시험 되게 어려웠다. 엄마, 왜 우리 반에 영규 있지, 수학 잘하는 애 말이야? 걔도 수학 되게 어려웠대. 우리 선생님 참 이상해. 어디서 문제를 그런 식으로 내는지 몰라.」

아이는 몇 개 틀렸느냐는 엄마의 물음엔 아무 대답이 없고, 수학시험이 어려웠다는 얘기만 늘어놓는다. 그리고 자기만 그런 것이 아니라는 점을 강조한다.

「그래서 몇 개 틀렸냐니까?」

「수학? 수학에서 모두 8개 틀렸어.」

「몇 문제인데?」

「20문제.」

「어이구, 이 멍청아! 그래, 20개 중에서 8개나 틀리면 어떡하니? 기술은 또 몇 개 틀렸어?」

「6개밖에 안 틀렸어.」

「그럼, 과학은?」

「과학도 애들이 그러는데 모두 어렵대.」

「그래서 몇 개 틀렸냐니까?」

「9개 틀렸어.」

엄마는 화가 나서 펄펄 뛴다. 그러나 아이는 많이 틀린 것이 자기 잘못이기보다는 선생님 잘못이라는 것을 거듭 강조한다.

「아무렴, 너희 선생님이 안 가르친 것도 냈단 말이냐?」

「배우긴 했지만, 그렇게 어려운 것은 안 배웠어.」

「안 배우긴 왜 안 배워!」

이렇듯, 공부 못하는 아이들은 책임을 자기 아닌 다른 요인에다 돌리는 것이 특징이다. 위에서처럼 선생님이 시험을 어렵게 냈으니 선생님 탓이라든가, 날씨가 더워서 못 봤다든가, 아침에 괜히 형이 화딱지 나게 만들어서 기분 나빠 시험을 망쳤다든가, 말하자면 자기 잘못은 전혀 없다고 한다.

그러나 공부를 잘하는 아이가 시험을 못 볼 경우에는 그렇게 대답하지 않는다.

「너, 오늘 시험 잘 봤니? 그래 몇 개씩이나 틀렸니?」

「몰라요.」

아이는 소리치면서 엄마의 말에 대답도 안 한 채, 자기 방으로 쑥 들어가 버리고는 가방을 팽개치듯 내려놓고 책상 앞에 엎드려 앉거나, 침대에 얼굴을 파묻고 씩씩거린다. 그것을 틀린 자기가 바보스럽고 밉다는 것이다. 어젯밤 그 문제를 한 번만 더 풀어 보고 잘 것을, 그것을 그냥 못 참고 일찍 자버린 자기가 밉다는 것이다. 결국, 이 아이는 시험을 못 본 것이 전적으로 자기 탓이라고 생각한다.

자신에게 책임을 돌리는 자책적 사고와 행동을 하는 사람들은 대체로 성취 지향적이다. 대부분 성실히 일하는 사람은 책임을 자기 자신에게 돌린다. 책임을 결코 윗사람이나 부하, 또는 동료에게 돌리지 않는다. 그렇기에, 아이들에게 공부해라 공부해라, 하고 자꾸 이르기보다는 오히려 스스로 책임을 지는 자책적인 사고와 행동을 몸에 익히도록 도와주는 것이 자녀들의 학업 성적을 올리는 데 더욱 현명하고 빠른 방법이다. 그럼에도 부모들이 무의식중에 아이들에게 자책적인 사고보다는 오히려 책임을 타인에게 돌리도록 조장하는 경우를 자주 본다.

식탁에 일곱 살짜리 아들녀석과 엄마 아버지가 둘러앉아 식사를 하고 있었다. 아이가 아빠에게 무슨 얘기를 하려고 급히 부르다가, 그만 옆에 있는 유리 물잔을 손으로 쳐서 산산조각이 나고 물이 바닥 곳곳으로 쏟아졌다. 그것을 바라보고 있던 엄마가 야단을 치기 시작했다.

「어이구, 하여간 너는 꼭 하루에 한 개씩 깨니? 하루도 깨지 않고 밥 먹는 경우가 없다니까.」

엄마는 일어나서 유리 조각을 줍고, 걸레로 훔쳐 가면서 계속 아이를 향해 얘기했다.

「눈은 두었다 무엇하는 거니? 아니, 그래 물잔이 거기 있는 것도 못 봤니? 아빠를 부르려면 그냥 부르지, 왜 손을 내젓고 야단이야! 크리스털 물잔을 쓰지 말아야지! 그것 접때도 하나 깨먹고, 오늘 또 깨먹었어.」

아이는 아무 말도 못 한 채 눈에는 눈물이 고여 있었다. 조금만 더 건드리면 눈물이 왈칵 쏟아져 나올 것 같은 모습이다. 이를 본 아버지가 드디어 입을 열었다. 아이한테 너무 심하게 하는가 싶어서인지 아이 편을 들고 나왔다.

「아니, 애가 뭘 그렇게 잘못했다고 야단이야! 애들이 밥 먹다 보면, 그릇을 깰 수도 있지. 그리고 그것이 어떻게 애 잘못이야? 당신은 잘못 없어? 애가 있는데, 물을 따라서 거기다 놓아 주니까 그렇잖아. 저만치 놓지, 왜 하필이면 애 앞에 놓아서 팔로 치게 만든담!」

「자기 먹으라고 자기 앞에 놓아 준 게 뭐 잘못이에요? 그럼, 어디 저기 마루에다 놓을까? 이이는 그저 자기 혼자서 애를 키우나? 애라면 왜 이렇게 치를 떨고 그러는지……」

「치를 떤 게 뭐 있어. 당신 하는 얘기가 너무 심해서 그래! 어떻든 팔로 내저은 애보다 거기다 놓은 당신이 잘못이야. 그렇지? 우리 은석이 뭐 그렇게 잘못했다고. 괜찮아, 어서 밥 먹어.」

그때 기운을 얻은 듯 아이가 냅다 소리친다.

「그것 봐, 엄마가 잘못이라잖아. 엄마가 거기다 놓아서 내가 깼단 말이야.」

아이의 큰소리에 엄마는 할 말이 없었다. 엄마는 더 이상 뭐라고 하다가는 정말 싸움이 될까 봐 참는 듯했다.

이날 그 집 아이는 무엇을 느끼고 배웠을까? 자신에 대한 아버지의 극진한 사랑을 느끼고 터득했을까? 그보다는 자기에겐 잘못이 없고 그것은 엄마의 잘못이라며, 책임을 자기 밖으로 돌리는 것만을 배웠을 성싶다. 그런 아이들이 커가면서 언제나 자기 밖에서 합리적인 변명과 이유를 찾으려 한다면 어떻게 할 것인가?

「왜 늦었니?」

「버스 아저씨들이 나빠. 만날 버스가 늦게 와!」

「옷이 왜 이렇게 더러워졌어?」

「운동장 벤치에 누웠었는데, 아저씨가 청소를 안 해놓은 모양이야.」

「돈은 왜 잃어버렸니?」

「엄마가 주머니 터진 데를 꿰매 주지 않아서 그랬어.」

「밥은 왜 먹다 남겼니?」

「엄마가 너무 많이 퍼주어서 그래.」

　가만히 따져 보면 자기 잘못은 하나도 없다. 모두가 남의 탓이다. 오죽하면, 그런 캠페인을 벌였을까? 차 뒤에 「내 탓이오」라는 스티커를 붙이고 다니면서 우리 모두 자기 잘못으로 생각하자고. 하긴 그것을 붙이고 다니는 사람 자신은 볼 생각을 않고, 차 뒤 유리에다 붙여 놓고는 뒤따라오는 사람들보고 「내 탓이오」라고 읽게 해서 읽을 때마다 묘한 기분이 들지만, 그래도 그런 운동이 벌어질 만큼 우리 사회에서 자책 의식이 줄어들고 있음은 사실이다. 우리 모두 자녀들에게 집 안의 작은 일부터 스스로 책임을 지도록 도와야 할 것이다.

절차를 소중히 여기는 절차적 사고와 행동

앞의 내용들과 통일해서 표현하려고 하다 보니 '절차적'이란 어색한 표현을 썼다. 그러나 이는 한마디로 모든 일에는 절차가 있다는 뜻이므로, 자녀들이 그 절차의 의미를 소중하게 생각하고 되새기도록 부모들이 도와주어야 한다는 것이다.

이미 1장에서도 우리나라 사람들이 갖고 있는 조급증을 지적하면서, 특히 교육에 있어서 그러한 조급증이 얼마나 나쁜가를 얘기하였다. 무슨 일이건 너무 급하게 이루려다 보니 자꾸 중간의 절차들을 생략하거나 소홀히 하려는 경향이 있는 것이다. 그렇게 하면 결국, 일 전체를 망치는 결과를 초래한다는 것은 한두 번 체험한 일이 아니다. 얼마 전 성수대교가 무너져 내린 일도, 그리고 지은 지 6년밖에 안 된 백화점이 일순간에 무너져 내린 일도, 모두 조급한 우리들의 일면을 보여 준 사례가 아닌가? 그런 것을 생각해 보면, 어린아이 때부터 모든 일에 있어서 하나하나의 절차를 소중하게 생각하는 습성을 길러 준다는 것이 얼마나 중요한지 절감하게 된다.

나는 기회 있을 때마다 학생들과 학부모들에게 특히 공부에 있어서는 절차적 사고가 중요함을 강조해 왔다. 그럼에도 많은 학생들과 부모들은 결과만을 생각하고, 짧은 기간 안에 큰 성과를 거두기 위해 절차를 무시하는데 바로 그 점에서 문제의 심각성이 지적된다.

아이들이 공부하는 자세를 가만히 살펴보자. 좀 느릿느릿 진척이 없는 듯해도, 책 한권을 꼭 붙들고 한 페이지 한 페이지 생각하면서 차근차근 익혀 나가는 아이가 있다. 그런가 하면, 남이 한 권도 제대로 못 보는 사이에 대충대충 읽어 벌써 두 권이나 본 아이가 있다고 하자. 그렇다면 이 두 아이 중, 누가 정말 공부를 한 것이고, 훗날 누가 더 공부를 잘할 수 있게 될까?

공부 못하는 아이들이 갖고 있는 공통된 특성 중 한 가지는 이해에 대한 자기 기만이다. 즉, 실상은 모르면서도 자기 스스로 판단하기에는 알고 있는 것 같고 이해된 것처럼 느껴져서 그냥 넘어가는 것이다. 수학 문제를 푼다고 했을 때, 그 풀이 과정을 다른 종이로 가려서 스스로 못 보게 해놓고, 끝까지 자기 혼자 끙끙대면서 풀어 본다. 그리고 그 다음에 답을 맞추어 보고, 풀이 과정을 맞추어 본다. 답은 맞았지만 그 풀이 과정이 모범 답안에 있는 풀이 과정과 조금만 달라도 어떤 아이는 틀린 것이나 다름없다고 생각하고, 자기를 스스로 벌한다. 그리고 며칠 후 다시 한 번 해봐서 맞아야만 이해된 것으로 간주한다. 즉, 공부를 잘하는 아이들은 절대로 자신을 속이려 들지 않는다. 절차 하나하나마다 매우 까다롭게 군다. 아주 작은 것 하나만 틀려도 틀린 것이라고 판단한다. 그러나 공부 못하는 아이들은 자기가 풀어 본 풀이 과정이 해답에 제시되어 있는 그 모범답안의 풀이 과정과 크게 다른데도 「응, 이렇게 하는 거구나. 나도 사실 아까 잠깐 그렇게 생각했었는데. 그래 맞아, 이렇게 하면 되는 거지. 알았어, 이건 맞은 거나 다름없어」하고는 그냥 넘어간다. 자기 자신에 대해서 아주 관대하다. 웬만한 작은 절차에서의 잘못은 스스로 대충 눈감아 주고 넘어간다. 그런 아이들은 결국 공부를 못하는 아이들이다. 물론, 이것을 성격과 결부 짓는 경우도 있다. 꼼꼼한 성격이냐, 아니면 좀 덜렁거리는 성격이냐! 그러나 남들하고 어울려 놀고, 또 그저 다른 일에서는 좀 덜렁거려도 공부하는 것이나 어떤 중요한 것을 배우는 데 있어서는 지나치게 엄격하고 깐깐하게 구는 경우도 있다.

문제는 자녀들이 시작부터 끝맺음에 이르는 긴 과정에서 거쳐 가야 할 절차를 하나하나 빠짐없이 은근과 끈기로 겪어 나가려는 사고와 행동을 하도록 돕는 것이다. 그래야만 원하는 본래의 목적을 제대로 성취할 수 있다. 이는 특히 엄마들이 부엌에서 요리할 때면 더 쉽게 실감하지 않을까 싶다. 하다못해 라면을 끓여 먹을 때도 그렇다. 라면을 끓일 때 어떻게 끓여야 제 맛의 라면을 먹을 수 있겠는가? 우선 라면 한 개를 끓일지 두 개를 끓일지, 그것에 맞추어 적당한 양의 물부터 끓여야 된다. 물이 펄펄 끓은 다음엔, 불을 좀 줄이고 그 안에 라면을 집어넣는다. 라면 부스러기까지 모두 쏟아 넣고, 일단 냄비 뚜껑을 닫은 후, 라면이 펄펄 끓어서 넘칠 듯하면, 뚜껑을 열고 불을 더 낮추고, 나무젓가락 같은 것으로 면발을 잘 저어서 좀 풀어지게 한다. 그러다가 또 뚜껑을 닫은 후, 어느 정도 면발이 익었다 싶으면, 수프를 뜯어 적당히 쏟아 넣는다. 이것은 내가 직접 끓여먹는 절차대로 설명한 것이라서 맞는지 모르겠으나, 최소한 나는 거쳐야 할 과정을 빠짐없이 소중하게 생각하며 끓인 것이다. 그러나 끓이는 게 그저 귀찮아서, 또 빨리 끓여 먹고 싶어 그냥 냄비에다 찬물을 받은 다음, 그 안에 라면이며 수프며 모든 것을 다 집어넣고 끓이다가 펄펄 끓는 소리가 나면 그때 「야, 다 되었구나」 하고 퍼먹으면, 라면이 제 맛이 나겠는가 하는 것이다.

이런 의미에서 나는 사실 지난 95년 6월 교육부에서 발표한 월반제나 속진제에 대해 별로 찬성하지 않는다. 그리고 이와 관련하여 학부모들에게 당부하고 싶은 것이 하나 있다. 우선, 지난 5월 말에 발표된 교육개혁안을 보면, 초등학교를 남보다 1년 빨리 입학할 수 있는 문호가 열렸다. 게다가 6월에 발표된 월반제, 속진제에 따르면, 초등학교의 경우엔 2년까지, 중·고등학교는 각기 1년까지 단축하여 졸업할 수 있다. 게다가 대학에서까지 1년을 단축하여 조기졸업을 할 수 있게 되었다. 그러고 보면, 이론적으로는 초등학교 입학부터 대학 졸업 때까지 남들보다 모두 최고 6년을 단축할 수 있다. 그러나 실제로 그렇게 할 수 있는 아이들은 극소수의 천재들뿐일 것이다.

아마 저학년일수록 자기 자녀들을 남보다 일찍 입학시키고 일찍 졸업시키고자 하는 부모들이 많을 것이다. 남들은 다섯 살에도 초등학교를 들어가는데, 너는 뭐가 모자라서 여섯 살, 일곱 살에 들어가냐면서 다그치는 엄마들도 있을 것이다. 그런 엄마들 때문에 혹 유아 때부터 조기과외가 번성할까 두렵다. 또 초등학교에 입학해서도, 이를테면 「쟤는 야, 남이 6년 다니는 것을 4년에 다녔다. 그래 너는 그렇게는 못할망정 1년도 단축 못하니?」 하면서 아이들을 다그치는 엄마가 있을지 모르겠다. 중·고등학교에서도 1년을 각각 단축하려고 애를 몰아세우는 엄마가 있을 성싶다. 무슨 수를 써서라도 1년 다니는 데 필요한 돈을 당겨서 과외 공부에 쓰면, 그렇게 하고서라도 1년을 당길 수만 있다면, 그것이 결국은 득이 아니겠느냐! 돈이야 마찬가지로 들었다 쳐도, 기간을 1년 단축했으니까, 그게 좋은 것 아니냐는 논리로, 없는 돈에 과외시켜 가면서 월반시키려고 하는 부모들이 많을 성싶다. 그렇기에 정부에서는 그 수를 지극히 제한하려는 눈치를 보이고 있다. 이를테면, 초등학교에서는 지능이 전체 학생들 중 몇 퍼센트 안에 들 만큼 똑똑해야 하고, 또 학업성적도 전체 1퍼센트 안에 들어야 된다느니 하는 얘기를 한다. 제도를 만들어 놓았으나 그것이 엄청난 부작용을 일으킬 것 같아 겁이 나서, 정부 스스로 그런 학생이 없기를 바라는 눈치인 듯싶은 제약조건을 붙여 놓고 있다. 하기야, 아직 그 구체적인 안은 만들어져 있지 않고, 각 시·도

교육위원회에 맡긴다고 했으니, 어떻게 이행될 것인지는 두고 봐야 알 일이지만, 6월 10일에 발표된 바로는 앞에 적은 설명과 같다.

이러한 제도를 내가 굳이 반대하는 이유는, 초등학교, 중·고등학교 교육은 국민보통교육이기 때문이다. 단순히 지식만을 배우는 것이 아니다. 그야말로 세상 살아가는 데 있어서 누구나 갖추어야 할 지식, 기능, 태도, 자세 등 지적이고 정적이고 운동기능적인 모든 것을 익히고 배우는 곳이다. 그것이 전인교육이다. 정부에서는 신교육구상에서 그러한 인간교육을 시키겠다고 하면서, 많은 수의 학생들에게 오로지 월반이나 조기입학에 목표를 두게끔 유도하는 정책을 펴서야 되겠는가? 우수한 아이들이 그동안 교실에서 불평등한 대우를 받았다고 하는데, 거기엔 두 가지 문제가 있다. 하나는 왜 정말 우수한 영재들을 일찍 발굴하여 특별한 교육을 못 시키고 있는가 하는 것이다. 또 하나는 왜 쓸데없이 초등학교, 중·고등학교 교육을 어렵게 만들어 놓았는가 하는 점이다. 나는 여기에서 이러한 문제에 대한 논쟁을 하려는 데 뜻이 있는 것은 아니다. 교육에 있어서는 거쳐야 할 기본적인 절차를 모두 차곡차곡 거치도록 하는 것이 중요하므로, 그저 머리만 남달리 똑똑하다고 해서 모든 것을 생략한 채 건너뛰도록 해서는 안 된다는 것이다.

초등학교 조기입학 문제는 사실 그렇다. 요즘 아이들은 신체적으로나 정서적, 지적으로 옛날 아이들보다 발달이 빠르다. 그런 점에서 모든 어린이에게 입학을 1년 늦추어 실시하는 것이 좋다. 그것이 더 바람직하다. 그러나 만약 정말 따라오지 못하는 어린이가 있다면 그들을 위한 특별지도 계획을 마련하는 것이 좋다. 지금처럼, 세 가지 조건 ① 부모가 동의하고 ② 신체적으로 성숙하고 ③ 능력이 있다고 판정되는 아이를 선발해서 조기입학을 허용하겠다는 발상은 참으로 현실을 너무도 이해 못하는 그리고 교육의 참뜻을 이해 못하는 사람들의 개혁 발상이다.

이러한 정책의 실시를 눈앞에 두고, 내가 학부모들에게 다시 한 번 강조하고 싶은 얘기는 남보다 빨리 무조건 조기입학시키려고 애쓸 필요가 없다는 것이다. 또 초등학교에 입학해서도 6년 다닐 것을 4년에 마치려고 애를 너무 몰아세울 필요가 없다는 것이다. 비록 처음엔 남보다 늦는 듯해도, 천천히 꼭꼭 씹어 먹는 사람이 소화도 잘하고, 나중에 건강을 잘 유지하듯 공부도 그렇다는 것을 강조해 두고 싶을 뿐이다. 중학교 3년, 꼭 3년이어야 하는 것은 별도의 논의가 필요한 것이지만, 현행 체제에서는 그래도 입학해서 신입생 티도 내보고, 또 중간에 1년간 얼쩡대는 시기도 가져 보고, 나머지 1년은 졸업반이다싶게 어른스럽게 정리하는 시기도 겪어 보는 것이 좋다. 그것은 곧 절차적 사고를 중시하고 있기 때문이다.

여유가 있는 유예적 사고와 행동

「야, 이제 그만 자기 방에 들어가서 공부해! 이제 너희들 볼 것은 다 끝났어.」

텔레비전 앞에 시간 가는 줄 모르고 앉아 있던 중학교 2학년짜리 아들과 초등학교 6학년짜리 딸아이에게 엄마가 한 말이다. 두 아이는 각기 자기 방으로 들어갔다. 아버지는 늦는지 아직 안 들어오셨고 이제부터 텔레비전은 엄마 차지다. 아이들이 방에 들어간 지 한 5분쯤 지났다. 혼자서 텔레비전을 보고 있던 엄마는 무슨 생각에서인지 양말을 신었다. 문 닫고 들어앉아 있는 아이들 방에 살금살금 가보려는 것이다. 맨발로 걸어가면 발소리를 아이들이 듣고 공부하는 척할까 봐, 아주 몰래 가서 문을 살짝 열어 보려고 양말을 신은 것이다.

엄마는 아들 방문부터 살짝 열어 문틈으로 아들이 뭐 하고 있는지 들여다보았다. 이때, 아들은 어떤 모습이었을까? 볼펜을 높이 쳐들고 전등에다 비추어 보고 있었다. 왜 우리 어른들도 무슨 일을 하려면 처음에 자리부터 잡느라고 이렇게 저렇게 시간을 끌지 않던가? 엄마가 그만 들어가 공부하라고 해서 자기 방에 들어온 아이는 우선 책상 앞에 앉아서, 벽을 쳐다보며 오늘은 며칠인가, 내일은 무슨 요일인가 생각하기도 한다. 그러다가 책상 위에 놓인 책 하나를 뒤적이면서, 이것을 내가 언제 여기에다 빼놓았나 싶어 책꽂이에 꽂는다. 또 괜스레 책상서랍도 열어 보고는 그 안에 있는 물건을 이것저것 만져 본다. 그러다 서랍 속에서 볼펜을 하나 꺼내더니, 연습장 위에다 막 써본다. 동그라미를 크게 빠른 속도로 반복하여 그려 보면서, 나오는 볼펜인가 아닌가 시험을 해보는 것이다. 그런데 나오다 말다 하니까 아이는 볼펜을 비틀어서 그 안에 있는 볼펜 심을 꺼내 전등불에다 비추어 보는 것이다. 잉크가 아직도 남아 있는지, 다 쓴 것인지를 확인해 보려고. 그런데 볼펜을 전등에 비추어 보는 바로 그 순간에 엄마가 살금살금 와서 방 안을 들여다본 것이다. 소리는 엄마 쪽에서 먼저 치기 시작했다.

「너 지금 뭐 하는 거니?」

아이는 볼멘소리로 대답한다.

「볼펜 다 쓴 건가 불에다 비추어 보는 거예요!」

「너 방에 들어간 지가 언젠데 아직도 그러고 앉아 있어? 공부를 하려면 집중을 해서 해야지, 괜스레 볼펜이나 갖고 장난치면 공부가 되냐 말이다! 애들이, 뭐 좀 집중하고 파고드는 맛이 있어야지. 어째 그러냐!」

「그렇지 않아도 지금 시작하려던 참이에요.」

「얼씨구, 지금 시작하려고 했어?」

「근데, 왜 엄마는 남의 방을 노크도 없이 살금살금 와서 열어 보고 그래요?」

「왜, 노크 안 해서 내가 보면 안 될 거라도 봤니! 자식 방인데, 엄마가 노크를 꼭 해야 되겠니?」

「그래도 그렇잖아요. 살금살금 들여다보지 마세요. 기분 나빠요.」

「어쭈, 저 녀석이 벌써 어디에다 대고 기분 나쁘니 어쩌니 해?」

「하여튼 전 기분 나빠요. 어서 문 닫고 나가세요?」

「닫지 말라고 해도 닫는다. 하여간 애들이, 그렇게 해서 뭔 공부를
하겠다는 건지……」

엄마는 계속 혼잣말을 하면서 그 옆의 딸아이 방도 열어 본다. 오
빠 야단맞는 소리에 정색하고 앉아 있는 딸아이였지만, 엄마는 그냥
지나가지 않는다.

「이것아, 너도 열심히 해. 내일모레면 너도 중학생이야! 만날 오빠
꽁무니 따라다니면서 그러지 말고.」

엄마가 문 닫고 나가신 후, 아들녀석은 혼자 씩씩거렸다. 그렇지
않아도 막 시작해 보려고 나름대로 뜸을 들이고 워밍업하던 것이 그
만 깨지고 말았다. 아이는 전등불에 비추어 보던 볼펜을 자기도 모
르게 책상에다 내동댕이치고는 혼자서 한심하다는 듯 혀를 차며 씩
씩대고 앉았다. 무엇부터 공부할까조차도 잊어버렸다. 성난 마음을
자기 혼자 달래는 데 다시금 10여 분을 보내야 했다. 그러고는 겨우
마음을 진정시켜 공부를 시작한 것이다.

이러한 상황을 가만히 지켜보면, 문제는 엄마가 좀 더 인내하고 넉
넉한 마음으로 기다려 주고 지켜봐 주는 유예적인 생각을 했으면 좋
았을 텐데 하는 것이다. 들어간 지 5분도 안 되어 그렇게 쫓아가서
살금살금 들여다보는 것이 아니다. 아이에게도 좀 움치고 달싹할 여
유를 주는 것이 좋다. 그것이 유예적인 사고와 행동이다. 그저 머릿
속에 떠올랐다고 해서 즉각 행동에 옮기는 것이 아니다. 저 아이가
들어가서 공부는 안 하고 딴짓을 하고 있는가, 아니면 졸고 있는가
한번 가봐야겠다고 생각되었어도 조금 더 기다렸다가 행하는 유예
적인 사고와 행동을 하여야 한다.

부모들의 그러한 유예적인 사고와 행동은 곧 아이들에게도 그러
한 유예적인 사고와 행동을 하도록 하는 데 도움을 준다. 요즘 아이
들의 공통된 특성 하니가 어른들 못지않게 조급하고 시두르고 빠르

다는 점이다. 그냥 뭐든지 생각 없이 후딱 해치우려 하고, 쉽게 판단하여 결정하고, 쉽게 행동에 옮긴다. 밥을 먹는 일이나 나가 노는 일이나 숙제를 하는 일이나 모두 서두른다. 어른 못지않게 바쁘기도 하지만, 문제는 좀 더 차분히 생각하고 행동하는 여유가 없다는 것이다. 그러한 심리적 압박 속에서는 논리적인 생각, 창의적인 생각, 선택적인 생각, 관계적인 생각 등 여러 종류의 생각이 활발히 이루어지기 어렵다. 어른들도 그렇지 않던가. 누가 자꾸 몰아세우고 재촉하면 머리가 제대로 돌아가지 않고, 심지어는 몸도 제대로 말을 듣지 않는 것을 경험하지 않았던가?

공중변소에서의 얘기를 하나 하겠다. 고속버스를 타고 가다 보면, 휴게소에 차를 세우고 손님보고 쉬라고 할 때가 있다. 그런데 버스가 휴게소에 정차하면, 사람들이 어떻게 행동하던가? 모든 사람들이 누가 시키지도 않았는데 남녀 두 팀으로 갈라져서 화장실을 향해 뛰어간다. 남자들은 남자화장실로, 여자들은 여자화장실로 뛰어가는 것이다. 차에서 내려 맑은 공기로 심호흡을 하면서 유예적인 사고와 행동을 하는 사람은 극히 적다. 남자화장실은 대체로 일렬 횡대로 서서 일을 보게 되어 있다. 이때 막 뛰어 들어온 사람은 순간 판단을 한다. 일렬 횡대로 서 있는 사람들 중, 누가 빨리 끝낼 기미가 보이는지. 그러고는 얼른 그 사람 뒤에 가서 선다. 빨리 일을 보고 커피라도 한잔 마시고 싶은 급한 마음에 「아이! 오줌 마려!」 하고 급한 듯이 발을 구르며 앞 사람 뒷머리에 대고 얘기를 했다고 하자! 그럴 때, 앞에 서 있는 사람이 일을 제대로 볼 수 있겠는가? 속으로 그럴 것이다. 「아이고, 이 사람 되게 재촉하네!」 그리고 자기 딴에 온 힘을 다해서 빨리 누려고 할 것이다. 그러나 이게 웬일인가? 뒷사람으로부터 쫓긴다 싶으니까, 의식해서인지 소변이 얼른 나오질 않는다. 그러자 기다리던 뒷사람은 왜 이렇게 앞사람이 더딘가를 보려는 듯 고개를 옆으로 빼고, 「근데, 뭐 하세요? 아직 안 누고」라고 말하듯 눈치를 주었다고 하자. 그러면 앞사람은 심리적으로 압박을 받아 결국은 일을 못치르고 그냥 바지를 치켜올리면서 물러선다. 심리적으로 압박을 받고 나니 몸도 제대로 말을 안 듣는 것은 꼭 이럴 때만이 아닐 것이다.

문제는 심리적으로 좀 여유를 갖는다는 것이 이처럼 중요하다는 점이다. 흔히 교실 수업에서 교사가 여유를 갖고 유예적으로 천천히 길게 질문을 하면, 학생들의 답변도 그만큼 천천히 길게 이루어진다는 것이다. 즉, 선생님이 심리적 여유를 가지면 학생들도 심리적 여유를 갖게 되고, 또 그만큼 자유로움 속에서 사고가 보다 활발하게 진행된다는 것이다. 부모들이 자녀를 대할 때도 이러한 점을 생각해 주면 좋을 듯싶다. 즉, 자녀와의 일상적인 관계에서 부모가 좀 더 심리적으로 여유를 갖고 사고하고 행동하면, 그만큼 자녀들의 심리적 자유를 촉성시켜, 자녀들 역시 유예적인 사고와 행동을 하게 됨에 따라 보다 현명한 선택과 결정을 내리는 자세를 스스로 가꾸게 될 것이다.

급하다 싶을 때, 오히려 한 템포 늦추어서 생각하고, 판단하고 결정하고 행동하는 여유는 모든 것이 복잡하고 빠르게 진전되고 있는 오늘날 우리 모두가 더욱 갖추어야 될 태도일 듯싶다. 남들이 모두 난리 법석을 피우며 내달린다고 해서, 그들이 왜 그렇게 내달려가는지조차 생각 않고 경쟁에서 뒤지는가 싶어 덩달아 따라 뛰는 자세에서 이제 벗어나야 하지 않겠는가?

모든 것에 대한 긍정적 사고와 행동

얼마 전 참으로 불행한 사고로 우리 모두가 가슴 아파했던 것을 많은 사람들이 기억하고 있을 것이다. 중학교에 다니는 아들이 엄마를 야구방망이로 때려서 결국 엄마가 죽었다는 그 얘기는 우리 모두를 침울하게 만들었다. 사실, 그때 구체적인 정황의 보도는 아마 언론사측의 사려 깊은 교육적인 판단으로 자제하였던 것으로 추측된다. 그러한 언론사들의 교육적인 판단을 나는 매우 존중한다. 그렇기 때문에 그 사건을 놓고 함부로 이야기하기란 어렵지만, 신문에 짤막하게 보도된 내용을 살펴보면 그 아이의 어머니한테서 두 가지 문제점을 찾을 수 있다. 하나는 어린아이에게 「공부하라」는 얘기를 너무 많이 했다는 점이다. 그 아이는 학급 성적이 중상에 속하는 학생이었고, 급우들 얘기로는 매우 착하고 성실한 학생이었다는 것이다. 그럼에도, 어머니는 기회가 있을 때마다 아이에게 공부하라고 자꾸 야단치고, 또 스트레스를 주었는가 싶다. 또 다른 문제점은 그 아이가 야구방망이를 갖고 방 안에서 놀다가 엄마로부터 꾸중을 듣고 있었는데, 그때 아이가 그것으로 벽을 치고 누군가를 때릴 듯이 하니까, 엄마는 아들이 설마 엄마를 때리겠나 싶어 「때릴 테면 어디 때려 봐라, 어미 때리는 새끼도 있다더냐!」는 식으로 그 아이에게 말을 하지 않았을까 하는 점이다. 만약 그것이 사실이었다면, 그것은 엄마가 사춘기에 빠져 있는 그 어린 중학생 아들의 마음을 이해하지 못한 데서 온 엄청난 결과가 아닌가 싶다.

사춘기에 처해 있는 아이들에게 공통된 한 가지 심리적 특성은 '확인된 정체감'이라는 것이다. 이는 사춘기 아이들은 그것이 긍정적인 것이든 부정적인 것이든 간에 일단 부모나 선생님, 또는 친구들이 자기에게 어떤 '정체감'을 부여해 주면, 그것을 몸소 행동으로 확인시켜 준다는 것이다. 좀 더 구체적으로 예를 들어 설명하면 이렇다. 아직 사춘기에 이르지 않은 유치원이나 초등학교 저학년 어린 아들에게 엄마가 말했다.

「태형이 바보. 태형이는 바보다.」

「내가 왜 바보야? 엄마가 바보다.」

즉 누가 자기 자신에게 부정적으로 얘기하면, 어린아이들은 즉각 그것을 부정하고 나선다. 오히려 거꾸로 상대방이 그렇다고 한다.

「아빠, 나 바보 아니지?」

「그럼, 우리 태형이가 얼마나 똑똑한데. 누가 바보라고 그래?」

「엄마가, 엄마가 나보고 바보래. 나 바보 아냐, 엄마가 바보지? 그렇지, 아빠!」

「그래, 엄마가 바보다!」

대화는 대체로 이렇게 끝난다. 또, 사춘기가 지난 스무 살 정도의 아들에게 엄마가 「너는 바보다」라고 했다면, 그 아들이 그 말을 듣고 고민하겠는가? 웃어넘겼을 것이다. 그런데 사춘기 아이들은 다르다.

「야, 태형아, 넌 엄마가 아무리 좋게 봐주려 해도 바보야!」

「그래요, 난 바보예요. 언제 제가 잘났다고 그랬어요?」

엄마의 그런 말을 사춘기 아이들은 즉각 받아들인다. 그리고 속으로 결심을 한다.

「그래, 나는 바보다. 어디 두고 보자, 내가 얼마나 진짜 바보인가를
보여줄 테니까! 그리고 바보 자식을 두어 꽤나 좋으시겠구먼.」

즉, 아이는 엄마로부터 부여 받은 '바보'라는 정체감을 그대로 행동
에 옮겨 상대방에게 그것을 더 확인하게끔 내보여 주려는 특성이 있
는 것이다. 종종 우리 부모들이 사춘기 아이들보고 「너, 내 눈앞에서
없어져. 어서 나가, 꼴도 보기 싫어! 이제 나한테 엄마라는 소리도
하지 마!」 하고 소리치면, 아이는 정말 부모가 말한 대로 부모 앞에
보이지 않도록 집을 나가 버리는 경우를 보게 된다. 야구방망이로
자기 어머니를 때린 경우도 보면, 심한 야단을 맞고 자신의 분한 감
정을 어떻게 절제해야 할지 몰라 애쓰고 있는 아이에게, 「때릴 테면
때려 봐라, 어미 때리는 새끼도 있다더냐!」고 엄마가 소리쳤다면, 우
린 그 사춘기 아이가 어떻게 행동할 것이라고 짐작할 수 있다.

이 사건에서 우리는 부모들이 자녀에 대해 함부로 부정적인 판단
을 하고, 또 그것을 확인시켜 주어서는 안 된다는 것을 배웠다. 일반
적으로 자녀에 대한 부모의 부정적인 사고와 판단은 아이들로 하여
금 자기 자신을 부정적으로 지각하는 데 있어 엄청난 요인이 된다.
결국 아이들로 하여금 부모의 부정적인 사고와 판단에 반항하고 덤
벼들게 하는 것이다.

일반적으로 자아실현을 이룩한 많은 사람들의 공통된 특성은 자
기 자신이나 타인에 대해서 긍정적으로 지각하고 있다는 사실이다.
자아를 긍정적으로 지각하면 모든 일에 대해서 그만큼 긍정적으로
접근하고 생각하게 되는 것이다. 그러나 거꾸로 부정적으로 자기 자
신을 지각하면 모든 일에 대해서 스스로 포기하고 물러서게 되므로
그만큼 삶의 좌절감을 느끼게 된다는 것은 그동안 수많은 심리학자
들이 밝혀낸 사실이다.

이러한 것을 생각해 볼 때, 자녀들에게 긍정적인 사고와 행동을 심

어 주기 위해서는 무엇보다도 자녀에 대한 부모의 언어행위가 좀 더 주의 깊게 이루어져야 할 것이다. 부모가 아무리 화가 났다 해도, 자녀들에게 극단적으로 부정적인 어휘를 사용해서는 안 될 것이다. 이를테면,「나가 없어져라」「다 틀렸다」「싹이 노랗다」「안 될 나무는 떡잎부터 알아본다」「하루라도 빨리 때려치우는 것이 오히려 너 자신을 돕는 일이다」등 수없이 많은 부정적인 표현들을 화난 김에 아이들한테 사용한다. 그러면 그러한 용어나 표현들이 그 당시에는 자녀에게 큰 영향을 미치는 것 같지 않고, 또 아이들이 쉽게 잊어버리는 것처럼 보이지만, 훗날 또 다른 어려움이 생겨서 부모와 자녀 간의 갈등이 악화되면, 자녀들은 오래전에 부모로부터 들었던 그 용어들을 다시금 기억해 내서 그것을 거듭 확인하려 드는 경우가 많이 있다. 말하자면, 부모의 극단적인 표현은 아이의 하의식 세계 속에 잠재되어 있다가 그와 유사한 상황이 벌어지면 곧바로 그것이 의식 세계 전면으로 튀쳐나오는 것이다.

「맞아, 저 같은 놈은 진작에 틀렸어요. 그전에도 엄마가 그랬잖아요. 저 같은 놈은 떡잎부터 알아볼 놈이라구요!」

그러한 하의식 세계 속으로의 잠복은 아이들이 부모로부터 심한 질책을 받을 때에만 이루어지는 것은 결코 아니다. 농담 삼아 들었을 때도 그것은 때때로 하의식 세계 속으로 잠복된다. 그러므로 부모들은 자녀들 스스로 자기 자신을 긍정쪽으로 지각하고 행동할 수 있도록 가능한 한 긍정적인 언어 사용과 표현을 하도록 노력해야 할 것이다.

또한, 부모가 겉으로 표현하지 않았다 하더라도 속마음으로 자녀에 대해서 부정적으로 생각하고 있으면, 자녀들은 눈빛이나 표정 등으로 그것을 느끼고 확인할 수 있다는 것에 유의하여야 할 것이다. 결국, 부모들의 자녀에 대한 애증의 감정, 긍정·부정의 감정은 곧바로 자녀들에게 나타나게 되므로 부정적인 언어 사용과 표현은 피해야 한다.

특히 자녀가 자신의 학업에 대해서 자신감을 갖고 긍정적으로 사고하고 행동하도록 하려면, 자녀에게 적절한 성공의 경험을 갖도록 하는 것이 매우 중요하다. 아이들에게 적절한 실패의 경험을 맛보게 하는 것이 좋다고 주장하는 사람들도 있지만, 결과적으로는 실패의 경험보다는 성공의 경험이 훨씬 더 자기 자신을 긍정적으로 지각하게 하는 데 영향을 미친다. 그렇기에 실패의 경험은 가능한 한 줄이고, 반대로 성공의 경험 기회를 늘려 나가도록 이끌어 주는 것이 자녀들의 스스로 긍정적인 사고와 행동을 개발하도록 하는 데에 큰 도움을 주게 된다.

흔들림이 없는 주체적 사고와 행동

고속도로에서 주행선과 추월선이 모두 꽉 막혀 있다. 어디서부터 어떻게, 왜 막히게 되었는지 도무지 알 수가 없다. 차에서 내려 보니 저만치 앞에 있는 차들도 모두 꼼짝 못하고 서 있다. 모두들 답답해하면서도 어쩔 수 없다는 듯이 참고 있다. 옆으로 갓길이 있지만, 아무도 들어서는 사람이 없다. 하긴 도로교통법이 강화되어서 이젠 그 갓길로 갔다가는 누가 언제 어떻게 신고할지 모르고, 더군다나 걸리기라도 하면 범칙금도 엄청나게 물어야 되니까 아무도 그 길로 선뜻 들어서는 사람이 없다.

다들 법은 좀 무섭게 만들어 놓아야 된다고 생각하고 있을 때였다. 주행선 중간에 자리 잡고 있던 차 한 대가 옆으로 비집고 나오더니 갑자기 그 갓길로 들어서는 것 아닌가? 그러고는 쏜살같이 앞으로 내달리는 것이었다.

그러자 많은 사람들이 고개를 내밀고는 그 차가 얼마만큼이나 달려가는가 보고 있는데 또 한 대의 차가 잽싸게 그 뒤를 쫓아 갓길로 들어섰다. 이번에는 세 대가 동시에 비집고 나와서 또 갓길로 들어서자 이젠 주행선이고 뭐고 저 안쪽 추월선에 있던 차들까지도 빠져나와서 모두 갓길로 들어섰다. 어느새 갓길도 이젠 많은 차들로 가득 차기 시작했다.

이때쯤이다. 저 뒤에 서서 「그러면 안 되지」 하고 생각하던 사람도 갓길로 들어섰다. 그 사람 생각에는, 「뭐 저렇게들 이미 많이 갔는데 내가 가는 게 뭐 그렇게 큰 잘못이겠는가? 이제 가는 것은 양심에 큰 거리낌이 없다」 하는 생각에 갓길로 들어섰다. 그러나 이미 때가 늦었다. 왜냐하면 그 갓길도 차가 많아서 옆의 추월선이나 주행선의 차들처럼 그냥 서 있을 수밖에 없게 되었으니 말이다. 주행선에 섰다가 옮겨 온 이 사람은 오히려 주행선 자리에 그대로 서 있었더라면 갓길로 빠져나간 차들 때문에 조금은 더 앞으로 움직여 갔을 텐데, 오히려 갓길로 들어와서 맨 꼴찌에 서 있게 되어 버리고 말았다. 속으로는 「에이, 그냥 소신 있게 그 자리에 서 있을 걸, 괜스레 이리로 들어왔잖아!」 퍽이나 손해 본 기분으로 붙어 있자니까, 자꾸 이 사람 저 사람 쳐다보는 것도 같고, 여러 가지로 얼굴만 뜨거워졌다.

그런데 이게 웬일인가? 백미러로 뒤를 보니, 경찰 오토바이가 불을 번쩍이며 다가오지 않는가. 결국 그 경찰은 이 운전자에게 다가와 점잖게 면허증 제시를 요구했고 그 사람은 갓길 운전이라는 도로교통법 위반으로 딱지를 떼게 되었다. 그러자 그 사람은 경찰에게 거칠게 항의하기 시작했다.

「왜 나만 잡아요! 여기 앞에 간 사람이 얼마나 많은데요?」

「그건 운전자께서 걱정하실 일이 아녜요. 저희가 알아서 처리할 일이니까, 운전자는 운전자의 잘못만 생각하시면 됩니다.」

결국 그는 갓길로 뒤늦게 끼어들었다가, 벌금 물고 딱지 떼고 주변 다른 운전자들에게 눈총 받아 기분이 엉망진창이 되고 말았다.

우리는 이런 광경을 서울 시내나 다른 큰 도시에서도 하루에 몇 번씩 볼 수 있다. 특히, 누군가가 용기 있게(?) 법을 위반해서 앞으로 나서면, 그 뒤를 쫓아가는 무리가 엄청나게 많아지는 것을 쉽게 찾아볼 수 있다.

물론, 나는 여기에서 그런 불법적인 일을 맨 앞에서 주도한 사람을 용기 있다거나, 배짱 있다고 미화할 생각은 추호도 없다. 또 그럴 수도 없다. 그러나 그가 그런 용기를 갖고 보다 바람직하고 선한 일을 주도했다면, 많은 사람들이 그를 따르게 되고 존경하게 될 것임이 분명하다. 그러나 자기 판단에 나는 지금 갓길로 갈 수밖에 없다는 절박한 이유로 앞서 나온 사람은 그래도 이해할 수가 있을 성싶다. 그는 어떤 의미에서 소신도 있고 자기 나름대로 확고한 판단을 하는 사람일 수 있기 때문이다. 그러나 정말 문제가 되는 것은, 그런 경우 슬쩍 남의 뒤에 따라붙는 얌체 같은 사람들이라고 생각한다. 이들은 눈치만 빠르고 배짱도 없고 남을 걸고넘어지거나 하고 그저 흐름 따라 이리 붙었다 저리 붙었다 하는 친구들이다.

도덕적으로나 법률적으로 정당하지 못한 일을 남들이 한다고 해서 그저 따라 하는 것이 아니라 그럴 때일수록 자기의 확고한 도덕적 주체성 속에 결연히 멈추어 설 수 있어야 하는 것 아닌가? 지금 우리 사회에 만연하고 있는 많은 문제 중의 하나가 이렇듯 사람들이 자신의 주체성을 바로 세우지 못하고, 좋은 일에서든 나쁜 일에서든 이리 휩쓸리고 저리 휩쓸린다는 점이다.

또한 지금 우리네 청소년들에게도 주체성의 문제가 참으로 심각하게 다가서고 있음은 작금의 세태를 살펴보면 쉽게 짐작할 수 있을 듯싶다. 이를테면, 온갖 비행에서부터 그들이 선호하는 유행에 이르기까지 청소년들 사이에서 나타나고 있는 맹목적이고 무조건적인 행동들이 그렇다. 그저 찰나적이고 말초적인 쾌고의 원리에 따라 확고한 가치를 세우지 못하고, 이리저리 부는 바람, 흘러가는 물결에 따라 흔들리고 있는 우리 청소년들에게 주체적인 가치의식을 바로 세워 주는 것이 바로 우리 어른들이 안고 있는 심대한 숙제라고 할 수 있다.

자녀들이 그들 나름대로의 주체적인 사고와 행동을 할 수 있도록 가정생활에서 부모가 도움을 주는 데는 여러 가지 방법이 있을 수 있겠으나, 우선 한 가지 분명한 것은 그들의 모호한 가치를 보다 분명하게 스스로 그려낼 수 있도록 하는 일이다. 머릿속에 그저 꽉 차 있기만 할 뿐, 바로 이것이다 하고 분명하게 잡히지 않는 그들의 모호한 생각을 그들 스스로 확실하게 설명하고 구분해 낼 수 있도록 도와야 한다. 이를테면, 대화를 통해서나 자기 스스로 일기를 쓰게 함으로써, 자녀들이 자기들의 모호한 가치를 분명하게 스스로 인식할 수 있도록 도와야 할 것이다. 그리고 특히, 요즘 시대에는 그 옛날에 비하여 가치 선택의 기회가 매우 다양해졌음을 부모들이 인식하여야 한다. 즉 선택의 여지가 많아졌다. 절대적인 가치보다는 상대적 가치가 훨씬 가까이에서 우리들의 생각과 행동을 지배하고 있는 것이다. 그렇기 때문에 부모들의 눈이나 느낌, 그리고 경험들로는 자녀들의 사고와 행동이 이해가 안 되고 수용하기 어려운 것들도 있음을 부모들이 인식하여야 할 것이다. 그것이 단순히 부모들이 받아들일 수 없다는 이유만으로, 부모들이 겪지 못했다는 이유만으로, 자녀들 머릿속에서도 사라져야 한다고 고집을 피워서는 자녀들 나름의 주체적인 사고와 행동의 힘을 기르는 데 도움을 주기가 어려운 것이다. 부모들이 갖고 있는 가치관은 자녀들이 그들 나름의 바람직한 가치를 선택할 때 한 가지 선택 대상일 뿐이지 그것이 결코 그들이 선택하는 유일한 것이기를 기대해서도 안 된다.

자녀가 주체적인 사고와 행동의 자세를 갖추도록 하는 데 있어 우리 부모들이 또 유의할 점은 그들이 추구하는 소위 '개성'이라는 것이다. 나는 아들녀석이 대학에 입학한 뒤부터 자기 옷을 자기가 사 입고 다니는 것을 보고 참으로 대견스러워했다. 사실 내가 그 나이였을 때는 엄두도 못 냈던 일이다. 꼭 돈이 없어서가 아니라 돈이 있

228

어도, 특히 남자아이가 자기 겉옷과 속옷을 스스로 사 입으러 다닌다는 것이 웬지 '남자'라는 어줍지 않은 위신에도 그렇고, 또 '나이'에도 걸맞지 않는 것이라 생각했던 것이다. 그렇기에, 나는 때때로 아들의 그러한 행동에 은근히 시샘도 하고, 또 녀석의 그러한 능력에 몹시 자랑스러움을 느낀다. 그 아이가 옷을 사오는 날 우리 온 식구는 그 옷을 펴놓고 한바탕 얘기를 나눈다. 각각 옷에 대한 느낌도 말하고, 또 얼마 주었느냐, 어디서 샀느냐, 입어 봐라 등 한참을 얘기한다. 그 속에서 나는 그 아이가 옷에 대해서는 자기 나름대로 어떤 주체적인 사고를 하고 있는지, 또 요즘 학생들 사이에 흐르고 있는 유행의 물결에서 그는 어떻게 자기의 개성을 추구하고 있는지를 느끼게 된다. 그리고 그것을 화제로 삼아 농담을 섞어 가며 '거르는' 대화를 한다. 즉, 서로의 생각 속에서 '바람직스럽지 못한' 그의 행동을 걸러 내는 일을 하는 것이다. 물론, 그 아이는 대체로 구세대인 부모의 눈에나 X세대인 동생의 눈에 그렇게 거슬리는 옷을 사오지 않고, 그 나이 또래 아이만의 생각이 배어 있는 옷을 사왔기에 우리는 모두 늘 그를 격려한다.

　개성 또는 차별성이란 것이 무조건 다른 아이들과 달라야만 하는 것은 아니다. 그것은 그 아이 자신에게 가장 적합한 것, 가장 잘 어울리는 것으로 규정되어야 할 성싶다. 커다란 키, 하얀 얼굴, 뻗친 머리, 균형 있는 몸집, 미소가 없는 얼굴 그리고 그 아이의 이지적인 눈매와 차가운 성격, 그런 것들이 종합되어서 나타나는 그의 모습에 그가 골라 온 옷들이 잘 어울릴 때, 그것이 바로 그의 개성 있는, 주체성 있는 사고와 행동일 듯싶다. 그리고 그것은 언제나 부모나 그의 동생과의 많은 교감 속에서 항상 검증되고 명료화되는 가운데 자꾸 개발되는 것이다.

제5장

부모가 어떻게 해야 자녀들을 변화시킬 수 있겠는가

어린아이가 세상에 태어나서 첫돌이 지날 때쯤이면 대부분 제 힘으로 일어서서 걷는다. 빠른 아이들은 생후 열 달만 되어도 제 힘으로 일어나 걷기 시작하는가 하면, 좀 더딘 아이들은 첫돌이 지나도 걷지 못한다. 세상 밖으로 나오는 순간부터 무게가 몇 킬로그램이냐를 따지면서, 아이를 기르는 모든 일에 경쟁을 하는 엄마들은 자기 아이는 불과 몇 달 만에 걷기 시작했다고 자랑스럽게 얘기한다. 그래서 엄마들은 자기 아이를 남보다 빨리 걸을 수 있게 하려고 노력한다. 이럴 때, 엄마들이 사용하는 방법에는 대체로 세 가지가 있다.

첫 번째는, 매우 강제적인 훈련방법이다. 이런 방법을 사용하는 엄마들은 아직 기어 다니는 어린아이의 양 어깻죽지를 붙잡아 일으키면서 야단을 치듯 말한다.

「넌, 어째 돌이 다 되는데 걸을 궁리를 안 하니? 옆집의 덕순이는 계집애라서 그런가 열 달 만에 걸었다는데. 너도 좀 걸어 봐. 자, 다리 쭉 뻗고 하나, 둘, 하나, 둘……. 옳지 그래!」

그러나 아이는 자꾸 다리를 오므라뜨리고 주저앉으려 한다. 엄마 팔에 이끌려 한두 걸음 걷다가는 이내 주저앉는다. 그러면 엄마는 아이를 다시 일으켜 세워서는 또다시 똑같은 훈련을 시키려 든다. 물론, 그때 아이는 대개 울음을 터뜨리게 마련이다.

두 번째는, 앞서와 같이 강제적인 훈련이기보다는 아이의 입장, 욕구, 동기 따위를 염두에 두는 방법이다. 그러나 이 방법 역시 아이를 붙들어다가 방구석 모서리나 장롱 앞에 세워 놓는다. 다리에 힘은 붙은지라 그래도 의지할 게 있으면 아이들은 잠시 동안 서 있는다.

그러면 엄마는 저만큼 뒤로 물러앉으며 과자 같은 것을 하나 들고는 아이에게 말한다.

「자, 우리 아기 착하지, 엄마가 이거 줄게. 자, 어서 와서 이거 먹어, 응!」

그러면 아이는 그것이 먹을 것인 줄 알고는 손을 내밀어 그것을 받으려고 한 발짝 떼게 된다. 그러면 엄마는 그것을 아이의 손에 잡도록 해주던가? 엄마는 다시금 조금 더 뒤로 물러앉으면서 말한다.

「옳지! 아이, 잘했어. 자, 어디 한 발만 더 떼봐! 자, 착하지. 이거 받아!」

그러면 아이는 다시 두 번째 걸음을 걸으려 하다 말고 풀썩 그 자리에 주저앉는다. 그리고 과자를 더 이상 바라다보지도 않는다. 딴 물건을 향해 눈을 돌린다. 속으로는 그랬을 것이다.

「주지도 않으면서 누굴 약올리네, 엄마나 먹어라!」

그러면 엄마는 또다시 시도한다. 그러나 이제 아이는 구석에 서지도 않고 그냥 그 자리에 주저앉고 만다.

세 번째는, 그야말로 그냥 내버려 두는 것이다. 엄마는 때가 되면 어련히 걸을 것이라 생각하면서 아이에게 맡겨 둔다.

아이들이란 어느 날 갑자기 일어서서 걷는 것이 아니다. 그렇기에 그 어느 엄마도 자기 아이가 언제부터 걷기 시작했는지 정확히 모른다. 어느 날 보니까 아이가 뒤뚱거리며 두 걸음을 걸은 것이다. 아이들은 누워서 지내다가 어느 날부턴가 뒤집고, 뒤집다 보면 기기 시작한다. 또 기어 다니다가 엄마 화장대 같은 것을 잡고 일어서서 엄마 화장품을 갖고 논다. 또 어떤 때는 침대를 붙들고 일어서기도 한다. 그러다가 침대에서 그 옆에 놓인 화장대로 팔을 옮겨 붙들면서 다리도 떼어 놓는 것이다. 이렇듯 어린아이들은 그런저런 물건들 틈에서, 또 사람들 틈에서 어울려 지내면서 걷게 되는 것이다. 그런 어울림이 없으면 아이들은 훨씬 더 늦게 걷기 시작할 것이다. 아이들은 적절한 환경 속에서 성장하고 발달하는 것이다. 환경이 제대로 갖추어져 있지 못하면 아이들의 성장과 발달은 그만큼 늦어지는 것이다. 그렇기에, 가정에서 부모는 자녀들에게 적절한 환경을 만들어 주는 환경 조성자 역할을 하는 것이고, 이를 통해 자녀들의 성장과 발달을 돕고 또 그것을 유도하는 것이다.

이상의 세 가지 접근은 각각 강제적 훈련, 욕구구조화, 적절한 환경 조성으로 지칭된다. 변화에 초점을 두는 시각에서 보면 설득에 의한 변화, 또 문제해결을 통한 변화, 그리고 상호작용을 통한 변화의 노력과 비슷하다.

우선 첫째로, 부모들이 자녀의 바람직스럽지 못한 행동을 바로잡아 주려 하거나, 새로운 어떤 바람직한 행동을 창출해 내려 할 때는 흔히 규범적인 설득을 하게 된다. 즉, 아이를 앉혀 놓고, 부모가 설명을 통해 자녀를 납득시키고자 노력한다. 이것은 일종의 설교이고 훈계이다.

「야, 이 녀석아! 너도 사람이면 생각을 해봐! 지금 네가 그러고 있을 때냐. 고1이야, 대학입시가 한참 후의 일 같지만, 3년 금방이야. 지금이 6월이니까 3년이 뭐야, 2년 반밖에, 아니지 2년밖에 안 남았어! 생각해 봐, 너 지금부터 해도 늦었어, 어쩌려고 그러냐? 아무리 애라고 하지만 넌 그렇게 생각 안 되니……?」

끝없는 설득을 통해서 부모는 자녀의 행동을 변화시키려고 한다. 맞다, 인간은 이성적인 동물이다. 이성적인 동물이기에 우리가 교육을 시키는 것 아닌가? 교육시키고 설득시키면 모두 다 알아듣는다. 그리고 알아들었기 때문에 우리는 알아들은 대로 스스로 변화하려고 노력하는 것이다. 이러한 설득에 의한 변화는 가장 점잖은 방법이고, 또 가장 보편적인 방법이다. 그럼에도 불구하고 사람들은 왜 그러한 방법만으로 쉽게 변화되지 않는가? 아이들도 공부를 열심히 해야만 한다는 것을 잘 안다. 부모가 굳이 설득을 안 해도 스스로 공부를 좀 잘했으면 좋겠다고 생각한다. 그러나 안 되는 걸 어쩌겠는가? 그렇다면 뭣 때문에 안 되는가?

지금 고3에 다니는 아들녀석이 중3 때쯤의 일이다. 자기 딴엔 사춘기를 극복하느라고 애를 쓰던 때다. 하루는 이 녀석이 자기 책상 앞에 큼직하게 무엇인가를 써서 붙여 놓았다.

「잡념을 없애라!」

얼마나 잡념이 많았으면 그것을 스스로 이겨내 보려고 그런 것을 써붙여 놓았겠는가? 이럴 때 부모들은 보통 아이를 닦달하게 마련이다.

「도대체, 네가 무슨 잡념이 있니? 아니, 널보고 돈을 벌어 오라니? 네가 무슨 걱정이 있어? 밥을 안 해줘, 책을 안 사줘, 옷을 안 사줘. 그저 너는 해주는 밥 먹고 공부만 하면 되는데 도대체 네가 무슨 잡념이 있냐? 너처럼 좋은 환경에서 공부하는 아이가 몇이나 되는 줄 아냐? 공부방이 따로 있는 아이가 그렇게 많은 줄 아냐? 머리에 피도 안 마른 게 정말 나중엔 별소릴 다하고……」

그러나 아이들이라고 어찌 잡념이 없겠는가? 인간은 누구든 다 잡념이 있는 법이다. 어른들은 잡념이 없는가? 나 역시 잡념에 빠져들 때가 많고 보면 잡념을 없애자고 써붙인 아이가 오히려 더 솔직하고 진실된 태도를 보인 듯싶다. 그럼 이럴 때 어떻게 아이를 도와줄 수 있겠는가?

아이의 머릿속에서 일어나고 있는 잡념, 그래서 아이를 힘들게 하고, 자꾸만 주의를 집중시키지 못하게 하는 것이 무엇인지를 끌어내어, 그런 문제를 아이 스스로 해결해 행동의 변화를 가져오도록 하는 것이 가장 바람직한 방법이다. 이것이 흔히 이야기하는 두 번째의 문제해결을 통한 변화이다. 그리고 이것은 아이의 욕구에 의거하여 아이의 행동변화를 가져오는 욕구구조화 접근이기도 하다. 아이가 어떤 문제에 봉착하면, 특히 그의 가슴속에서 그를 억누르고 있는 문제가 있으면 그것을 표출시켜 해결방안을 생각하고, 따뜻한 격려를 하는 것이 바람직하다. 무조건 윽박지르고, 허튼소리 말라고 찍어 누르기만 해서 되는 것이 아니다. 오히려 문제를 더욱 악화시킬 뿐이다.

세 번째의 상호작용을 통한 변화는, 특히 조직사회에서 구성원들 간의 사귐, 만남, 접촉 등을 통해서 이루어지는 변화이다. 사실 우리들의 많은 행동은 그러한 상호작용을 통해서 이루어진 변화들이다. 예컨대 옷을 이렇게 입고, 머리를 이런 식으로 깎고, 물건을 이런 식으로 사고, 자동차를 이렇게 몰고 하는 식의 많은 행동은 남들이 하는 것을 보고 나도 모르게 따라 배운 것이다. 즉 한데 어울려 더불어 살아가면서 자연스럽게 나타난 변화이다. 아이들이 초등학교에 입학하게 되면 선생님의 글씨 모양, 걷는 모양까지 따라 배우지 않던가? 또 공부를 잘 못하는 아이를 공부 잘하는 아이와 짝을 맺어 주면 공부 못하는 아이가 공부 잘하는 아이를 따라 열심히 배운다.

형제를 길러 본 부모들은 모두 알고 있다. 형이 밥을 어떤 식으로 먹는가에 따라 동생도 따라 이내 그런 식으로 먹는다. 그리고 언제나 동생은 말한다.

「형이 이렇게 하는 걸……」

이처럼 상호작용을 통해서 사람들의 행동은 변한다. 그렇기에, 그가 어떤 환경 속에서 어떤 상호작용을 하면서 성장했는가가 훗날 중요시되는 것이다. 즉, 어떤 집안에서 태어나고 어떤 부모 밑에서 자라고 어떤 학교에서 그가 공부를 했느냐 하는 것을 따지게 되는 것이다. 그렇다면, 가정에서 부모들이 자녀들과 어떤 상호작용을 해야 자녀들의 행동을 바람직한 방향으로 변화시킬 수 있겠는가?

사람의 행동, 특히 자녀들의 행동을 변화시키는 이들 세 가지 방법 모두 다 중요하고 필요한 것이다. 그럼에도 불구하고 많은 부모들은 첫 번째의 강제적 훈련, 즉 설득에 의한 방법을 제일 많이 사용하고 있다. 아이의 욕구를 구조화하거나 아이가 지닌 문제를 스스로 해결해 나가도록 도움을 주는 방법을 통해서 변화를 모색하려는 시도는 상대적으로 적다. 특히 부모와 자녀 간의 관계지음을 통해서 변화를 찾으려는 시도는 더더욱 적다.

　우리의 가정에서 나타나고 있는 중요한 특징의 하나는 앞서 신세대의 성장배경을 이야기할 때도 언급했지만 핵가족화 현상이다. 집안 식구가 단출하다. 모두 합쳐서 대여섯 명도 안 되는 가정의 수가 늘고 있다. 부모와 자녀 한두 명으로 이루어진 가정이 많다. 이러한 핵가족 체제에서 구성원들간의 상호작용을 통해 주고받는 영향이 대가족 체제에서보다 더 심대하다. 대가족 체제에서는 상호작용이 매우 복잡하고 다양하게 진전되기 때문에 사실 아이들은 여러 사람으로부터 많은 영향을 받는다. 그래서 대가족 제도가 핵가족 제도보다 많은 장점을 지니게 된다. 핵가족 제도에서는 소수 몇 사람이 서로 크게 영향을 주고받는데 그중에서도 특히 부모들이 자녀에게 미치는 영향은 참으로 막대하다.

　그럼에도 불구하고 우리네 많은 부모들은 막연하게, 부모니까 그저 애들은 사랑만 해주면 되는 것 아니겠는가 싶게 별다른 주의 없이 행동을 해서 아이들의 행동변화에 부정적인 영향을 미칠 때가 많다. 가정에서 부모의 역할이나 위치는 아이들의 변화를 선도해 주는 일이다. 몇 식구 안 되지만 그 속에서 엄마와 아버지는 부모로서의 위치에 서서 자녀들이 스스로 성장하고 발전해 나갈 수 있도록 촉성해 주고, 이어 주고, 밀어주고, 당겨 주고, 조언해 주고 하는 변화 촉매자와 같은 역할을 하는 것이다. 그러나 그러한 변화 촉매자 역할을 그저 부모라는 법률적인 지위만으로는 결코 이루어 내기가 어렵다. 그렇다면, 부모는 무엇을 어떻게 갖추어서 자녀들과 상호작용을 하여야만 자녀의 변화를 선도할 수 있겠는가? 다음과 같은 다섯 가지를 생각해 본다.

부모로서의 지위를 지킨다

초등학교 5학년 교실에서의 일이다. 수업중에 극히 드문 일이지만, 선생님이 아이들만 남겨둔 채 잠깐 교무실에 다녀와야 할 일이 생겼다. 그러나 자기가 나가면 이 녀석들이 떠들고 장난칠 게 뻔해서 선생님은 아이들에게 주의를 주었다.

「야! 너희들 조용히 자습하고 있거라, 선생님 교무실에 잠깐 다녀와야겠다. 너희들 떠들고 그러면 안 돼. 괜스레 떠들다가 옆반 선생님한테 혼나지 말고…….」

「네!」

선생님은 안심이 되지 않았다.

「반장, 떠드는 학생들 이름을 적어라. 누가 떠들고 장난쳤나, 선생님이 혼낼 테니까. 오늘 그렇지 않아도 화장실 대청소를 해야 되는데 이름 적힌 학생들은 화장실 청소를 맡길 것이다. 그러니까 떠들지 말고 조용히들 공부하고 있어요!」

선생님은 뒤를 한 번 더 힐끔 보시고는 종종걸음으로 나가셨다. 아이들이 서로 쳐다보면서 빙그레 웃는다. 떠들다 반장한테 이름 적히면 재수 없게 화장실 청소하게 될 테니까 마음대로 떠들지를 못한다. 공부를 잘하는 학생과 공부 못하는 학생 간의 여러 가지 차이 중의 하나는, 공부 잘하는 학생들은 수업중에 떠든다(이야기한다). 선생님께 질문도 하고, 선생님 질문에 답변도 한다. 그러나 공부 못하는 아이들은 한 시간 내내 입 다물고 앉아 있다가 노는 시간에 신나게 떠드는 것이다. 그런데 선생님이 잠깐 나가셨으니, 이 얼마나 좋은 기회인가. 그러나 괜히 떠들었다가는 이름 적히겠고……. 공부 못한다고 해서 모두 머리가 나쁜 것은 아니다. 나름대로 꾀도 있다. 떠든다는 것이 무엇이냐, 한번 큰소리쳐 보는 것이다. 내내 입 다물고 있었으니 목이 꽉 막힌 것 같고 한번 소리를 질러 보고 싶은 것이다. 이때 저쪽 구석에 앉은 공부 못하는 영진이가 반대쪽을 향해 소리를 질렀다.

「야, 야! 조용히들 해. 너희들 떠들지 말란 말이야!」

사실 아무도 안 떠들었는데 괜스레 자기가 소리질러 보고 싶어 그런 것이다. 그러자 이쪽에 앉아 있던 역시 공부를 잘 못하는 민식이가 대꾸를 한다. 그 친구 역시, 소리 한번 질러보고 싶은 터였다.

「야! 누가 떠들었길래 떠들지 말라고 하냐? 너나 떠들지 마!」

「어쭈, 누가 떠들었는데, 그게 떠든 거냐? 떠들지 말란 거지.」

「야, 그게 바로 떠드는 것 아냐!」

영진이와 민식이가 서로 낄낄대며 주거니받거니 떠들었다. 그러자 반장은 헷갈렸다. 정말 애네들이 떠든 건지 안 떠든 건지, 즉 이름을 적어야 하는 건지 안 적어야 하는 건지. 그런데 또 바로 이때 가운뎃줄 맨 뒤에 앉은 청원이가 앞을 향해 소리질렀다.

「야, 응달말 짱구, 임마, 조용히 해!」

응달말 짱구는 키가 작아 앞에 앉아 있다. 그러나 짱구는 떠들지 않았다. 짱구가 뒤를 돌아보았다. 누가 자기보고 떠들지 말라고 소리쳤나 해서였다. 아무것도 아닌 녀석이 그랬다. 그러자 짱구는 일어섰다.

「야, 네가 뭔데 누구보고 떠들지 말라고 하냐?」

「어, 나 아무것도 아닌데.」

「그럼, 야, 너나 떠들지 마!」

청원이는 괜스레 앞을 향해 소리질렀다가 짱구에게 당하기만 했다. 그런데 이번엔 저쪽 뒷줄에 앉은 민구가 앞쪽에 앉은 순영이를 향해 소리질렀다.

「야, 박순영, 너 떠들지 마.」

순영이는 역시 뒤를 보았다. 돌아다보니까 바로 반장인 민구가 아닌가! 이때 순영이는 그냥 할 말을 잃었다. 그러고는 자기 짝보고 소곤거렸다.

「야, 내가 떠들었니? 떠들지도 않았는데 떠들었다고 그러니, 그렇지?」

그러면 왜 순영이는 이때 짱구가 청원이에게 덤비듯이, 떠들지도 않았는데 반장에게 따지고 덤비지 않았을까? 물론, 따지고 덤비는 경우도 많다. 그러나 거꾸로 순영이처럼 떠들지도 않았으면서 수그러드는 아이들도 있다. 그것은 무엇 때문일까? 다름아닌 '반장'이라는 합법적인 지위력 때문이다. 아이들 세계에서도 이러한 지위력은 늘상 그 힘을 다양하게 발휘한다. 교실 안에서, 운동장에서, 동네 놀이터에서, 아이들간에 인정되는 지위력은 다른 아이들을 따라오게 만들고, 순종하게 하고, 다른 아이들의 행동을 변화시키는 힘으로 발휘된다.

이러한 지위력은 어른들에게 있어서도 마찬가지다. 그가 어떤 합법적인 지위력을 갖고 있느냐에 따라 상대방의 행동을 이끌고, 변화시키고, 통제하는 데 있어 상당한 작용을 하게 된다. 그래서 사람들은 처음 만나 인사를 나누게 되면 명함부터 내밀지 않던가? 그 속에서 서로간의 행동을 이해하고, 또 어떠한 언행을 교류하게 될지 예측하기도 한다. 어떤 사람이 명함을 내밀었다. 모 대기업의 인사부장이었다. 인사부장이면 사람을 관리하는 매우 중요한 자리인데, 그런 사람이 신입사원 채용 방식은 앞으로 이렇게 바뀌어야 한다고 주장하면 보통 사람이 그런 얘기를 할 때보다 우리는 그의 말에 더 큰 신뢰를 갖게 된다. 더욱이 그가 조그만 회사의 인사부장이 아니고 이를테면 우리나라 굴지의 대기업 인사부장이라고 할 때는 그 대기업 자체가 갖고 있는 사회적, 법률적, 심리적 지위력 때문에 더욱더 그 사람에게 신뢰와 존경을 보내고 그의 말을 따르게 되며, 자신의 행동에까지 변화를 가져오는 것이다.

이렇듯 사람들간의 상호작용에 있어서는 지위력이 굉장히 큰 의미를 지닌다. 그렇다면, 부모들은 자녀에게 있어 어떤 지위력을 갖고 있는가? 부모는 자녀에게 명함을 내밀지 않는다. 자녀와의 상호작용 관계에서 부모는 '아버지' '엄마'라는 합법적 지위력을 갖고 있는 것이다. 아버지나 엄마가 밖에서 그 어떤 높고, 낮은 지위력을 갖고 있건 간에 아이들에게는 어디까지나 그저 아버지고 엄마일 뿐이다. 즉, 모든 부모들은 아버지 엄마로서의 합법적 지위력을 자녀와의 상호작용 속에서 발휘하게 되는 것이다.

그런데 문제는 그러한 가정에서의 합법적 지위력을 부모들이 바로 세우지 못하는 데서 발생한다. 생각해 보자. 군대에서 중대장이 '중대장'이라는 합법적인 지위력을 바로 세우지 못한다면 어떻게 되겠는가? 이를테면, 「야, 내가 중대장이 되고 싶어 되었냐? 어쩌다 보니까 너희들 중대장이 된 것인데, 야, 이것도 잠시면 끝나!」 한다면 그가 어찌 부하들을 통솔하고, 부하들이 그를 따라 행동의 변화를 가져올 수 있도록 할 수 있겠는가? 중대장은 중대장이라는 합법적 지위력을 바로 지켜야만 하는 것이다. 그러한 것은 회사에서든, 어느 조직에서든 마찬가지다. 학교에서 교사들이 교사라는 합법적 지위력을 제대로 고수하지 못한다면 교육이 어떻게 가능하겠는가? 가정에서 부모들이 부모로서의 지위력을 곧추세우지 못한다면 어떻게 자녀들의 행동을 변화시키고 바르게 인도할 수가 있겠는가?

그럼에도 불구하고 오늘날의 많은 가정에서 보면, 부모들이 바로 그러한 합법적인 지위력을 저버린 채 그저 돈이나 벌어다 주고, 밥이나 먹여 주고, 옷 입혀 주고, 아이들 해달라는 것 다 해주고, 공부 열심히 잘해서 좋은 대학에 가도록 채찍질하면 그것이 부모로서의 지위를 지키는 것인 양 생각하는 경우가 있다. 가정에서 부모는 부모답게 부모로서의 자리를 지켜야 하는 것이다. 부모는 물론 아이들과 친구처럼 지낼 때도 있지만, 그것은 놀이 과정에서 그런 것이지 부모가 결코 자녀의 친구가 될 수는 없다. 부모는 어디까지나 부모다워야 한다.

얼마 전 보도된 어느 신문 조사에 따르면, 많은 부모들이 집 안에서 텔레비전 채널 선택권을 자녀들에게 빼앗겼다고 한다. 좋게 보면 아이들의 요구를 들어주고 아이들을 아주 자연스럽고 자유롭게 키우는 듯해서 바람직한 일이라고도 할 수 있다. 그러나 다른 한편에서 보면, 이는 집 안에 가장의 권위가 서 있지 않은 것임을 알 수 있다. 몇 번 채널을 시청할 것인가? 외식을 하러 나갈 때, 무엇을 어디에 가서 먹을까? 몇 시에 밥을 먹을까? 이번 여름휴가는 어디로 갈까? 그야말로 모든 일을 아이들 하자는 대로만 부모가 따라해서는 결코 가정에서 부모의 합법적 지위력이 선다고 보기 어렵다. 흔히 어떤 엄마들은 「우리 애 아빠는 애하고 똑같아요. 먹는 것 갖고, 애들하고 다투고, 애들하고 같이 뒹굴고……. 친구도 그런 친구가 없어요」라고 할 때가 있다. 그러나 언제나 매사에 그렇다고 한다면 이는 분명 다시 한 번 깊이 생각해 볼 문제이다.

젊은 사람들 입장에서는 별것 아닌 것처럼 생각되겠지만, 식탁에서 부모로서의 지위력 확보만 보아도 그렇다. 부모님이 식탁에서 수저를 들기 전까지 아이들이 먼저 이것저것 먹어서는 안 된다. 또, 이른이 수저를 놓기 전에 먼저 놓고 냉큼 일어서서도 안 된다. 이런 얘기가 고리타분한 유교식 윤리인 듯보이지만, 이는 위아래간에 지켜야 될 지극히 보편적인 예의일 듯싶다. 오히려 그러한 것을 지키는 가운데 윗사람과 아랫사람 간의 신뢰와 존경이 싹트는 것이다. 그리고 그것이 바로 부모로서의 합법적 지위력을 곧추세우는 하나의 작은 노력이다. 그러나 요즘 많은 젊은 부모들은 그러한 것을 대수롭게 여기지 않는다. 「그저 아무나 배고프면 먼저 먹는 거지 뭐, 먹는 걸 가지고 별걸 다 따지네. 괜찮다, 너희 다 먹었으면 먼저 일어나 가서 텔레비전 봐라」 하고 생각하는 듯보인다.

옛날 우리네 전통적인 가족관계에서 부모들은 부모로서의 권위를 소중히 지켰다. 물론 그것이 너무 지나쳐서 때때로 권위주의적이고, 자녀들에게 이유 없는 반항심을 불러일으키기도 하였다. 지나친 권위주의는 비단 가정에서만 문제가 되는 것이 아니라, 사람이 모여 사는 사회면, 어느 곳에서건 마찬가지이다. 그러나 반대로 요즘 많은 부모들은 자신들의 합법적 지위를 지키지 못하고, 또 지위력 행사를 스스로 포기하는 경우가 많음을 지적해 두지 않을 수 없다.

부모는 단순히 자녀를 낳고, 자녀가 성장하는 것을 돕는 책임만을 지닌 것이 아니다. 부모는 그 가정 고유의 문화를 전승하고, 더 창조적으로 발전시켜 나가는 힘과 권한을 갖고 있는 것이다. 그렇게 해서 가정이라는 하나의 작은 조직단위가 사회 전체의 어떤 문화를 전승하고 창조적으로 발전시켜 나가는 초석을 이루게 되는 것이다. 그러한 역할을 수행하는 것이, 곧 부모로서의 지위를 지켜 나가는 것이기도 하다.

부모는 결코 자녀와 똑같아질 수는 없다. 부모는 부모로서의 자리에 머물러야 하고, 자녀는 어디까지나 자녀의 자리에 머물러 있어야 한다. 그것은 결코 상하의 관계만을 의미하는 것은 아니다. 그것은 살아온 삶의 경험에서 우러나는 농도의 차이를 뜻하기도 하고, 보호

244

해 주는 사람과 보호 받는 사람, 도움을 주는 사람과 도움을 받는 사람간의 역할 분담을 의미하기도 한다. 아이들을 사랑하고, 아이들을 구속함이 없이 자유롭게 키운다는 미명 아래, 부모와 자녀 간의, 아이와 어른 간의 무분별이 가정에 만연되어 있으면, 자녀와의 상호작용을 통해서 그들을 바람직한 방향으로 변화시키기란 결코 쉽지 않다는 것을 강조해 둔다.

부모다운 실력을 키운다

　군대에서 중대장이 부하를 통솔한다. 지금 어떤 고지를 점령하기 위해 작전을 짠다. 그러나 중대장이 어떻게 작전을 짜야 좋을지 몰라서 사병들보고, 「어이, 난 잘 모르겠는데 자네들이 알아서 해보게나?」 했다면 사병들이 그 중대장을 따를 것인가? 실제로는 그런 중대장이 한 명도 없겠지만, '중대장'이라는 합법적 지위력만을 내세워서는 결코 부하를 통솔할 수가 없는 것이다. 군사학교를 졸업하여 전문지식을 쌓고 실무에서의 경험을 축적시켰을 때, 그는 진정 중대장으로서의 지위력을 행사할 수 있는 것이다.

　어느 지위에 처하든 간에 사람은 그 지위에 걸맞는 실력을 갖추어야 한다. 그래야만 사람들이 그 지위력에 복종하고, 그 지위력이 행사되는 방향으로 자신들의 행동을 변화시키는 것이다. 이러한 논리는 가정에서의 부모들에게도 마찬가지다. 부모는 부모다운 실력을 갖추어야 자녀들을 바람직한 방향으로 변화시키고, 그들의 성장과 발전을 도울 수 있는 것이다. 그렇다고 해서 부모가 모두 대학이나 대학원을 졸업하여 학사, 석사, 박사를 해야 된다는 의미는 결코 아니다. 부모다운 실력이란 결코 그런 학벌을 의미하는 것이 아니다.

우리들의 부모님들을 생각해 보면 알 수 있다. 그들이 정말 학벌이 높아서 실력이 많았는가? 그들이 학벌이 높아서 우리 자녀들을 훌륭하게 가르쳐 냈는가? 결코 그런 것만은 아니었다. 나의 부모님처럼 옛날에는 초등학교만 겨우 다니신 분들이 많았다. 그럼에도 그들은 자녀들을 잘 도왔고, 잘 가르쳤고, 자녀들의 행동을 바람직한 방향으로 잘 변화시키지 않았던가? 그렇다면 정말 부모다운 실력이란 무엇인가? 여러 가지로 그 의미를 해석할 수 있을 것이다.

나는 칠순이 훨씬 넘은 부모님을 찾아뵐 때면 늘상 느끼는 것이 있다. 식구들이 둘러앉아서 이런저런 얘기를 한다. 온갖 얘기들이 꼬리를 물고 이어져 나온다. 집안 식구들에 대한 얘기며, 일가친척들에 대한 얘기며, 집안의 대소사에 대한 얘기도 나온다. 손주들에 대한 얘기도 빠짐없이 나온다. 누가 내년에 대학 갈 때가 되었다느니, 누구는 공부를 어떻게 하고 있다느니. 그런가 하면 정치 얘기나 사회문제 얘기도 나온다. 이번의 지방자치 선거에서 여당이 어떠했고, 야당은 어떠했으며, 3당이 어떻고, 어느 후보는 어떻고, '정계 복귀'가 어떻고, 빠짐없이 단골 메뉴로 등장하는 것이 정치 얘기다. 또, 북한 사람들에게는 우리가 꼭 쌀을 주어야 하는 건지, 경수로인가 하는 것은 왜 미국 사람들이 그런 식으로 북한 사람들에게 말려들어 갔는지에 대해서도 이야기하고 「그거 왜, 엄마를 야구 방망이로 때린 중학생 아이 있잖냐?」 하면서, 온갖 사회문제에 대한 얘기도 나온다. 때로는 6 · 25 전쟁 때 한강을 어떻게 건넜고, 부산까지 피난을 가서 거기서 어떻게 살았고, 수복 후에는 또 어떠했고, 시골에서 농사 짓던 얘기 등 참으로 많은 얘기들이 오간다.

그런데 그럴 때마다 놀라운 것은 나는 아직도 부모님한테 늘상 많은 것을 새삼 배우고 일깨움을 받는다는 것이다. 내가 명색이 대학 교수고, 미국에서 교육학 박사학위를 받았지만 '교육'에 대한 부모님의 생각과 말씀을 통해서 다시금 새로운 것을 깨닫게 될 때가 많다. 그것은 교육에 관한 문제에서만은 아니다. 앞서 예거한 정치, 경제, 사회, 문화 등 모든 면에서 나는 늘상 새롭게 깨닫고 느끼는 것이 많다. 특히, 남과 더불어 살아가면서 우리가 어떻게 관계를 맺어야 하는 것인지, 또 남들과는 물론 가족 구성원간에 갈등이 생겼을 때 궁극적으로 그것을 어떻게 관리하는 것이 진정 바람직한 것인지를 새롭게 깨닫게 될 때가 많다.

그러면 그러한 것은 어디에서 연유하는 것일까? 그것은 한마디로 부모님께서 오랜 세월 나보다 더 폭넓고 깊이 있는 온갖 경험을 겪으면서 부모님 가슴속에 차곡차곡 쌓인 지혜에서 연유하는 것이라고 생각한다. 이것이 바로 모든 부모님들께서 그들 자신이 학교를 다니면서 많이 배웠든 못 배웠든 간에 갖고 계신 공통적인 실력인 듯싶다. 그러한 실력이 있기에 우리는 부모님을 더욱 경외하고, 그들의 말씀에 귀를 기울이는 것이 아닌가?

나는 우리 젊은 부모들도 우리네 자녀들에게 바로 그러한 역할을 해줄 수 있어야 한다고 생각한다. 우리의 부모님들처럼 60~70년을 살아온 것은 아니지만, 그동안 스스로 경험한 많은 것에 기초해서 자녀들에게 보다 도움을 주어야만 할 것이다. 그것은 곧 부모들이 이제까지 살아온 자신의 삶에서 언제나 의미 있는 지혜를 반추하여 생각해 보려는 노력을 기울여야 함을 뜻하기도 한다. 우리 자신의 삶에서 축적된 경험을 그들, 그 어린 자녀들에게 환류시켜 주지 못한다면 그것은 부모로서 부모다운 실력을 갖추지 못하는 셈인 것이다. 쉽게 짐작이 가지 않는가? 이미 세상을 겨우 10년 남짓 살아온 아이들에 비하면 우리는 그동안 훨씬 많은 것을 보았고, 많은 것을 들었고, 많은 것을 행동으로 경험하였고, 또 보다 많은 사람들을 만나지 않았는가? 그것이 바로 우리가 부모로서 부모다운 실력을 갖추게 되는 밑거름인 것이다.

부모가 부모다운 실력을 갖추는 데에 꼭 부모가 모든 문제를 해결하는 정답을 갖고 있어야 하는 것은 결코 아니다. 부모는 결코 백과사전이 될 수도 없거니와, 또 그렇게 할 필요도 없다. 교과만 해도 그렇다. 부모님들이 지금 중학교나 고등학교에 다니는 아이들이 배우는 수학문제를 풀 수는 없다. 아이들 교과서에 나오는 역사 연대와 물리 공식을 비록 옛날에 배웠다 해도 그 모두를 아직까지 기억하고 있기는 어렵다.

언젠가 텔레비전에서, 부모님들이 중학교에 다니는 자녀에게 수학을 직접 가르쳐 주기 위해서 낮에 학원에 나와 중학교과정 수학을 배우고 있다는 뉴스 보도를 듣고 나는 어안이 벙벙했다. 그러면 부모들이 언제까지 그렇게 해줄 수 있겠는가? 그러면 그런 부모들은 아이가 고등학교에 다니면 다시금 학원에 가서 고등학교 수학도 배우고, 영어도 배우고, 과학도 배워서 자녀들을 직접 가르쳐 줄 건가?

부모가 그런 실력을 갖추어야 할 필요는 없다. 또 많은 부모들이 그렇게 할 수도 없다. 그러한 실력이 아니라 자녀들이 어떠한 문제에 봉착했을 때나, 자녀들이 어떤 과업에 도전하려고 할 때, 부모들은 그들의 경험을 바탕으로 대안을 제시해 주거나, 또는 그들이 반드시 생각했어야 할 면들을 따져서 점검해 주는 정도의 실력이 필요한 것이다. 연세대학교 도서관에 가면 이러한 사서를 만나게 된다. 어떤 학생이 이러저러한 자료를 찾아야 되는데, 도대체 어디를 어떻게 뒤져보아야 되는지 난감해서 찾아오는 경우가 있다. 그러면 사서는 그 학생에게 안내를 해준다. 대체로 그러한 자료는 어떤 부류의 서적들을 일차적으로 찾아보고, 그래도 안 되면 이차적으로는 어떤 것을 찾아보라고 조언을 해준다. 일종의 중재자, 영어로 얘기해서 브로커 역할을 해주는 것이다. 우리나라 말로 브로커하면 괜스레 남을 등쳐 먹는 부정적인 의미로 느낄 때가 많지만, 실상 브로커의 진정한 의미는 매우 좋은 것이다. 중간에서 다리를 놓아 주고, 안내를 해주는 사람을 뜻한다. 부모 역시 자녀들에게 브로커 역할을 해주는 것이다. 아이들이 일상생활에서 경험하는 모든 일에서 그들 스스로 문제를 찾고, 또 그 원인을 분석하고, 해결방안을 따져 나가는 데 있어 중재자로서의 실력을 갖추어야 하는 것이다.

어느 부모든 간에 그러한 역할을 할 수 있는 중재자로서의 실력을 발휘할 수 있는 경험을 다 갖고 있다. 문제는 그러한 자신의 경험을 바로 살려서 중재자로서의 역할 수행에 사용하려는 보다 세심한 주의와 노력이 부족한 데 있는 것이다. 많은 부모들이 그러한 중재자로서 자녀들을 도울 수 있는 실력을 갖추어야 할 듯싶다. 자녀가 무엇을 물어 오면 그냥 귀찮아서 깊이 생각해 보지도 않고는 불쑥, 「야! 그런 걸 아버지가 어떻게 아냐?」「아버지가 그런 걸 다 알고 있으면, 왜 이러고 사니?」「야, 그거 네 형한테 가서 물어 봐」「야, 너희 선생님한테 가서 물어 봐! 그런 것이 엄마 아빠한테 물어볼 문제야?」「야, 전과는 두었다 뭐 하니, 전과 찾아 봐!」하고 소리를 질러 거부해서는 안 된다. 적어도 자녀와 함께 찾아보려는 마음가짐, 자녀와 함께 궁금해하고, 함께 힘을 합해서 배워 보고 알아보겠다는 자세가 곧 중재자로서의 실력을 갖춘 부모의 모습일 듯싶다.

서울의 어떤 초등학교 1학년에 다니는 아들아이가 자기 엄마에게 이렇게 물었다고 한다.

「엄마, 엄마! 올챙이 있지, 올챙이 말이야.」

「그래, 그런데?」

「엄마, 근데, 올챙이가 개구리가 되는 데 얼마나 걸려?」

「글세, 한 1～2년 걸리나?」

그러면 이때 아이가 속으로 어떻게 생각할까? 역시 우리 엄마는 다른 일에 바쁘시니까 그런 것을 잘 모르시는가 보다, 아니면 역시 우리 엄마는 도시에서만 성장해서 그런 것을 잘 모르시는 거야, 또는 우리 엄마는 하도 옛날에 배워서 모두 잊어버려서 그런 것일 거야.

정말 자녀는 어떻게 생각했을까? 1~2년쯤 걸리지 않겠느냐는 엄마의 반문에 아이는 뭐라고 생각할까? 이 세상에는 참으로 여러 가지 많은 상식이 존재한다. 군이 학교를 다니지 않았어도 알 만한 보편적 상식이 많다. 올챙이가 얼마 만에 개구리가 되느냐 역시 바로 그러한 보편적 상식에 속하는 것 아니겠는가? 올챙이 그 자체를 모르기에 그리 한 1~2년 걸리는 것 아니냐고 아무렇게나 말해서야 되겠는가? 그런 경우 그저 엄마라는 합법적 지위력만으로 아이들의 어떤 행동변화를 선도할 수는 없는 것이다.

부모가 부모다운 실력을 갖추는 데 있어 또 다른 중요한 요소가 바로 위에 적은 보편적 상식인 것이다. 더욱이 요즘 사회와 같이 여러 면에서 전문화가 세차게 일고 있고 일이나 직업의 세계 또는 지식의 범주가 점차 다원화되고 있을 때, 부모의 폭넓은 보편적 상식은 자녀들을 돕는 데 있어 필수적인 요소가 된다. 그래서 부모들도 늘 그러한 보편적 인식을 확대해 나가는 일에 힘써야 한다. 책도 좀 읽고, 신문도 읽어야 한다. 신문을 보더라도 스포츠 신문만 보지 말고 일간신문, 경제신문들을 폭넓게 보아야 한다. 게다가 지면도 사회, 경제, 문화, 정치, 예술 등 모든 면을 좀 골고루 보아야 한다.

그저 저녁만 되면 연속극에나 매달리고, 별로 웃기지도 않는, 또는 아이들조차도 웃으려 하지 않는 코미디 프로그램에 저녁시간을 모두 보내서는 안 되는 것이다. 아이들이 'CD'가 어떻고 하니까 옆에서 그것을 듣던 아버지가 「그게 뭔 말이냐? 왜 누가 C 학점을 많이 받았냐?」 한다면, 아이들은 결코 아버지와 대화를 나누려 하지 않을 것이다. 그리고 아버지나 엄마가 하시는 말씀에 신뢰와 존경도 보내지 않을 것이다.

언제 보아도 부모는 활기가 넘쳐야 한다

군대 얘기를 예로 들어 보겠다. 예컨대, 어느 중대장이 부하 사병들에게 앞에 있는 적진을 향해 돌격하라고 명령한다고 하자. 그럴 때 어떻게 해야만 하겠는가? 중대장이 적진을 공격해서 반드시 승리할 수 있다는 자신감에 찬 목소리로, 「돌격─」이라고 외치며 선봉에 나서야만 사병들도 그 중대장을 따라서 용감하게 돌진할 것이다.

그러나 힘이 빠진 목소리로 「돌격!」 하면 어떻게 되겠는가? 자신도 없고, 선봉에 서기도 싫고, 그래서 앞에 있는 사병들보고, 「어이, 이봐 김 병장, 자네가 좀 공격해 볼래, 응? 박 병장이 좀 해보지. 자, 그러고들 있지 말고 좀 공격들 해라, 어서, 응?」 하는 식으로 공격 명령을 내린다면 그 어떤 사병이 신이 나서 돌진을 하겠는가? 모두가 주춤거리고 뒤로 물러설 것이며, 결국은 그 전투에서 패하고 말 것이다.

한마디로 앞에서 어떤 집단을 이끌고 나가는 사람들은 언제나 박력이 있고 활기가 넘쳐야 한다. 결코 풀이 죽은 모습이어서는 안 된다. 회사의 사장도, 일국의 대통령도, 장관도, 교사도 모두가 마찬가지다. 선생님이 활기가 넘쳐 정열적인 모습을 보이면, 그 어떤 학생도 눈을 거슴츠레 뜨고 있지는 않을 것이다. 대통령이 박력 있고, 자신감에 넘쳐 있으면 그를 뽑은 국민들도 언제나 희망을 잃지 않고 자기 생업 분야에서 열심히 일하며 활기에 차 있을 것이다.

가정에서 부모의 역할도 마찬가지다. 정녕 자녀들에게 꿈과 희망을 심어 주고, 상호작용을 통해서 자녀들에게 어떤 변화를 주려면, 부모는 언제나 활기 넘쳐야 한다. 삶에 대한 강인한 애착, 삶에 대한 적극적인 자세, 미래에 대한 뜨거운 열망이 부모의 모습에서 강하게 느껴져야 한다.

그러나 아이들에게 부모들이 늘 어깨가 축 처진 피곤한 모습으로, 일이 뜻대로 안 된다는 자세로, 미래에 대한 전망이 없는 어두운 모습으로 보여진다면, 아이들은 그런 부모와 상호작용을 통해서 무엇을 느끼고, 무엇을 얻겠는가?

막 어둠이 내려앉은 저녁 무렵, 아버지가 퇴근을 해서 집에 들어섰다. 아파트 문 앞에서 벨을 눌렀다. 안에서 유치원 다니는 작은 딸아이가 문을 열어 주면서 외친다.

「아빠야?」

「그래, 아빠다. 어서 문 열어!」

「응, 아빠구나, 아빠.」

아이는 반가워 아빠 앞에 다가선다. 아빠 허리춤을 붙들고 안기려 한다. 아이의 기대는 아빠가 번쩍 안아 올려 볼에다 뽀뽀해 주며, 「아, 우리 공주님, 오늘 잘 지냈나요?」 하는 정도의 얘기였을 것이다. 그런데 이게 웬일인가?

「어이구, 야 저리 비켜! 더워 죽겠어 끈적거린다, 저리 가.」

아이는 그만 시무룩해져서 뒤로 물러섰다.

「여보, 일찍 들어오셨네요.」

「그럼, 뭐 12시에 들어올 줄 알았어?」

「아뇨, 다른 때보다 일찍 들어오셨단 얘기예요.」

「밥 다 됐어? 밥이나 줘.」

「지금, 막 안쳤는데요.」

「아니 여태까지 뭐 하고?」

「아니에요, 다른 때처럼 한 거예요. 오늘 당신이 조금 일찍 들어오셨으니까 그렇지요.」

「이건 일찍 들어와도 탈이네.」

「아니, 누가 일찍 들어오셔서 뭐 잘못했다는 거예요?」

「아, 잔소리 말고 빨리 밥이나 줘.」

「알았어요. 가서 우선 씻기나 하세요. 아니, 그런데 왜 미영이는 그러고 섰니?」

「아빠가 귀찮대. 저기로 가래.」

「아니, 당신 왜 어린애한테 짜증을 내요?」

「짜증은 누가, 짜증을 냈다고 그래!」

「그럼, 왜 애가 저래요. 좀 안아도 주시고 그러지요.」

「안아 주긴, 젠장, 뭘 만날 안아 줘!」

「아니, 오늘 이이가…….」

「아, 저리 비켜! 힘들어서 원. 근데, 날씨는 왜 이렇게 더워.」

돌아서서 부엌으로 들어가는 아내나 소파 구석에 가서 어떻게 해야할지 몰라서 가만히 서 있는 딸아이나 모두가 기분이 엉망이다. 아내는 속으로 이렇게 생각했을지도 모른다.

「아니, 뭐, 자기 혼자만 돈 벌러 다니나. 세상 남자 모두가 하는 일인데 괜스레 들어오면서부터 짜증이야. 뭐 집에 있는 사람은 만날 신이 절로 나는 줄 아는가 보지!」

아내 역시 어깨가 축 처졌다. 밥할 기분이 나지 않는다. 그냥 되는 대로 아무렇게나 끓였다. 별로 말없이 세 식구가 밥을 먹었다. 남편은 밥을 먹자마자 소파에 가서는 프로야구 중계방송을 보고 있었다.

그러더니 어느새 코를 골고 있지 않은가! 아이도 그런 아빠가 싫었던지 자기 방에 들어가서 나오지 않는다. 설거지를 마친 아내가 결국 남편에게 소리를 지른다.

「아, 그렇게 졸지 말고, 들어가 편히 자요! 꼭 텔레비전을 켜놓고 졸아!」

이내 남편은 들어가 제대로 씻지도 않고 누워 버렸다. 아내는 그 옆에서 누워 자려니 자꾸 남편의 입과 몸에서 배어나오는 찌든 냄새 때문에 기분이 더 엉망이 되었다. 이렇게 해서 그날은 온 식구가 그야말로 침체된 하루저녁을 보낸 셈이 되었다. 그러면 어디서부터 문제가 싹튼 것일까?

퇴근해서 아파트 문 안에 들어서면서부터 시작된 것이다. 물론, 그 원인이야 밖에서 이런저런 일로 생겼을 것이다. 회사에서 일이 잘 안 되었건, 윗사람에게 좀 싫은 소리를 들었건, 또는 괜스레 집에 오다가 자기의 신세가 좀 한심하다고 느껴져서 그랬건 그 원인이야 여러 가지가 복합적으로 어우러졌을지 모른다.

그러나 아무리 그렇다고 해도 철모르는 딸아이가 반가워서 소리치며 안기려 했을 때는 모든 것 다 잊어버리고 아빠가 좀 신이 나서 활기찬 모습을 보여 주어야 하지 않겠는가? 아빠가 활기찬 모습을 보였다면 딸아이도 엄청 신이 났을 것이고, 또 아내도 더불어 신났을 것이다. 그리고 저녁밥도 아주 맛있게 지었을 것이고 저녁식사 시간도 퍽이나 활기에 넘치고 화기가 돌았을 것이다.

최근에 「간이 큰 남자」에 관한 우스갯소리가 사람들 입에 회자되면서, 한국 남자들의 축 처진 모습을 얘기하는 것을 자주 들었다. 한국 남자들, 참 열심히 일하는 사람들이라고 생각한다. 그럼에도 불구하고 왜 그들은 활기차지 못한 것일까? 너무도 피곤하고 지쳐서 그런 것일까, 아니면 일한 만큼 돈을 벌지 못해서 그러는 것일까, 또는 그저 일만 하고 하나도 즐기지 못해서 그러는 것일까?

요즘 우리 사회를 보면 전체적으로 사람들이 활기를 잃어 가고 있는 듯 느껴질 때가 많다. 직장 생활도 진정한 의미가 없이 무목적적으로 하는 경우가 많은 듯하다. 그저 아침에 일어나면 세수하고 밥먹고 직장으로 발걸음을 돌린다. 회사에 도착해서는 그저 평상시처럼 자판기에서 커피 한잔 뽑아 먹고는 일을 시작한다. 저녁이 되면 집이니까 그냥 돌아와서 씻고, 저녁 먹고, TV 뉴스나 보고, 그런 후 영화나 연속극을 잠깐 보다가 지쳐서 쓰러져 자는 경우가 많다. 그렇게 한 주일이 지나고 나면 주말이 되고, 주말이 되어서 어딘가 바람 좀 쐬러 나갈까 궁리해 보지만, 차는 막히고 특별히 갈 곳도 없다 보니 집에 앉아서 프로야구 중계나 보면서 하루를 보낸다. 그리고 월요일 아침 다시금 출근하고, 이렇게 지내다 보니 활기를 점점 잃는 사람들이 많다. 직장에도 몸만 가 있고 마음은 어디로 갔는지 잘 모르겠고 삶에 대한 뜨거운 정열도 잃어 버리는 것이다. 이름하여 심리적 이탈을 경험하는 사람들이 많은 것이다.

　그렇다면, 그 근본적인 이유는 무엇일까? 그것은 한마디로 삶에서의 의미 상실이라고 하겠다. 살아가는 데 있어서 나름대로의 어떤 확실한 의미를 찾지 못해서 그럴 때가 많다. 사람은 다른 동물과 달리 무슨 일이건 의미가 있어야 활기에 차는 법이다. 그 일이 비록 하찮은 일이라 해도, 의미를 지닌 사람은 그 일에 온갖 노력을 쏟게 되며 그것이 곧 그의 활력이 되는 것이다.

　공부를 하는 데 있어서도 성적이 향상되는 보람을 느끼거나 자기 나름대로 설정한 어떠한 목표를 성취하는 데 있어서 의미를 느끼는 아이들은 공부를 활기 있게 열심히 한다. 지금 한국에서 교육개혁이 안 되고 있는 이유 중 분명한 한 가지는 선생님들이 그런 활기를 잃었기 때문이다. 선생님들이 그야말로 정열이 가득 차서 아이들을 활기 있게 가르친다면, 많은 문제들이 해결될 것이다. 교육개혁에서는 무엇보다도 교사들이 그런 활기를 되찾을 수 있도록 만들어 주는 일이 먼저 추진되어야 하는 것이다.

　가정에서 부모들이 심리적 이탈을 극복하고 활기 있는 삶을 가지려면, 부모 스스로 자신의 삶에서 의미를 찾아야 한다. 부모가 그것을 못 찾아서 그저 만날 짜증이나 내고 축 늘어지면, 자연히 자녀들도 그렇게 되게 마련이다. 그러나 그 어느 누구도 매일같이 활기가 충천해서 사는 사람은 없다. 어떤 날은 날씨가 흐리듯 늘어지기도 하고, 또 어떤 날은 뜨거운 태양이 이글거리듯 활기차기도 하다. 그럼에도 자녀들에게는 부모가 어떤 모습이냐 하는 것이 매우 중요하므로 부모들은 언제나 자녀들에게 활기찬 모습을 보이려고 노력해야만 한다. 비록 밖에서는 지치고 피곤하였어도 일단 집 안에 들어서면 활기가 넘치도록 노력해야 한다.

「여보! 나 왔어요.」

「오셨어요. 애들아, 아빠 오셨다.」

「야, 아빠 오셨다, 아빠.」

「그래, 너희들 오늘 잘 지냈니? 열심히 놀고, 또 열심히 공부도 했고?」

「그럼, 근데 아빠, 아까 은석이 놀이터에서 울었다.」

「우리 은석이 울었어? 은석은 웬만해서 안 우는데…….」

「어떤 애가 머리에 모래를 끼얹었어.」

「어, 그랬구나, 그 녀석 나쁜 아이구먼! 그래, 어디 보자. 아빠가 볼까.」

「다 씻었어.」

「그랬구나…….」

　아이들과 이런 얘기를 한번 활기차게 나누어 보자. 그러면 아이들의 눈빛이 달라질 것이다. 아이들도 신이 나서 활기에 찰 것이다. 또 아내 역시 활기에 차서 저녁식사를 준비할 것이다. 부모들이여! 아이들을 똑바로 쳐다보면서 하루에 딘 한 빈민이라도 힘차게 밀을 건네 보라. 그런 부모와 상호작용하는 아이들은 곧바로 생각과 행동에서 변화를 가져올 것이다.

자녀를 심리적으로 더욱 보상한다

아이들이 공부를 잘하면 부모들은 여러 가지 방식으로 보상하려 든다. 아예 그런 보상 조건을 미리 내세워 놓는 부모도 있다. 이는 어쩌면 앞서 이야기한 욕구구조화 접근과 비슷한 행동 양태이다. 이를테면, 이번 학기말시험을 지난번 중간시험 때보다 더 잘 봐서 10등에서 5등까지 올린다면, 컴퓨터를 새 기종으로 바꾸어 주겠다든지, 반대로 성적이 떨어지면 어떻게 벌을 주겠다는 식의 조건을 내세우기도 한다. 설혹 조건을 내세우지 않아도, 부모들은 아이들이 공부를 잘하면 으레 그에 상응하는 보상을 한다. 예컨대, 아이가 갖고 싶어하는 어떤 것을 사준다든가, 아예 현금으로 얼마를 준다든가, 어디 여행을 보내 준다든가, 좋은 곳에 데리고 가서 맛있는 것을 사먹인다든가 갖가지 보상을 한다. 그러나 이런 것들은 대체로 물질적인 보상이다.

물론, 이러한 물질적인 보상이 불필요한 것은 아니다. 물질적인 보상은 그것 나름대로 가치를 발휘한다. 고마움의 표시도 되고, 또 성취동기도 강화시켜 준다. 그러나 대체로 이러한 물질적 보상은 그 효과가 오래 지속되지 않는다. 짧게는 그날 하루뿐이고, 그 이튿날부터는 언제 그런 보상이 있었나 싶게 유야무야될 때도 많다. 그래서 사람들은 물질적 보상을 자주 하게 되고, 또 할 때마다 고심한다. 왜냐하면 지난번의 보상보다 좀 더 큰 보상을 하려 하기 때문이다. 마치 약을 먹을 때 어떤 약은 너무 오래 복용하다 보면 상대적으로 그 효과가 떨어져서 결국엔 양을 늘리거나, 약효가 몇 배 강한 약을 써야 되는 것처럼 말이다.

남편이 모처럼 외국에 여행을 갔다 돌아오는 길에 큰맘먹고 아내를 위해 예쁜 스카프 하나를 사왔다. 대부분의 아내들은 퍽 고마워한다. 물론 어떤 아내들은 타박을 하기도 한다. 이것 싸구려 아니냐, 어디에서 샀느냐, 색깔이 왜 이러냐, 당신은 속아 샀다, 물건을 볼 줄 모른다, 센스가 없다, 유행에 어둡다 등의 표현으로 트집을 잡는 아내도 있다. 그런 경우, 남편들은 속으로 결심한다.

「다시는 내가 뭐 사다 주나 봐라. 내가 또다시 사오면 성을 갈지. 괜히 사다 주고 욕먹었잖아! 돈 쓰고 욕먹고.」

너무도 감동하면서 받아 쥔 아내들은 그럼 어떤가? 그 스카프를 볼 때마다 남편에게 고마워하고 1년이 지났는데도 그 스카프를 사용할 때는 「여보! 참, 이 스카프 당신이 사다 주신 것, 정말 생각만 해도 고마워요!」 하는 아내가 몇이나 되겠는가?

지금 나는 그렇게 말하지 않는 아내들을 비난하는 것이 아니다. 내가 강조하려는 것은, 물질적 보상이란 그 효과가 장기간 지속되지 않는다는 것이다. 매우 단시적인 효과만 있을 뿐이라는 것이다. 그렇다면, 어떤 보상이 진정 장기간 인식되고 의미 있는 보상이겠는가? 그것은 한마디로 심리적 보상이라고 말할 수 있다.

심리적 보상이란 그러면 무엇인가? 그것은 상대방의 존재를 인정해 주는 것이다. 남에게 무시당할 때 사람들은 가장 서러워한다. 차라리 돈이 없어 춥고 배고프고 힘든 것은 견디지만, 남으로부터 갖가지 이유로 무시당해서 마음이 아픈 것은 견디기 어려워한다. 때로는 정말 고통 어린 심리적 갈등을 겪는다. 이를테면, 남보다 배우지 못했다, 남보다 가난하다, 남보다 못생겼다, 고향이 어디다, 남보다 자식이 못났다는 등의 이유로 무시당할 때 사람들은 가장 서러워한다.

오늘날 우리네 학교교육에서 문제가 되고 있는 것 중의 하나가 많은 아이들이 오로지 공부 못한다는 이유 하나만으로 무시당하고 있다는 것이다. 많은 아이들이 공부 못한다는 죄목 하나로 공부 잘하는 친구들로부터, 선생님으로부터, 또 집에 오면 부모로부터, 길거리에서는 동네 사람들로부터 무시당하고 있다. 그들이 그렇게 무시당한 채로 그저 교실의 자리 하나 채우는 역할만 하다가 학교 밖으로 쫓겨나면, 그야말로 받아 주는 곳도 없고, 그들 스스로 찾아갈 곳도 없다.

그렇게 해서 우리의 소중한 수많은 청소년들이 방황하고 있다는 것이 지금 우리네 교육의 심각한 문제다. 더욱이 정부의 교육개혁이니 하는 정책들은 언제나 공부 잘하는 학생들에게만 관심을 갖는 데에 집중되어 있다. 그렇게 무시당하는 보다 많은 수의 학생들에게는 관심이 없는 듯해서 안타까울 때가 많다. 하여간, 학교에서의 청소년들이건 사회에서의 어른들이건 간에 자신의 존재를 인정받지 못하고 무시당하는 것보다 서러운 것은 없는 것이다. 심리적 보상은 바로 이러한 서러움을 씻어 주고, 그들 역시 모두가 하나의 존엄한 인격체임을 인정해 주는 것이다.

그런데 가정에서 부모들은 자녀들에게 이러한 심리적 보상을 제대로 해주지 못함으로써 자녀와의 상호작용에 실패하고 있는 것이다. 그저 물질적 보상만 잘해주면 된다는 부모들의 태도로 인해 물질적 보상의 효과는 더 떨어지고 청소년들의 문제는 더욱 심각해지는 것이다.

그렇다면 자녀들에게 진정으로 의미 있는 심리적 보상에는 어떤 것이 있겠는가? 여러 가지 방법이 있겠지만 그중에서도 제일 중요한 것은 자녀들을 하나의 독립된 인격체로 존중하는 것이다.

어느 아파트에서 있었던 일이다. 초등학교 5학년과 6학년에 다니는 연년생 형제를 둔 그 집 아버지가 갑자기 대구로 발령을 받았다. 아이들이 아직은 초등학교에 다니고 있으니 교육에 별 지장은 없을 것이라 생각하고 온 식구가 아버지를 따라 이사를 하기로 했다. 그러나 문제는 그 집 부모가 아이들에게 그런 얘기를 해주지 않았던 모양이다.

아파트가 쉽게 팔리지도 않고, 2~3년 후면 다시 서울로 올지도 모른다 싶어 전세를 놓기로 작정했다. 전세는 다행히도 금방 나갔다. 대구에 아파트 전세를 얻으러 다니느라 아이 엄마는 바빴다. 그 와중에 아이들이 알게 되었다. 이내 이사할 날짜가 되어 이삿짐을 꾸리기 시작했다. 이때 큰아이가 엄마에게 물었다.

「엄마, 우리 이사해?」

「응, 왜?」

「어디로 가는데?」

「대구로, 아빠 대구로 발령받으셨잖아. 너 몰랐니?」

「언제 엄마가 얘기했어?」

「그걸 꼭 얘기해야 아니?」

「그래도.」

「어서, 너희들도 너희 방 짐 챙겨 놓아라. 그래야 엄마가 쌀 것 아냐?」

「엄마 아빠만 이사하세요. 준규랑 나는 이 집에서 살 거예요.」

「그게 무슨 소리야?」

「우린 여기서 산다니까요. 언제, 엄마 아빠가 저희한테 뭐 의논하셨어요?」

「뭐라고, 이 녀석들 봐라.」

「저희도 이 집 식구예요. 우린 끌려가는 개가 아니라구요?」

「요 녀석들이! 아니, 너 지금 뭐라고 했어, 반항하는 거냐? 너희들 그렇게 속 썩일 거야!」

결국 이 실랑이는 이사하는 날 아침까지 이어졌다. 물론 나중에 아버지가 아이들에게 미안하다는 얘기를 하고, 설득도 하고, 야단도 치는 등 온갖 수단을 다 동원해 아이들 마음을 달래서 함께 무사히 이사를 했다. 그러나 이로 인해 아이들 가슴속에 가라앉은 앙금은, 자신들이 부모로부터 겨우 「너희는 어린애니까, 어른들 하는 대로 따라만 하면 된다」는 식의 대접을 받고 있다는 생각이다. 아이들도 그들 나름대로의 존엄한 인격체임을 인정받고 싶어한다. 비록 그 아이들이 결과적으로는 부모님 말씀에 따르겠지만, 그들은 그 이전에 최소한 아버지가 전근을 가시게 되었다는 점과 이 집은 훗날 너희들이 또 서울 와서 공부하게 될지 몰라 그냥 전세를 놓는다는 얘기를 들을 권리를 생각한 것이다. 그렇다고 해서 그들이 무슨 뾰족한 대안을 내놓을 수 있는 나이도 아니고 처지도 아니지만, 그런 일을 논의하고 궁리하는 과정에 자신도 참여했다고 느끼게 하는 것이 무엇보다 중요하다.

우리집 작은아이가 유치원에 다닐 때의 얘기다. 애 엄마가 아이의 방을 청소해 주다가 침대 밑 서랍에 있는 양말 속에 동전 몇 개가 들어 있는 것을 보았다. 녀석이 돈을 여기다 모아 놓았구나 하는 생각에 엄마는 그것을 그냥 그 자리에 가만 놔두었다. 그저 가만 놔두었으면 그것으로 끝났을 터인데, 엄마는 다른 얘기를 하다가 무심결에 아이에게 그 얘기를 했다.

「엄만 알아, 해석이 돈 많더라!」

어린아이는 무슨 큰 죄라도 지은 듯이 얼굴색이 바뀌었다. 더욱이 그때 우리 작은아이는 생후 4년 동안 떨어져 살다가 엄마 아빠와 함께 살기 시작한 지 두세 달밖에 안 되었을 때였다. 왜냐하면 아버지인 나는 아이 엄마가 그 아이를 임신한 것만 알고 독일로 유학을 떠났고, 아이 엄마는 그후 혼자 있다가 애를 낳고 그 갓난아이를 시어머니한테 맡긴 뒤 큰아이만 데리고 독일에서 미국으로 건너간 남편을 돕기 위해 미국으로 와버렸기 때문이다. 그래서 우리가 공부를 끝내고 돌아왔을 때 아이는 벌써 다섯 살이 되었다. 그리고 우리는 「피는 못 속인다」라는 말 한마디만 믿고, 그 아이를 데려다가 함께 살기 시작한 것이다. 그러나 갈등은 의외로 컸다. 우리는 꽤나 오랫동안 고생했다. 그 아이도 힘들었고 우리도 몹시 힘들었다. 더욱이 그런 때 엄마의 그런 말 한마디는 아이의 얼굴색을 바꾸기에 충분했다.

「음, 근데 해석이 너 그 돈 어디서 났니?」

아이는 대답이 없었다. 아마 아이는 두 가지 일에 힘들었던 것같다. 하나는 엄마가 자기 서랍을 뒤져 자기의 은밀한 곳을 엄마에게 들켰다는 생각 때문이었고, 다른 하나는 혹시나 엄마가 그 돈이 어디에서 났는지 의심하는 것 아닌가 싶어 힘들었던 모양이다. 물론 그후 우리는 그 일로 아이와 더욱 가까워졌고, 아이를 이해하게 되었다. 아이는 이따금 엄마 아빠가 과자 사먹으라고 준 돈을 모아 두었다가 자기를 길러 주신 할머니한테 혼자서 버스 타고 가겠다는 속셈으로 그랬음을 알고 우리는 아이에게 더욱 미안해했다.

그러나 사실 여기서 더 큰 문제는 아이의 그런 자기만의 세계를 침범했다는 사실이다.

사람은 누구나 자기 혼자만의 비밀스러운 세계를 갖고 있다. 그것은 어른이나 애나 마찬가지다. 많은 아내들이 남편 몰래 자기 통장을 하나씩 갖고 있는 경우도 그렇다. 아이들은 자기 방을 자기만의 공간으로 가꾸고 싶어한다. 그 속에서 아이들은 자기들의 생각을 펴고, 자기만의 자유로움을 만끽한다. 일기를 쓰고, 물건을 남이 보이지 않는 곳에 넣어 두고, 돈을 아끼면서 모아 놓기도 한다. 그런 사실을 부모들이 이따금 아이들 방을 치워 주다가 우연히 발견한다.

이때 어떤 부모들은 일기를 몰래 들여다보기도 한다. 물론, 필요에 따라서는 아이를 도와주기 위해서 그럴 수도 있다. 그러나 결코 그것을 노출시켜서는 안 된다. 그것이 공개되었다는 데 대해 아이들이 느끼는 수치심은 엄청 크다. 오히려 모르는 체하고, 아이들만의 그러한 세계를 높이 인정해 주고 보호해 주고 격려해 주는 일이 중요하다. 작은 일에서 아이들의 인격을 존중해 주는 것이 곧 아이들에게는 엄청난 심리적 보상이 되고 있음을 부모들이 인식해야 한다.

그렇기에, 우리는 남 보는 앞에서 함부로 아이들에게 야단을 쳐서도 안 된다. 그들이 모욕이나 수치심을 느껴서 인격에 손상을 입었다고 느끼면, 그것은 맛있는 것 한번 사주는 것으로 쉽게 치유되지 않기 때문이다.

「너희들이 알긴 뭘 알아? 너희는 너희 할 일이나 해, 너희는 자리
비켜 주는 것이 엄마를 도와주는 거야! 너희는 참견 마라. 너희는
그저 시키는 대로만 해!」

이처럼 아이들이 어리고 아직은 세상을 모른다고 해서 아이들을 무시하려 들면 부모가 물질적인 보상을 아무리 잘해 주어도, 결국 그들이 가슴속에 느끼는 그 어떤 공허함은 결코 채워지기가 어렵다. 그런 경우 부모와의 상호작용 속에서 아이들의 행동이 변화되기란 지극히 어려운 일이다.

우리 부모가 누구인지 자랑스럽게 말할 수 있다

작년 추석이 며칠 지났을 때의 얘기다. 추석 때 고향에 다녀온 우리 교육학과 대학원생 한 명을 만났다. 같은 과의 선배 교수님 방에서 조교로 일하고 있는 원생이었는데, 내가 그 교수님 방에 갔다가 만난 것이다.

「선생님, 저 이번에 시골집에 갔다가 기분 되게 좋았어요.」

「왜? 엄마가 신랑감이라도 마련해 놓으셨냐?」

「아뇨.」

「그러면 왜?」

「시골 집안 어른들이 모두 선생님 아느냐고 물으시던데요?」

「그게 무슨 말이야?」

「모두가 이성호 선생님 아냐고 물으시더라고요.」

「그래서?」

「그래서 제가 저희 과 선생님이신데 학부 때도 배웠고 대학원 때도 배웠다고 하니까, 모두들 넌 참 좋겠다고 하셨어요.」

「그래? 기분 좋구면.」

작년에 내가 KBS 1TV의 '아침마당' 프로그램에 출연하여 세 번 특강을 했었는데, 그 원생의 시골 어른들이 그것을 보시고는 우리 원생에게 그렇게 말한 것이었다. 그러나 그때 나는 내심 내가 가르친 학생들과 그 방송강의를 들은 수많은 사람들에게 정말로 그렇게 칭찬을 받을 만한가를 다시금 돌이켜보게 되었다.

사람들은 이렇듯 살아가면서 누구를 아느냐, 내가 누구를 잘 안다, 내가 누구와 친구다, 내가 누구와 자주 만나는 사이다, 내가 누구의 제자다, 내가 누구를 모시고 일한다, 내가 누구로부터 이런 얘기를 들었다 하는 식으로 서로서로 조회를 한다. 서로가 서로를 거론하며 살아간다. 그렇게 해서 자신의 입지를 분명히 하기도 하고, 또 자신에 대한 신뢰를 보다 강하게 내세우기도 한다. 그렇기에, 나는 언제나 이런 생각을 하면서 지낸다. 아마 이런 생각은 이 땅의 모든 가르치는 입장에 있는 사람이라면 마찬가지겠지만, 나는 내게서 배운 학생들이 훗날 밖에 나가서 「저는 이성호 선생님한테서 배웠습니다」 하는 얘기를 자신있게 자랑스럽게 할 수 있겠는가를 생각한다. 적어도 학생들이 그런 얘기를 주저하지 않고 당당하게 할 수 있도록 가르쳐야만 되지 않겠는가? 혹 학생들이 내 이름 석자를 들먹거렸다가 무슨 손해를 입거나 어떤 일을 망치는 경우가 생겨서는 안 되지 않겠는가 하는 일념으로 나는 학생들을 만나고 가르치려고 애써왔다. 그래도 언제나 부족하고 부끄럽다는 가책을 느낄 때가 많았음을 고백하지 않을 수 없다. 이를테면, 만에 하나 어떤 학생이 누군가에게 이렇게 말했다고 하자.

「이성호 선생님이 제 지도교수이셨습니다.」

「아, 그래? 그 연세대 이성호 교수 말이지?」

「네.」

「그래? 그리 배울 사람이 없어서 이성호 교수한테 배웠냐, 그런 사람이 네 지도교수였다면 더 이상 알아볼 것도 없구나. 그런 형편

없는 친구한테 배웠다니 뭘 배웠겠나.」

이렇게 말한다면 어떻게 되겠는가? 그러나 그와는 반대의 경우를 가정해 보자.

「이성호 선생님이 제 지도교수이셨습니다.」

「아, 그래? 그 연세대 교육학과 이성호 교수님 말이지?」

「네.」

「그래, 넌 참 훌륭한 선생님 밑에서 배웠구나. 그랬다면 틀림없겠구먼. 됐어, 자네에겐 더 이상 물어볼 것 없어!」

이 경우 「이성호 교수로부터 지도받았다」는 것은 물건으로 치자면 하나의 상표 같기도 하다. 「연세대학교라는 회사에서 이성호라는 사람이 만들었다」고 표현하면, 이것은 지나치게 물량적이고 경제적인 표현이겠지만, 내가 얘기하고 싶은 것은 이처럼 사람간의 조회는 서로 조회되는 그 사람을 통해서 조회하는 사람에 대한 신뢰를 형성하게 된다는 것이다. 그래서 사람들은 괜스레 얘기했다가 자신에게 불리하다 싶으면 전혀 조회를 안 하지 않던가? 또는 아예, 그런 사람 모른다고 잡아떼지 않던가?

가정에서 부모들의 경우도 마찬가지일 듯싶다. 자녀들이 밖에 나가서든 집 안에서든 나는 누구의 아들이다, 나는 누구의 딸이다, 우리 아버지는 누구이다, 우리 엄마는 누구이다 하는 얘기를 자랑스럽게 할 수 있어야 한다. 옛날 우리 조상들이 집안의 역사와 전통을 중히 여겼던 것도 그런 이유 때문이 아닌가 싶다. 가문을 소중히 여기고 내가 전주 이씨 42대손이오, 내가 태조대왕 때부터 따지면 21대손이오, 정종대왕 파요 하면서 족보를 따지는 것도 어떻게 보면 조상들에 대한 당당한 조회를 통해서 지금의 나, 오늘의 나에 대한 다른 사람으로부터의 신뢰를 더욱 공고히 하려는 것 아닌가.

그렇다면 우리는 부모로서 우리 자녀들이 그런 말을 당당하게 할 수 있도록 하고 있는가? 나는 내 두 아들이 밖에 나가서 우리 아버지는 이성호 교수다, 우리 엄마는 김화동이다 라고 정말 자신있게 말할 수 있도록 하고 있는가? 아이들도 다 생각이 깊다. 아이들도 각기 자기 나름대로 기준을 가지고 엄마 아버지를 들여다보고 판정한다. 집 안에서 엄마 아버지의 일거수 일투족을 보고 있지 않은가? 그때 정말 아이들은 엄마 아버지를 존경하고 있을까? 혹여 속으로는 「어이구, 저렇게들 하면서 밖에 나가서는 교수라고들 그러는가? 사람들이 뭘 몰라서 그렇지!」 하지는 않는가? 그렇다고 집 안에서 아이들에게 가식을 하고, 위선을 하고 그래서도 안 된다. 물론 그렇다고 해서 아이들이 모르겠는가? 허구한 날 반성하고 또 반성해 보는 일 중 하나가 바로 그것이다. 진실로 나는 저 아이들에게 아버지로서 당당하게 조회될 수 있는가, 혹 저 아이들이 내가 자기들의 아버지임을 밖에 나가서 부끄럽게 느끼지는 않을까 하는 생각을 하면서 아이들을 바라볼 때가 많다. 그리고 나는 그 아이들과 대화를 할 때면 이따금 싱겁게 이런 질문을 하기도 한다.

「야! 너희들 보기에 이 아버지가 너희 아버지로서 좀 창피하게 느껴질 때가 많지?」

그러면 아이들은 이구동성으로 말한다.

「아녜요. 우린, 아버지를 존경해요, 방귀를 일부러 우리 코 앞에 와서 뀌고 가고, 양말 벗어서 우리한테 고린내 맡으라고 던질 때만 빼고요.」

농담을 하면서도 아이들은 부모에 대한 신뢰와 존경을 표해 주어서 고맙게 느낄 때가 많다. 그러나 그것은 또 한번의 반성의 기회도 된다.

결국 그러한 반성이 가져다 주는 핵심은 한마디로 내가 인격적인 덕망을 얼마나 갖추었느냐인 것이다. 참으로 내가 인격적으로 아이들에게 설 수 있는가? 나는 그들에게 떳떳한 양심으로 나설 수 있는가? 겉 다르고, 속 다르고, 말 다르고, 행동 다른 것은 아닌가? 가정에서고, 회사에서고, 어디에서고 윗사람이 아랫사람에게 내보여야 하는 제일 중요한 것은, 그리고 가장 포괄적인 것은 바로 그러한 인격적인 덕망일 듯싶다. 누구든 그것을 완벽하게 갖추기란 어렵지만 인격적인 덕망을 제대로 갖추면, 우리는 다른 사람으로부터 조회받게 되는 것이 아닌가 생각한다. 그래서 나는 아이들에게 나 자신을 솔직하게 드러내 보이면서, 그 속에서 진실로 나 자신의 인격을 가꾸려고 노력하고 있는 것이다.

부모라는 이름 하나로만, 그 어떤 경우도 바꿀 수 없는 부모와 자녀 간의 필연적인 관계라는 명분으로만, 무조건 아이들이 부모를 따라올 것이라고 생각할 수는 없다. 부모와 자녀와의 상호작용은 결국 부모들이 어떠한 인격을 갖춤으로써, 자녀들이 속으로든 겉으로든 자신의 부모임을 자랑스럽게 말할 수 있어야만 가능한 일인 것이다. 그리고 그러한 상호작용 속에서 진정 부모는 자녀의 의식이나 행동의 변화를 이끌어 내는 것이다. 생각해 보자. 내가 믿지 않고, 내가 존경하지 않고, 내가 자랑스럽게 말하지 않는 사람을 내가 어찌 따라가겠는가? 우리 모두 자녀가 자랑스럽게 생각하고 이야기할 수 있는 부모가 되도록 노력하자.

제6장

자녀를 돕는 데는 또 어떤 방법들이 있는가

이제까지 이 책에서는 크게 나누어 다섯 가지 문제를 다루었다. 우선 제1장에서는 우리는 어떤 믿음으로 자녀 교육을 해야만 되겠는가를 생각해 보았다. 제2장에서는 지금 우리들의 자녀인 신세대는 도대체 어떤 환경에서 성장했는가를 따져 보았다. 우리 부모들 자신이 그들의 성장을 도왔지만, 때로는 부모 자신들도 그들이 어떤 환경에서 무엇을 느끼며 성장했는지 모를 때가 있는 것 아닌가 싶어서였다. 그리고 제3장에서는 신세대 자녀들을 이해하려면 그들과 어떤 식으로 대화를 해야만 되겠는가를 설명해 놓았다. 제4장에서는 우리네 자녀들이 다가올 21세기를 스스로 개척해 나가기 위해서, 우리는 그들에게 어떠한 사고와 행동을 갖도록 도와야 하겠는가를 적었다. 제5장은 그러한 신세대 자녀들을 우리네 부모가 제대로 도와주려면, 부모 자신들은 무엇을 어떻게 갖추어야만 하는가에 대해 몇 가지 제시하였다.

혹자는 우리 아이들을 정말로 어떻게 하면 공부 잘할 수 있도록 할 수 있는가에 대한 해답은 이 책 속에도 없지 않은가 하고 물을지도 모른다. 사실, 그러한 문제에 대한 뾰족한 정답은 없고 단지 몇 가지 제안들은 있을 수 있다. 앞서 작년에 출간된 《지금 당신의 자녀가 흔들리고 있다》에서도 나는 내 나름대로 자녀 교육에 대한 여러 가지 방법들을 예로 제시해 보았다. 그래도 독자들은 흡족하지 않았는가 싶다. 많은 사람들이 더 많은 것을 소개해 주고 설명해 주길 바랐다. 이미 이 책에서도 나는 다시금 이 책을 읽는 많은 독자들을 위해, 마지막 제6장에서는 좀 더 구체적인 전략과 방법들을 몇 가지 소개하고자 한다. 그러나 여기에 적은 방법들은 그 어떤 상황에나 적용될 수 있는 성질의 것은 아니다. 다만 비교적 많은 사람들에게 보편적으로 사용되어 큰 효과를 거두었다는 방법들을 몇 가지 적어 놓는 것이다. 그러므로 나는 독자들 스스로 그것을 선택하고, 변형시키고, 또 그 속에서 어떤 새로운 아이디어가 싹터 나와서 자기만의 독특한 방법을 개발할 수 있게 되기를 바란다.

끝으로 이 장에서 소개할 여섯 가지 방법들은, 자녀의 창의적 사고력을 개발한다든가, 자녀의 자아에 대한 자긍심 또는 긍정적 지각을 형성시켜 준다든가 하는 것 등에 복합적으로 도움을 줄 수 있는 방법들임을 밝혀 둔다.

소리 내어 스스로 가르친다

자녀의 공부를 도와주려는 많은 부모들이 호소하는 공통된 문제의 하나는 어떻게 하면 아이가 주의를 집중해서 공부를 잘할 수 있도록 하느냐는 것이다. 이를테면, 책상 앞에 앉아 있기는 한데 머릿속에서는 딴생각을 한다는 것이다. 그저 멍하니 창밖을 내다보고 있거나, 눈은 책을 보면서도 글자를 읽는 것이 아니라 머릿속에 꼬리를 물고 이어져 나오는 딴생각에 빠져들어 가고 있다는 것이다. 그런가 하면, 괜히 종이 위에다 자기도 모르게 인형이나 그리고 앉았고, 또 자기 이름 석자를 몇 번씩 한 군데만 볼펜으로 찍어 눌러 쓰다가는 종이를 찢어 버리고, 게다가 발을 흔들며 앉아 있거나 콧구멍이나 자꾸 후벼 파고 앉아 있다는 것이다. 한마디로 정신 차리고 공부를 안 한다는 것이다. 또 그러다 보면 꾸벅꾸벅 졸고 앉아 있으니, 어쩌면 좋으냐는 것이다.

사실, 주의집중의 문제는 교실에서 교사들도 매일같이 겪는 문제이다. 학생들이 선생님의 말씀에 귀를 기울이지 않고, 딴전을 피우고 있거나 떠들거나 졸고 있는 것이나. 이런 학생들을 어떻게 하면

주의를 기울이도록 하겠는가? 여러 가지 방법들을 쓴다. 질문도 던져 보고 일으켜 세우기도 하고 칭찬도 해주었다가 불러내서 머리통을 한두 번 쥐어박아 군밤을 먹이기도 하고 때로는 재미난 얘기를 한마디 들려주기도 한다. 또 어떤 선생님은 딴전을 피우고 있는 학생들을 향해 쥐고 있던 분필을 야구투수처럼 재빠르게 내던져 맞추기도 한다. 분필로 칠판을 크게 두드리면서 신경질적으로, 「야! 여기 봐! 여기를 보라니까!」 하고 소리치는 선생님도 있다. 그럼에도 교사들은 이 모두가 잠시 효과를 거두기는 해도 본질적으로 학생들의 주의를 끄는 데는 부적절한 방법들임을 익히 알고 있다. 그러나 그것말고는 별로 뾰족한 방법이 없기에 교사들은 항상 마음속으로, 「어쩌겠냐! 그저 내가 힘껏 가르치는 수밖에!」 하고 고심하고 있는 것이다.

그렇지만 나는 지금 여기서 교실 속에서 교사가 어떻게 하면 학생들의 주의를 집중시킬 수 있겠는가 그 방법을 얘기하려는 것은 아니다. 그것은 훗날 다른 계제에 얘기할 것이고, 여기서는 집에서 아이들이 혼자서 공부할 때 어떻게 하면 자기 스스로 주의를 집중시켜 가면서 공부할 수 있도록 하느냐에 대한 방법들 중 한 가지 방법을 예시적으로 소개하고자 하는 것이다.

이 방법은 이름하여 「소리 내어 스스로 가르치는 방법」이다. 여기에는 두 가지 요소가 있는데, 그 하나는 소리 내어 생각하기(loud thinking)이고, 다른 하나는 자기가 자기를 가르친다는 것이다. 우선 「소리 내어 생각하기」는 오랫동안 전통적으로 사용되어 온 방법으로, 스스로 생각할 수 있는 힘을 기르는 데 필요한 방법이다.

예컨대, 옛날 서당에서는 소리 내어 외우기를 시켰는데, 사실 그것은 단순히 외우기만을 위한 것이 아니라 소리를 내는 가운데 사고가 진전될 수 있음을 그들은 경험을 통해서 터득했기 때문이다. 소리를 내면 사고가 진전된다는 것은 우리들도 일상생활에서 경험한다. 이를테면, 어떤 모임에서 자기가 이런 내용을 얘기해야겠다 싶어 대충 메모만 해서 나간다. 일단 이야기를 시작하면, 사전에 준비할 때는 생각 안 났던 것들이 술술 생각나서 원래 각본에 없는 이야기를 자꾸 하게 될 때가 많다. 부부가 싸울 때도 그렇다. 처음엔 별로 대항할 말이 없었는데도 싸우다 보면 자신도 놀랄 만큼 어디서 그런 생각이 튀어나왔는지 신기할 정도로 별의별 생각과 별의별 논리를 다 들먹이며 자기를 방어하고 상대방을 공격하지 않던가?

더욱이 일상 대화에서도 보면, 일단 소리를 내어 말을 하면 그것이 머릿속의 사고의 흐름을 촉성시키게 된다는 것이다. 이는 머릿속에서 사고가 진전될 때 입으로 그것을 말함으로써 다른 잡스러운 생각이 그 흐름에 끼어들지 못하게 막아 주는 데서 비롯하는 것이라 할 수 있다. 그래서 조용히 입을 다물고 눈으로만 읽으면서 생각하면 자꾸 졸리고, 또 생각하고자 하는 것보다는 다른 것이 떠올라서 초점을 맞추기 어려울 때는 이처럼 소리를 내어 생각하도록 하는 것이 좋다는 것이다.

소리 내어 스스로 가르치는 데 있어 또 다른 요소는 「스스로 가르친다」는 것인데, 이는 곧 자기 자신이 두 가지 역할을 수행하는 것이다. 즉 가르치는 선생님 역할과 배우는 학생 역할을 혼자서 다 한다. 마치 누가 밖에서 들으면 방 안에 두 사람이 있는 양 착각할 정도로 자기가 먼저 선생님처럼 얘기하면, 또 다른 자기가 학생처럼 대답한다. 이는 어떻게 보면, 「가르치는 것이 곧 배우는 것이다」라는 얘기에서 비롯된 원리이기도 하다. 남을 가르친다는 것은 그만큼 자기가 공부를 하게 되는 것이다. 군대에서 보면 똑같은 거리를 구보로 뛰어가는 데도, 열 밖에 서서 구령을 붙이며 끌고 가는 소대장은 오히려 힘이 덜 드는 데 비해 열 안에 서서 시키는 대로 따라 뛰는 졸병들은 힘들어하는 경우가 있다. 가르치는 선생님은 시키는 입장이고 배우는 학생은 그저 따라가야만 하는 입장이라서 더 힘이 들고 하기 싫은 것인지도 모른다. 그렇기에 배우려 하지 말고 스스로 가르치려고 해보면 어떻겠느냐? 「소리 내어 스스로 가르치기」는 바로 그러한 원리에 입각한 것이다. 이제 이것이 실제로 어떻게 이루어지는가를 한번 해보기로 하겠다.

> SENTENCE라는 단어가 9개의 글자보다 적은 수의 단어이고, 그리고 3개 이상의 모음을 갖고 있는 단어라면, 그 단어의 첫 번째 모음에다 ○표를 하고, 그렇지 않으면 그 단어 맨 오른쪽에 있는 자음에다 ○표를 하시오.

이런 문제를 자녀가 책상 앞에 혼자 앉아서 풀고 있다고 하자. 조용히 읽어 가면서 풀려고 하니까 우선 뭐가 그리 복잡한지 자꾸 헷갈리고 머릿속의 생각이 잘 흘러가지 않는 경우가 있을 수 있다. 또, 'SENTENCE라는' 첫 부분을 읽다가는 그만 괜스레 'SENTIMEN-TAL'이란 단어가 머릿속에 떠올라서 잠시 창 밖을 내다보게 되고, 또 그러다가는 거기서 딴생각이 꼬리를 물게 되는 그런 경우가 있을 수 있다. 그러면 이럴 때 어떻게 하느냐? 소리 내어 스스로 가르치기를 권유해 볼 수 있다.

우선 자기 이름을 불러 가면서 지금 자기가 공부를 가르치는 과외 선생님처럼 행동을 하게 된다. 즉, 소리 내어 스스로 가르치기를 시작하는 것이다.

「야, 박은영! 자, 공부하자! 우선, 은영아 너 이 문제 한 번 쭉 읽어 봐, 어서 읽어 봐.」

그러면 은영이는 자기가 학생인 양 큰소리로 읽는다.

「SENTENCE라는 단어가 9개의 글자보다…… 그 단어 맨 오른쪽에 있는 자음에다 ○표를 하시오.」

그러면 이번에는 다시 은영이가 선생님처럼 얘기한다. 이런 식으

로 은영이 혼자서 다음과 같이 얘기를 큰소리로 주고받는다. 밖에서
누가 들으면 그야말로 꼭 두 사람이 앉아서 가르치고 배우는 것처럼
말이다.

「그래, 아주 잘 읽었구나. 무슨 뜻인지 알겠니?」

「네.」

「그럼 이번에는 우리 은영이가 한 부분씩 떼어서 다시 읽어 볼래?」

「네, SENTENCE라는 단어가 9개의 글자보다 적은 수의 단어이
고…….」

「그래, 거기까지만, 됐어! 무슨 소리인지 알겠니?」

「네, 9개가 더 되냐 덜 되냐 하는 것 아녜요.」

「맞아, 그럼 은영이가 따져 볼래?」

은영이는 자기도 모르게 속으로 헤아리고 있었다.

「아니, 그러지 말고 손가락으로 짚어 가면서 하나, 둘, 하고 크게
헤아려 봐!」

「하나, 둘, 셋, 넷, 다섯, 여섯, 일곱, 여덟 모두 8개의 글자예요.」

「그렇지, 여덟 자지. 그럼 어떻게 되는 거지?」

「9개보다 적은 수의 단어예요.」

「됐어, 그럼 9개보다 적은 거다. 다음 또 소리 내서 읽어 봐.」

「그리고 3개 이상의 모음을 갖고 있는 단어라면…….」

「됐어, 거기까지. 그래, 너 모음 알지? 모음이 어떤 거야?」

「으음, E자.」

「아니, 그러지 말고 영어 글자 중에서 모음자가 어떤 것들이야?」

「음, A, E, I, O, U」

「그래 맞아. 그럼, SENTENCE라는 단어에 모음자가 몇 개 들어
가 있나 크게 헤아려 봐.」

「하나, 둘, 셋, 모두 3개예요.」

「됐어. 그럼 문제에서 무어라고 했지?」

「3개 이상의 모음을 갖고 있는 단어라면…….」

「3개 이상이면 3개도 포함되는 거니, 안 되는 거니?」

「3개도 들어가는 거예요.」

「그래, 맞아! 그러니까 이것은 3개 이상의 모음을 갖고 있는 단어지?」

「네.」

「그럼, 아까 문제를 함께 따져 봐. 9개의 글자보다 적은 수의 단어지?」

「네, 8개였으니까요.」

「그러면 두 가지 조건에 모두 해당되니 안 되니?」

「돼요.」

「네가 한번에 붙여서 큰소리로 말해 봐.」

「SENTENCE라는 단어는 글자수가 8개라서 9개보다 적고, 또 모음이 3개니까 3개 이상의 모음을 갖고 있는 단어예요.」

「그럼. 그렇다면 두 가지 조건에 모두 맞아야 하는 거지?」

「네.」

「그럼, 그 다음 읽어 봐.」

「두 가지가 모두 맞으면 첫 번째 모음에다 ○표를 하랬어요.」

「그럼, ○표를 해야 돼 안 해야 돼?」

「해야 돼요.」

「어디에다?」

「첫 번째 모음에다.」

「첫 번째 모음이 어떤 것인데?」

「S자 다음의 E자요.」

「그럼, 거기다 ○표 하면 되겠지. 이제 나머지 마저 읽어 봐.」

「그렇지 않으면 그 단어 맨 오른쪽에 있는 자음에다 ○표를 하시오.」

「그렇지 않으면이란 무슨 뜻이야? 어디 은영이 말해 봐.」

「그러니까 9개의 글자보다 적은 수의 단어가 아니고, 또 3개 이상의 모음을 갖고 있는 단어가 아니라면이란 뜻이에요.」

「그러니까 동시에 이 두가지가 다 되어야만 하는 것이고 두 가지 모두가 아니거나 둘 중 하나만 안 되어도 그것은 그렇지 않으면에 해당되는 것이지?」

「네!」

「아! 오늘 은영이 아주 잘하네. 그럼, 그렇게 하는 거야. 여기서 은영이가 한 가지 잘 생각할 일은 '그렇지 않으면'이야, 그런 데서 헷갈리면 안 돼!」

「잘못하면 헷갈리기 쉽게 되어 있네요.」

「그래, 그러니까 차근차근 따져 봐야 돼!」

은영이는 이렇게 혼자서 그저 얘기하듯 공부를 한 것이고, 이것이 곧 소리 내어 스스로 가르치기 방법으로 공부를 하는 것이다. 이는 어린아이들이 장난감 인형을 갖고 놀면서 혼자 독백을 주고받듯하는 것이어서 아이들도 쉽게 해낼 수 있다. 어른들도 이따금 그런 식으로 자기 생각을 정리하는 경우를 보았다. 어떤 큰 협상을 앞에 두고 그 장면을 시뮬레이션으로 연습하는 경우가 그렇다. 자기 혼자서 상대방과 자신의 역할을 모두 다 하는 것이다. 그쪽에서 나올 수 있는 말들을 전부 생각해 보고, 그에 따른 자기의 대응전략을 짜는 데 매우 효과적인 방법이다.

그렇다고 언제나 모두 공부를 전부 이렇게 소리 내어 가르치기로 할 필요는 없다. 주의집중이 잘 안 되거나 생각이 잘 나지 않거나 정리가 잘 안 되는 복잡하고 어려운 문제를 앞에 놓고 있을 때 한번쯤 이러한 식의 소리 내어 스스로 가르치기, 소리 내어 스스로 생각하기를 해보는 것이 바람직하다. 아이에게 이 방법을 가르쳐 주기 전에 엄마나 아버지가 한 번쯤 먼저 연습해 보는 것도 좋을 것이다.

속성을 있는 대로 열거한다

중학교 아이들이 쓰는 은어 가운데 바보 같은 아이를 병따개라고
한다. 왜 바보가 병따개냐고 물어보았더니 아이들 대답이 재미있다.
「병따개는 병을 딸 때 말고는 아무 데도 쓸데가 없잖아요?」
듣고 보니 그럴듯한 생각이다. 그러나 다시금 생각해 본다. 정말
병따개는 병 딸 때 외에는 전혀 쓸데가 없는 것인가? 병따개도 이렇
게 저렇게 생각해 보면 쓸 곳이 많은 듯싶다. 말이 되지 않는 소리라
고 할는지는 모르겠으나, 병따개는 우리가 식탁에서 삶은 계란 껍질
을 까기 위해 가볍게 두드릴 때도 쓸 수 있을 것 같다. 또 병따개로
길게 뻗은 못 같은 것을 L자형으로 구부릴 필요가 있을 때도 사용하
면 될 성싶기도 하다. 이를테면, 내가 먼젓번에 출간한 《지금 당신의
자녀가 흔들리고 있다》라는 책에서도 기술했듯이, '벽돌' 하면 우리
는 그것의 다양한 속성을 열거할 수 있을 것이다. 벽돌을 어디에다
사용할 수 있겠느냐 했을 때 우리는 그것을 수없이 적어낼 수 있을
것이다. 예컨대 다음과 같은 것들을 말이다.

· 집을 지을 때
· 풀밭에서 야구시합을 하거나 축구시합을 할 때 베이스 또는 골문 표시로
· 책장을 만들 때 그 밑받침으로
· 화분의 밑받침으로
· 소꿉장난할 때 밥상으로
· 벽돌을 부숴 색모래가루를 만들 때
· 깨끗이 닦아서 김칫독의 김치를 눌러 놓을 때
· 급하면 집에 쳐들어온 강도를 쫓을 때 등등

　이토록 우리는 벽돌의 용도에 대해서 많은 것을 열거할 수 있다. 그런데 문제는 우리네 교육에서는 언제나 한 가지 정답만을 가르쳐서 그것을 앵무새처럼 외우게 하는 데 있다. 결국 그러한 것이 어린이들의 발산적이고 확산적이고, 또한 창조적인 사고를 저해하는 것이다. 「벽돌은 집을 지을 때 쓴다.」 이것 하나만 외우게 해서 그야말로 모든 어린아이들이 벽돌 하면 집을 생각하게 하고 호수 하면 오리를 생각하게 하고 학교 하면 선생님을 생각하게끔 획일적으로 만드는 데 문제가 있는 것이다.
　그리고 다음과 같은 문제만 낸다.

다음에서 서로 관계있는 것끼리 줄을 그으시오.
　　　호수　　　　　　선생님
　　　학교　　　　　　집
　　　벽돌　　　　　　오리

그리고 그 답은 다음과 같이 되어야만 했다.

호수   선생님

학교   집

벽돌   오리

만약에 어떤 학생이 다음처럼 선을 그으면 그것은 틀리는 것이다.

호수   선생님

학교   집

벽돌   오리

그리고 더 우스운 것은 그 어린아이가 왜 그렇게 관계있다고 생각했는지는 아무도 물어봐 주지 않고 무조건 정답이 아니니까 틀렸다고 하는 것이다. 이것이 우리네 학교교육의 문제였던 것이다.

이러한 속성열거를 통한 발상연습을 일부러 시간을 내서 할 필요는 없다. 그런 것은 일상생활에서 쉽게 접할 수 있으므로 그때마다 익히면 된다. 그저 부모님이 조금만 주의를 기울여 주면 된다.

예컨대, 식탁에 앉아서 세 식구가 밥을 먹을 때도 우리는 쉽게 이런 얘기를 하게 된다.

「여보, 그냥 이렇게 만날 흰밥만 하지 말고, 뭐를 좀 섞어 보지?」

「콩을 넣을까요? 그런데 당신 콩밥은 별로 좋아하시지 않잖아요?」

「왜 꼭 콩만 넣어야 하나?」

「엄마! 팥은 안 돼?」

「되고 말고!」

「얘가 팥을 다 아네.」

「팥말고는 또 없어?」

「오곡밥도 있지요. 콩, 팥, 찹쌀, 수수, 좁쌀…….」

「감자를 넣으면 안 되나?」

「안 되긴 왜 안 돼요. 옛날엔 고구마도 넣어 먹었는데…….」

「그래 맞아. 밤도 넣으면 맛있더라…….」

얘기는 끝이 없다. 이런 것들이 바로 일상생활에서 어린아이들의 생각을 자꾸 넓혀 주는 속성열거 방법이다. 그리고 이러한 속성열거는 아이가 어떤 행동을 하려 할 때 필요한 여러 가지 방법 또는 대안을 찾을 때도 쉽게 나타난다. 예컨대, 신촌에서 서울역을 간다고 할 때 무엇을 타고 갈까? 버스를 타면 좌석버스, 일반버스, 아니면 인천에서 오다가 신촌에 잠깐 섰다 가는 시외버스……. 참으로 많은 방법을 생각해 낼 수 있다.

속성을 있는 대로 열거하는 것은 어떤 현상의 원인을 진단하고 그 해결방안 따위를 모색하는 데서도 얼마든지 활용될 수 있다. 예컨대 대구에서 가스폭발 사고가 터졌다. 우리는 그 원인이 밝혀지기 전에는 더욱더 그 가능한 원인을 다각적으로 많이 열거할 수 있을 것이다.

이러한 속성을 열거하는 데는 생각하는 대로 자유롭게 얘기하도록 하는 것이 좋다. 굳이 어떤 순서를 따르려고 하면 그것에 얽매여 생각이 나지 않을 수도 있기 때문이다. 그런 다음에 그것을 체계적으로 정리할 수도 있다. 또한 이러한 속성열거는 응답이 제한적인 경우보다는 응답이 비제한적이고 무제한적인 경우에 사용하는 것이 좋다.

어린이들 놀이 중에 이런 것이 있다. 원을 그려 빙 둘러앉아서, 3박자에 맞추어 무릎 치고 손뼉 치고 손 벌리면서 양손 엄지를 펴는 놀이가 있다. 이때 문제를 내기를, 「우리나라 올림픽에 참가하였던 외국이름 대기」 하고는 차례대로 박자를 맞추어 동작을 하면서 자기 차례가 되면 엄지손가락을 펴고 국가 이름을 하나씩 댄다. 이때 게임 규칙의 하나는 남이 댄 것을 다시 대거나 박자가 틀리면 걸리게 되는 것이다. 그야말로 아이들의 속성열거를 통한 발산적 사고를 키우는 데 매우 도움이 되는 놀이다. 꼭 이런 게임을 하지 않더라도 집 안에서 식구들이 모여 앉아 무엇을 결정하고자 할 때 어린아이들도 함께 참여시켜 그들도 자기들의 생각을 열거할 수 있도록 하는 것이 매우 좋다. 예컨대 다음과 같은 경우에 말이다.

「우리 오늘 저녁에 뭐 해 먹을까?」

「우리 이번 여름방학 때, 아빠 휴가 얻으면 어디로 피서 갈까?」

「아, 책상을 좀 옮기면 분위기도 바뀌고 좋을 텐데, 어느 쪽으로 어떻게 옮길까?」

「10부제를 해제하고 나니까 확실히 서울 시내 교통이 더 복잡해졌어. 10부제말고는 어떻게 교통 문제를 해결할 수 없나?」

「아빠가 이번에 차를 바꾸어야 하겠는데 어떤 차가 좋을까?」

일상생활의 수도 없이 많은 문제, 많은 얘기 가운데서 우리는 자녀들의 생각을 넓혀 주는 속성열거를 경험하도록 할 수 있는 것이다. 부모가 조금만 신경을 써서 아이들과 시간을 함께하고 이야기를 함께하면, 아이들도 자연스럽게 그러한 경험을 많이 겪게 되고, 또 그러다 보면 그것이 늘 습관이 되어 항상 발산적이고 확산적인 사고를 하게 되는 것이다.

형태학적으로 분석한다

듣는 이에 따라서는 「형태학적 분석」이란 말이 좀 낯설게 들릴까 싶어 이 말의 뜻부터 설명하면, 이는 우리가 어떤 현상이나 문제를 설명하려고 할 때 있을 수 있는 모든 면을 빠짐없이 포괄하되 서로 중복되지 않도록 하는 것이다. 예를 들어서, 서울특별시라는 지역의 특성이 무엇이냐를 설명하려 한다고 하자. 이럴 때, 우리는 서울특별시 내의 어떤 특정 지역 한 군데만을 예로 하여 설명해서는 안 된다. 서울시의 다양한 지역적 특성을 모두 포괄해서 설명해야 한다. 이를 위해 우리가 서울을 지리적 조건으로 구분한다고 할 때, 우리가 쉽게 할 수 있는 형태학적 분석은 몇 가지 방식으로 나누어 생각할 수 있다. 이를테면 다음과 같은 것이다.

· 한강을 기준으로 한강 이북(강북)과 한강 이남(강남) 2개 지역으로 구분한다.
· 서울을 우선 동서로 나누게 하고, 다시금 남북으로 다른 한 가지 기준선을 그어서 네 지역으로 나눈다.

동서기준선 남북기준선	동	서
남	동남지역	서남지역
북	동북지역	서북지역

· 행정구역 편제를 기준으로 모두 25개 구로 나눈다.

· 좀 어렵기는 해도 지역을 주거지역, 행정(관공서)지역, 공장(산업)지역, 공원(녹지)지역 등으로 구분한다.

이러한 형태학적 분석은 요즘과 같이 모든 현상이 매우 복잡하게 얽히고설켜 있을 때 생각을 좀 더 체계적이고 논리적으로 하고자 할 때 많이 사용된다. 우선, 우리가 어떤 것을 분류해서 유목화시킬 때, 이러한 방법을 빈번히 사용한다. 예컨대, 생물의 종류를 구분할 때, 우리는 다음과 같은 계도를 그려 본다.

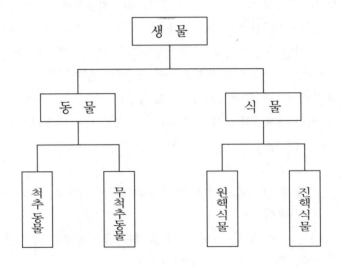

또한, 성수대교 붕괴와 같은 어떤 현상의 원인을 따질 때에 아래와 같은 구도를 그려서 그 원인을 심층적으로 분석하는 경우가 많다.

	직접적 원인	간접적 원인
기술공학적 측면		
사회심리적 측면		
정치경제적 측면		
⋮		

경우에 따라서는 삼면으로 다면화시켜 따질 때도 있다.

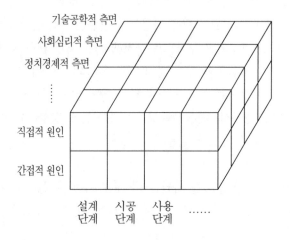

이러한 형태학적 분석의 또 다른 예로는 대학생들의 성향에 관하여 졸업 후 취업에 목적을 두는 취업주의(careerism)와 대학을 다니면서 보편적 지성을 계발하는 데 목적을 두는 지성주의(intellectualism)의 강약에 따라 구분해 내는 경우이다.

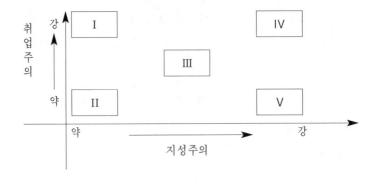

그러고는 그림에서와 같이 대학졸업 후의 성향을 다섯 가지 유형, 즉 Ⅰ형은 취업주의 성향이 매우 강하고 지성주의 성향은 반대로 매우 약한 학생, Ⅱ형은 지성주의 성향도, 취업주의 성향도 모두 약한 학생, Ⅲ형은 취업주의 성향도 어느 정도 있고, 지성주의 성향도 어느 정도 있는 학생, Ⅳ형은 지성주의 성향도 강하고, 취업주의 성향도 강한 학생, 그리고 Ⅴ형은 지성주의 성향은 강한 반면에 취업주의 성향은 약한 학생이라는 식으로 구별해 내는 것과 같은 것이다.

한편 많은 사람들이 쉽게 경험하는 것 중의 하나가 각종 의견 조사서를 받아 보고는, 자신이 생각하는 답이 없는 경우도 있고, 때로는 답이 두 개라서 하나만 표하라는 지시문에 당황하는 경우가 있다. 예컨대, 다음과 같은 설문이 그렇다.

· 남녀가 혼전 순결을 지키는 데 대해 귀하는 다음 중 어느 의견에 가장 가깝게 생각하십니까? 한 군데에만 ○표를 해주십시오.

1. 남자는 반드시 안 지켜도 되지만 여자는 반드시 지켜야 한다.
2. 남자든 여자든 모두 반드시 지켜야 한다.
3. 남자든 여자든 모두 안 지켜도 된다.

이렇게 해놓고 그중 하나를 고르라고 한다면, 「남자는 반드시 지켜야 하지만, 여자는 반드시 안 지켜도 된다」는 생각을 갖고 있는 사람의 경우에는 어디에다 ○를 할 것인가? 물론, 그런 생각을 하는 사람이 어디 있느냐고 할지 모르지만, 그것은 그런 것을 만든 사람의 저의가 의심스럽거나, 아니면 지극히 생각이 모자라서, 즉 형태학적인 분석을 제대로 할 줄 몰라서 그런 엉터리 설문을 만든 것이다. 또 위와 같은 설문의 답지를 다음과 같이 만들었다고 하자.

1. 남자는 꼭 지켜야 한다.
2. 여자는 꼭 지켜야 한다.
3. 남자든 여자든 안 지켜도 된다.
4. 남자는 안 지켜도 여자는 꼭 지켜야 한다.

이럴 경우, 「남녀 모두 꼭 지켜야 한다」고 생각하는 사람은 어디에다 ○표를 해야 하겠는가. 1, 2 두 군데 표해야 되지 않겠는가. 그러나 하나만 고르라고 한다면 그것은 무엇인가 이 설문이 크게 잘못되었음을 의미하는 것이다. 이것은 형태학적인 분석적 사고를 제대로 못하고 있는 것에 속하는 예들이다.

이러한 형태학적 사고는 집에서도 부모들이 자녀와 함께하는 대화를 통해서, 또는 자녀의 학습을 돕는 과정에서 쉽게 도움을 줄 수 있다. 예컨대, 이번 지방자치 선거를 놓고 우리는 어떤 후보를 정말 서울시장의 적임자로 뽑아야 되겠는가를 가벼운 마음으로 집안 식구들이 앉아서 얘기할 기회가 있었다고 하자. 특히, TV방송에서 몇 차례씩 있었던 서울시장 후보자 토론을 자녀와 함께 보았던 부모들이 이런 얘기를 꺼냈다고 하자.

「역시, 서울시장은 누가 추진력이 있는가를 따져 보아야 될 것 같아.」

「뭐, 추진력만 있으면 되는가요? 서울 시정에 대해서 좀 알아야 되지 않겠우?」

「시정에 대해서도 알아야 되겠지.」

「그런데 아빠, 당에 소속되면 무소속 후보자보다 더 유리한 거야? 그런 것은 상관없어?」

「왜, 그것도 상관 있지!」

「그런데 여보, 그 사람들 고향은 어디랍디까? 서울 사람들입디까?」

「아니 뭐 꼭 고향이 서울이라야 하나?」

「그래두요.」

「왜, 어느 학교에 다녔나는 안 따지남?」

「뭐 학벌이야, 다 비슷한 것 아니겠우?」

「근데 아빠, 그 사람들 서울시장되면 무슨 일을 어떻게 한대? 수돗물에서 지렁이 안 나오게 할 수 있대?」

「수돗물도 그렇지만, 난 서울 시내 교통 좀 해결해 주겠다고 공약하는 사람이 되지 않겠나 싶어.」

이렇게 한참을 이어가는 가운데 다각적인 측면에서 형태학적인 분석이 이루어지는 것이다. 그리고 가능하면 식구 중 누군가가 이것을 좀 정리해서 체계화시켜 본다면 그것은 하나의 멋진 형태학적 분석 구도가 될 수도 있는 것이다.

이러한 형태학적인 분석은 앞서 이야기한 속성을 열거하는 방법과 연계해서 활용하면 더욱 그 효과를 높일 수 있다. 이 방법들은 어디까지나 자녀들의 창의적인 사고, 인지적 힘을 높여주는 데 참고가 될 수 있는 하나의 예시적인 방법이지 이것만이 결코 정답은 아니라는 점이다. 또한 이러한 방법이 좋다고 해서 언제나 아이들을 불러 앉혀 놓고 이것을 훈련시키려고 해서도 안 된다. 다만 부모가 이러한 종류의 방법이 있음을 알고 그것을 일상생활 속에서 자연스럽게 섞여 들어가도록 하는 것이 중요하다. 물론, 그렇게 하려면 부모가 행하는 자녀와의 대화나 일상 행동이 조금은 계획적이고 의도적이어야만 가능한 것임을 부인하기는 어렵다.

성공의 기쁨을 연이어 맛보게 한다

　대학에서 학생들이 공부하는 것을 유심히 관찰해 보면, 이런 경우가 있다. 이제 내일모레면 새해도 되고, 내년 3월 개학이 되면 곧 4학년이 될 터이고, 또 취직시험도 보아야 하겠고, 이번 겨울방학엔 영어공부나 철저히 해두자고 결심을 하고 우선 시내 책방에 나가 TOEFL 준비를 위한 영어책 1권을 사서 집에 돌아온다. 그러고는 계획을 세운다. 모두 280페이지짜리 책이다. 그러면 내가 새해 첫날 1월 1일부터 한 달 동안에 이 책을 떼어야 되겠다 목표를 정한 다음, 그것을 따져 보니 하루에 10페이지씩 하면 280페이지니까 28일이면 뗄 수가 있군. 그러고도 사흘이 남으니까 이 사흘은 중간중간 세 번에 걸쳐 하루쯤 쉬는 날로 하거나, 아니면 나중에 밀렸을 때를 대비한 예비날로 해놓지. 그게 좋겠다. 1월 1일부터 시작하는 거다. 그래! 하루에 꼬박꼬박 10페이지씩 하는 거다. 이렇게 계획을 세웠다.
　드디어 새해가 시작되었다. 1월 1일 첫날, 그는 아침부터 일어나 마음을 가다듬고 공부를 시작했다. 처음 부분이라서 페이지를 거저먹는 게 많았다. 목차도 그렇고, 서문도 그렇고, 또 장 제목뿐인 곳도 있다 보니, 첫날은 무려 20페이지까지 나갔다. 이미 내일 몫까지 다한 셈이다. 다음날은 마음의 여유가 좀 생겼지만, 그래도 해이해지면 안 되겠다 싶어 또 10페이지를 하기로 마음먹었다. 그런데 진도가 잘 나가지 않는다. 온종일 낑낑거렸지만 8페이지밖에 못했다. 어제 한 것까지 합하면 모두 28페이지, 아직도 계획된 목표보다는 약간 앞서 가고 있다.

사흘째, 그는 오늘도 열심히 하려고 학교 도서관에 나갔다. 그랬더니, 군대 갔다 제대해서 복학하려는 친구가 모처럼 학교 도서관에 들렀다면서 밖에 나가 소주나 한잔 하자는 것 아닌가. 속으로는 나 결심하고 공부하려는데 다른 핑계를 대고 거절할까, 그래도 남자가 의리가 있지 그러면 되냐. 하기야, 어제까지 28페이지나 했으니, 오늘 좀 못해도 계획에 크게 뒤지는 것은 아니니까. 게다가 원래 하루쯤 쉬는 날도 계산했지 않은가? 오늘을 그렇게 쓰지. 좋다, 나가서 한잔 하자. 시작이 반이니까, 또 시작이 좋으면 다 좋다고 했으니까 시동은 걸어 놓은 일, 오늘 한잔 해도 큰 무리는 없을 거야. 그는 그 친구와 함께 나가 한잔을 했다. 결국 그날은 한 페이지도 못하고, 드디어 나흘째 그는 어제 못한 것도 있고 하니 오늘 계획된 10페이지보다 좀 더 해야지 마음을 먹지만 어제 술이 좀 과했는지 잘되지 않는다. 그래도 견디며 해보았지만 겨우 4페이지, 나흘째인데 모두 합쳐서 32페이지까지밖에 못했다. 이제 밀리기 시작한 것이다.

닷새째되는 날, 이젠 더 진도가 안 나간다. 왜 이럴까? 그날 온종일 헤매고 말았던 그는 밤에 가만히 앉아 생각한다.

「야! 임마, 방학이야, 방학, 지금은 방학 아냐? 방학은 원래 쉬라는 거야, 놀라는 거야. 평소에 열심히 공부하고 말이야! 남 놀때는 놀아, 뭐 영어공부한다고 그리 앉아 낑낑대냐! 2월부터 시작해도 안 늦어, 알아? ……그래 맞아, 2월부터 해도 안 늦어. 하긴 이번 겨울방학이 실제로는 마지막 겨울방학이야. 졸업을 앞둔 겨울방학은 취직되면 곧바로 회사에 나가니까 그땐 쉬고 싶어도 쉬지 못해. 맞아, 1월 한 달만 아주 찐하게 놀아 보자. 그리고 마음먹고 2월부터 해도 안 늦어!」

결국 그는 그날 밤 자기를 그렇게 합리화시켜 자신이 스스로에게 약속한 것을 지키지 못한 죄의식에서 스스로를 해방시켰다. 그러고는 그야말로 1월 한 달 동안 실컷 놀았다. 2월이 시작되었다. 그래 이제는 공부하자. 280페이지지, 28일 동안 하루도 쉼없이 10페이지씩 꼬박꼬박하면 이 책 한 권은 뗄 수 있어! 그리고 그는 책상에 앉았다. 2월 6일까지 엿새 동안은 잘되었다. 하긴 지난달에 한번 공부했던 데가 되어서 그런지 진도가 잘 나갔다. 엿새 동안 모두 66페이지까지 끝냈다.

그런데 7일째되는 날 골이 지근지근 아파서 하루 쉬고 말았다. 8일째되는 날 다시금 리듬이 깨졌는지 집중이 안 된다. 9일, 10일째까지 계속 발버둥쳤지만 모두 합쳐 겨우 84페이지까지 끝냈다. 그러자 다시금 그는 책상에 앉아 스스로에게 생각하며 말했다.

「야, 임마, 학교도 3월이 개학이야! 뭐 넌 지금부터 그렇게 혼자 난리냐! 3월부터 하는 거야, 공부는. 그리고 야, 공부도 바쁠 때 하는 거야. 한가하면 공부는 더 안 돼!」

결국 그는 다시금 남은 기간을 푹 쉬기로 하였다. 3월부터의 본격적인 공부를 위해서는 에너지를 축적시켜야 한다는 명분으로.

3월, 드디어 3월 1일이 시작되었다. 그는 다시금 그 두껍고 어려운 책 한 권을 3월 한 달 동안에 떼겠다고, 그래서 하루에 10페이지씩 하겠다고 계획을 다지고는 다시금 첫 페이지부터 시작했다. 그는 결국 3월에도 그 책을 떼지 못했다. 앞부분만 벌써 세 번을 보았다. 책을 옆으로 눕히고 보니 책의 밑 갈피가 위쪽만 까매졌다. 석 달 동안 앞부분만 뒤적여서 그런 것이다. 결국 그 친구는 4학년 내내 그 책을 끝까지 못 떼고는, 중간에 기분전환한답시고 다른 책을 사서는 공부를 시작했다. 그러다가 그는 어느 책 한 권도 제대로 끝내지 못하고 말았다.

이 친구에게 무엇이 문제였을까? 의지가 부족해서 그런 것일까? 공부가 적성에 안 맞아서 그런 것일까? 여러 가지 이유가 있겠지만, 공부를 계획 세워서 할 때 실패하는 가장 큰 이유는 목표를 너무 지나치게 높게 설정하기 때문이다. 즉, 이 친구의 경우처럼 자기 능력, 자기 시간 등에 비추어 하루에 10페이지는 너무 지나치게 설정된 목표인 듯싶다. 그러고는 이내 그것에 실패하게 된 자신을 바라다보면서 실패한 자신의 모습이 싫어 지난 일은 없던 것으로 하고 다시금 새롭게 계획을 세우는 것이다.

그렇지 않고, 만약 하루에 5페이지씩 한다고 했으면 어떻게 되었겠는가? 매일 큰 부담없이 쉽게 성취하면서, 자신을 이겨낸 기쁨을 마음껏 누렸을지도 모른다. 그렇게 해서 어느 정도 공부가 손에 잡히면, 그 다음엔 하루에 7페이지씩으로 목표를 늘려 스스로 자기 자신의 체면과 위신을 높여 나갈 수도 있었을 것이다. 그러나 그는 그저 욕심만 앞세우고는 그렇게 해내지 못하는 자신에게 면죄부를 내리기에만 머리를 썼던 것이다.

사람은 어른이건 아이건 간에 누구나 실패의 경험을 맛보기 싫어한다. 혹자는 「실패는 성공의 어머니」라는 옛말을 들먹이면서 적절한 실패는 소금과 같은 역할을 한다느니, 사람은 실패도 해봐야 성공이 무엇인지를 안다느니, 일부러 고생도 사서하듯 적절히 실패를 경험하도록 하는 것도 중요하다느니 이야기한다. 그러나 분명한 것은 실패보다는 성공이 좋은 것이다. 경험이 가져다 주는 교훈도 실패의 경우보다는 성공의 경우가 분명 더 값지고 크다. 자신에게 가져다 주는 심리적 느낌도 실패보다는 성공의 경우가 훨씬 긍정적이고 자신에 찬 느낌을 가져다 준다. 그렇기에 어린 자녀들에게 가능한 한 성공의 경험을 많이 갖도록 해주는 것이 바람직하다. 괜스레 목표만 그럴듯하게 높이 잡아 놓고는 그것을 성취 못한 자신을 스스로 비하하거나 조롱하거나 못났다고 부정적으로 생각하게 만들 필요가 없는 것이다.

방학이 되면, 어린 자녀들은 원그림표 따위로 방학중 생활계획표를 짜서 벽에다 붙여 놓는다. 물론 그렇게 붙여 놓고 안 지키는 어린이가 많다. 그럴 때 그 주된 이유는 애초부터 지키기 어려운 계획을 짜놓았기 때문이다.

예컨대, 밤 10시~새벽 6시 꿈나라, 아침 6시~8시 아침식사·운동·세수, 오전 8시~12시 국어·산수 공부, 오후 12시~2시 점심식사·산책·공놀이, 오후 2시~6시 자연·사회 공부, 저녁 6시~8시 저녁식사·텔레비전, 밤 8시~10시 방학숙제.

이런 경우 이 초등학교 아이는 하루에 공부를 몇 시간 하겠다는 건가? 무려 열 시간 한다는 얘기다. 방학중에 아이가 정말 그렇게 할 수 있을까? 아마 하루 정도는 그렇게 했을지도 모른다. 그러나 이틀 지나고 사흘 지나면서 아이들에게는 그것이 한낱 벽에 붙여 놓은 종이로밖에 의미가 없음을 안다. 그렇게 하다가는 곧 매일 실패한다는 것을 그는 안다. 그래서 아예 그렇게 시도도 안 한다. 그러면 실패도 안 하니깐. 결국, 이러한 생활계획표에서도 어린아이들에게 적절한, 진실로 그가 해낼 수 있을 정도의 목표를 세우게 해서 매일같이 성공의 기쁨을 연이어 맛보게 하는 것이 그에게 더욱 긍정적인 자아지각을 형성해 주고 자신감을 길러 준다는 것을 부모가 인식해야 할 것이다.

시험의 경우도 그렇다. 예컨대, 쉬운 문제와 어려운 문제를 섞어서 모두 10개를 냈다고 하자. 10개 중 아이는 겨우 4개밖에 못 맞혔다. 그러면 그 위에다 무엇이라고 표해 주겠나? 너는 40점이다. 낙제점이라는 것을 40이라는 수치 하나로 포괄해서 적어 줄 것이다. 그러면, 60점도 안 되는 겨우 40점 받은 아이의 기분은 어떨까? 그 과목이 산수였다면 아이는 그 다음부터 산수가 더 싫어지고 지겹고 자꾸만 어렵게 느껴질 것이다. 그러나 그렇게 하지 않고, 10문제 중 아이가 잘하면 맞힐 수 있는, 비교적 쉬운 네 문제를 뽑아서 두 문제씩 따로따로 두 번의 시험을 보았다고 하자. 그리고 이 아이는 그것을 모두 잘 맞혀서 두 번씩이나 100점을 맞았다고 하자. 그럼 이 아이는 산수에 대해서 어떻게 생각하겠는가?

「아! 산수처럼 재미있는 과목이 없다. 난 역시 산수는 끝내 줘, 이 다음에 대학 갈 때 수학과를 갈까 봐?」

아이는 자신감이 생겼다. 산수가 너무도 좋아졌다. 그러고는 다른 과목보다도 산수를 더 열심히 하기도 한다. 이런 것이 바로 작더라도 성공의 기쁨을 연이어 맛보게 하는 까닭인 것이다.

우리는 작은 일에서 성공을 자꾸 누적시키면 나중엔 그것이 모여 큰 성공을 이루게 됨을 자녀의 학업에서도 느끼게 해주어야 한다. 처음부터 어렵고 큰 성공을 이루게 하려다가 오히려 실패의 쓰디쓴 경험만을 맛보게 할 하등의 이유가 없는 것이다. 큰 것도 작게 나누어서 씹으면 맛도 제대로 느끼게 되고 또 오랫동안 씹는 재미도 느끼게 된다. 또 그러다 보면 포만감이 생겨 과식을 안 하게 되지 않던가?

특히 그러한 성공의 기쁨을 연이어 갖게 하는 것이 좋은 까닭은, 앞에서 일단 성공을 하면 곧바로 이어지는 그 다음 행동에서도 성공할 확률이 높아진다. 그러나 앞에서 일단 실패를 하면 곧바로 이어지는 행동에서도 실패할 확률이 높아지는 것이다. 어찌 보면, 성공이 성공을 낳고 실패가 실패를 낳는 것이다. 그래서 성공을 쉽게 맛보게 하려고 큰 과제를 작은 과제로 쪼개서, 아주 쉬운 조각부터 시도해서 성공을 연이어 거두게 하려는 것이다.

이는 일상생활에서도 우리가 쉽게 경험하는 일이다. 아침에 집에서 출근할 때, 부인으로부터 잘 다녀오라는 부드러운 키스도 받고 나섰다. 마침 엘리베이터도 13층에 와 있다. 기다리지 않고 얼른 타고 아파트를 내려왔다. 주차장에 내려가 보니, 내 차를 가로막고 있던 차들도 이미 다 빠져나갔다. 신호도 안 걸린다. 산뜻한 아침이다. 출근하자 웬일인가, 부탁도 안 했는데 미스 김이 커피까지 뽑아다 주고, 온종일 이런 식으로 기분 좋은 일이, 성공의 기쁨이 계속 이어지면 그날 그는 업무에서도 성공을 하게 된다.

그런데 그 반대를 생각해 보라. 집에서 나오는데 아내가 돈 좀 주고 가라고 한다. 돈 없다고 하니까 중얼거리면서, 「만날 돈 없대」 하고 투덜댄다. 「오늘, 일찍 들어올 거예요?」 다분히 신경질적이다. 엘리베이터를 보니 1층에 있다. 눌렀는데, 올라오다가 중간 7층에 서서는 계속 안 올라온다. 누가 왜 이렇게 오래 붙들고 서 있는 거야? 올라오다가 이번엔 11층에서 또 섰다. 오늘따라 어느 아이가 늦은 신문배달을 하고 있었던 것이다. 누구 탓도 아니다 싶다. 주차장에 내려가 보니, 아 또 이번엔 웬일인가. 내 차 앞을 누가 가로막아 놓았는데, 밀려고 하니까 차 주인이 사이드브레이크를 잠가 놓지 않았는가? 경비실에 가서 얘기하니, 이 사람 또 남은 급해 죽겠는데 종일 꾸물대고 나오지 않는다. 신호등엔 왜 이렇게 자꾸 걸리는지. 차는 밀려 있는데, 이건 또 뭐야, 왜 이렇게 자꾸 끼어들어.

온갖 진을 다 빼면서 출근을 했다. 그러나 출근하자마자 과장이 부른다. 가보니, 어제 내가 해놓은 일 때문에 부장님이 화나셨다는 것이다. 온종일 되는 일이 없다.

「아침부터 재수가 없더니만.」

그는 그렇게 생각한다. 그러나 재수가 없었던 것은 아니다. 아침부터 자꾸 실패의 경험이 이어졌기 때문이다. 기분 나쁜 경험이 이어졌기 때문이다.

아이들 공부도 그렇다. 크게는 초등학교 1학년에 입학해서 성공의 기쁨을 맛보아야 2학년 올라가서도 잘한다. 또 작게는 어제 숙제를 잘해 냈어야 오늘도 잘할 수 있다. 시험에서는 1번 문제를 잘 풀게 되면, 2번도 잘 풀 수 있는 확률이 높아진다. 1번 문제부터 어려워서 당황하고 실패하면, 2번에서도 그렇게 될 확률이 높은 것이다.

부모들이 자녀를 도와주는 것 중의 하나는 바로 그것이 어떤 일이든 간에 자녀들에게 가능한 한 많은 성공의 경험을 연이어서 갖도록 해주는 것이다. 그렇게 하기 위해서는 아이의 능력에 맞게끔, 일이나 과제를 쪼개어서 제시해 줄 수도 있어야 한다.

인격 대 인격으로 계약을 맺는다

앞서 1장에서도 얘기했지만, 작년에 《지금 당신의 자녀가 흔들리고 있다》라는 책을 내고, KBS 1TV '아침마당'에서 세 차례 강의를 하고 나니까 사람들이 내가 마치 자녀 교육, 유아교육, 아동교육에 무슨 대가나 되는 줄 알고, 내게 참으로 많은 질문을 해왔다. 편지로도, 전화로도, 또 지하철 같은 데서 만나게 되면 사람들은 내게 많은 것을 묻는다. 난 그럴 때마다, 사실 그 문제는 우리 연세대학교 생활과학대학의 아동학과에 이런 교수님들이 계시니까 훗날 그분들 책을 사보시거나 그분들 강의가 있으면 들어보시라고 얘기한다.

그럼에도 또 어떤 때는 꽤나 황당한 질문을 하면서 굳이 내 의견을 말해 달라고 간청할 때가 있다. 그런 경우 많은 질문 중 하나가 아이들의 행동을 수정하는 문제다. 이를테면 콧구멍을 자꾸 후비는데 어떻게 하면 좋으냐, 또 자꾸 눈을 깜박거리는데 어떻게 하면 좋으냐, 자꾸 엄마가 없는 데서 동생을 때리고 못살게 구는데 어떻게 하면 좋으냐, 뭐 그런 부류의 문제들이 많았다.

물론 나는 전문가가 아님을 전제하고서, 나의 경험을 얘기해 주기도 하고, 또 내가 행동수정에 관해서 읽었던 지극히 짧은 지식 한두 가지를 전해 줄 때도 있다. 예컨대, '밀집반응' 같은 것을 소개해 준다. 이를테면, 종이만 보면 자꾸 찢는 버릇이 있어서 아빠가 아직 보지도 않은 신문을 자꾸 찢는다든가, 또 우편 배달된 세금 고지서나 자동차면허세 고지서 따위를 찢거나 하는 어린아이의 행동을 수정할 때 한번쯤 해볼 만한 방법이다. 즉, 아이에게 못 쓰는 종이를 잔뜩 모아 포장까지 예쁘게 해서 선물로 주는 것이다.

「아빠, 이게 뭔데?」

「응, 네 선물이야.」

「무슨 선물인데?」

「응, 네가 하도 찢기를 잘해서 아빠가 많이 사왔어. 너 찢을 걸루 말이야! 그러니까 자꾸 찢어, 이것 다 찢으면 아빠가 또 사다 줄테니까.」

「응, 그래. 아, 신난다.」

「그래 밥 먹기 전에 어서 찢어라. 밥 먹고 나서 잘 때까지 또 찢고.」

아이는 신이 나서 찢기 시작했지만, 워낙 많은 종이라서 졸리울 때까지 찢어도 반도 못찢었다. 그 이튿날도 찢었지만 안 되었다. 이젠 찢는 데 신물이 난 모양이다. 손이 부르트도록 찢었으니, 그도 그럴 것이었다. 아빠가 그것을 보고 말했다.

「응, 다 찢었니?」

「아니, 아직 못다 찢었어.」

「아빠는 네가 종이 다 찢으면 또 사다 주려고 했었는데.」

「이제 찢는 것 정말 싫어, 너무 재미없어. 아빠, 나 이제 그만 찢으면 안 돼? 나 힘들어.」

그리고 그 아이는 다음부터 아무것도 찢지 않았다. 어떻게 보면 좀 야비한 것 같지만, 아이들의 바람직스럽지 못한 행동을 수정할 때

흔히 사용하는 방법 중 하나다. 즉, 그런 행동을 못하게 무조건 억제만 할 것이 아니라 오히려 그런 행동을 쉬지 않고 계속 반복해서, 즉 밀집시켜서 한번에 많이 하도록 하면, 오히려 그 행동에 혐오감을 느끼고 다시는 그런 행동을 안 하게 된다는 것이다.

이런 식으로 그저 내가 알고 있는 조그만 지식을 엄마들에게 나누어 주지만, 그럴 때마다 속으로는 정말 내 얘기를 그들이 행동으로 실천해서 큰 도움이 될까 하는 의구심이 떠나지 않는다.

여기에서도 어떻게 하면 어린아이들의 바람직스럽지 못한 행동을 바로잡을 수 있겠는가 하는 것에 관련된 한 가지 방법을 소개하고자 한다. 이 역시 나는 전문가가 아니지만 교수방법을 전공하다 보니 그런 데 조금은 관심이 생겨서 접하게 된 방법임을 밝혀 둔다. 읽어 보고 참고가 되었으면 하는 바람이다.

이름하여 '계약의 방식'을 통해서 어린이들의 행동을 수정하는 것이다. 특히 이는 어린이를 하나의 독립된 인격체로 존중해 줌으로써, 그들 스스로 그러한 바람직스럽지 못한 행동을 제거하거나 바꾸거나 고치도록 하는 방법이다. 예컨대, 학교에 가면 늘 공부시간에 떠들고 책상 밑으로 기어 다니면서 말썽을 부리는 아이가 있다고 하자. 온갖 방법을 다 해보았지만, 아이의 그런 버릇은 쉽게 고쳐지지 않았다고 하자.

그럴 때 뭐 색다른 방법은 없겠는가? 아이와 계약을 맺는 것이다. 왜 이따금 텔레비전 뉴스에 보면, 국가간의 높은 사람들이 나와서 책상에 나란히 앉아 양 국기를 꽂아 놓고, 무슨 협정을 맺어 서명을 하지 않던가? 뒤에서는 보좌관들이 서서 지켜보고 사인한 다음에 잉크 말리는 둥그런 패드로 덜 마른 사인에 한번 굴리기도 하고. 그래서 사인한 것을 서로 악수하며 바꾸어 갖지 않던가? 그런 비슷한 격식의 계약, 협약을 맺는 것이다. 협약서는 다음과 같은 양식이 될 수 있을 듯싶다.

협 약 서

 다음에 적은 우리 네 사람은 각기 다음과 같은 약속을 하고, 이를 서로 존중하고 믿는 가운데 꼭 지켜 나갈 것을 약속합니다.

어린이 : 나는 선생님이 가르치실 때, 떠들지 않고 또 책상 밑으로 기어 다니지도 않고 제자리에 앉아 열심히 공부하겠습니다.

3학년 4반 이해석(서명)

담임교사 : 나는 가르칠 때마다 이해석 어린이를 어떤 누구보다 더 열심히 사랑하며 그가 떠들지 않고 책상 밑으로 기어 다니지 않도록 하겠으며, 이해석이 한 주 동안 그렇게 했는가 안 했는가를 부모님께 매주 토요일 오후에 알려드리겠습니다.

담임교사 김영숙(서명)

교감 : 나는 매주 토요일 아침마다 담임교사를 만나 이해석 어린이가 한 주간 얼마나 잘했는가에 대하여 의논하고 또 한 달에 한 번씩 이해석 어린이를 만나서 이야기를 나누도록 하겠습니다.

교감 김구현(서명)

어머니 : 나는 나의 사랑하는 아들 이해석이 학교에 가서 열심히 공부할 수 있도록 필요한 것 모두를 항상 잘 챙겨 줄 것이며, 또 담임 선생님께서 보내 주시는 한 주간의 결과를 보고, 잘하였으면 그에 따라 예쁜 상품을 꼭 주겠습니다.

어머니 김화동(서명)

 우리 네 사람은 위에 적은 내용을 오늘 석정초등학교 교장실에 모여 서명하고, 이를 서로 약속하였다는 뜻에서 각기 똑같은 내용을 한 부씩 나누어 갖도록 하겠습니다.

1995년 6월 19일

그리고 서명을 아주 엄숙하게 하는 것이다. 교장실의 소파에 앉아서, 마치 노사 협상하듯 서로 마주보고 인격 대 인격으로 네 사람이 정중하게 일어나서 읽고 선서한 다음 서명하도록 하는 것이다. 그러면 이때 어린이는 그러한 공식적 자리에서 인정된 자신의 인격을 스스로 상실하지 않으려고 전에 없는 노력을 기울일 것이다.

이는 우리가 흔히 어린아이들에 대해서 실수하기 쉬운, 즉 아이의 인격을 그저 아이라고 해서 무시하는 것을 염두에 두고 생각해 낸 방법이다. 아무리 철부지 어린아이라고 해도 아이들은 그렇게 세워 준 인격을 소중하게 생각하고 자기 스스로 그것을 유지해 나가려고 한다는 기대에서 구상된 것이다.

또 위와 같은 계약이나 협약을 비공개적으로 하는 경우가 더 바람직할 수도 있다. 예컨대, 똑같은 내용을 어린이와 선생님 단둘만 앉아서 아무도 모르게 약속을 하고는, 서로 그 약속을 은밀하게 지키는 데서 인격도 세워 주고, 또 둘만의 은밀함이 가져다 주는 쾌감을 느끼게 하는 경우도 있을 수 있다. 모든 것을 그저 밖으로 공개하는 것만이 위신을 세워 주고 약속이행을 심리적으로 묶어 두는 것은 아니다. 오히려 은밀한 약속이 더욱 자존심을 세우게 하는 경우도 많다. 그것은 어른들이 은밀히 자기와의 싸움에서 이길 때 쾌감을 느끼는 것과 비슷하다.

미국에서 겪은 경험이다. 초등학교 2학년 어린아이들이 소방서 견학을 갔다. 그때 소방서장이 어린이들에게 거수경례를 하면서 아이들을 근사한 의자에 앉힌 다음, 일어나서 정중하게 브리핑을 하고 어린이들의 질문에 매우 진지하게 대답하는 모습을 보았다. 아이들에게 꼭 본부에서 내려온 높은 사람들에게 하듯이 한 것이다. 아이들의 인격을 최대한 높여 준 것이다. 그날 아이들은 모두 의젓했고, 신나했고, 또 어린이들 부주의로 불이 자주 일어나는 데 대하여 속으로 수치심도 느끼고 앞으로 그래서는 안 되겠다는 다짐도 한 것이다.

삶의 의미를 스스로 찾도록 한다

「밥·빨·청·애」 이 네 가지는 결혼을 한 많은 가정주부들이 늘상 하는 일이고, 또한 그 속에서 많은 사람들이 행복을 느끼고 삶의 의미를 찾았다. 즉, 밥하고 빨래하고 청소하고 애 낳아 기르는 데서 삶의 의미를 느낀 것이다. 결혼 후 자기 스스로 살림을 꾸려가면서, 여자들은 우선 밥을 하는 데 기쁨을 느꼈다.

「아! 우리 그이, 팽이버섯 넣어 끓이는 된장찌개를 꽤나 좋아하시지. 밥은 콩밥을 좋아하고. 가만 있어, 집에 들어오실 시간이 되었는데 어서 준비하자.」

이런 생각을 하며 저녁식사를 준비하는 부인은 산다는 것이 다 이런 기쁨 아니겠는가 싶었다. 또 빨래하면서도 기쁨을 느꼈다.

「어쩌면 이렇게 와이셔츠 칼라에 때가 예쁘게도 끼었나? 우리 아기 바지, 어쩌면 요렇게도 예쁘게 어디 가서 빠져 왔지?」

그런 생각을 하면서 세탁기를 돌렸다. 또, 청소하면서도 좋은 생각만 했다.

「발톱을 깎으시더니만, 여기다 하나를 떨어뜨리셨네. 아침 출근길이 바쁘시다 보니, 신문도 펼쳐 놓은 채 못다 보고 나가셨구먼?」

아이를 보면 기쁨은 더 컸다. 코를 아프지 않게 잡고는 좌우로 흔들면서 생각한다.

「어쩌면, 너는 그렇게도 네 아빠를 꼭 빼닮았니? 그렇지, 어이구, 우리 아가, 이 다음에 꼭 아빠처럼만 크렴.」

이렇게 밥하고 빨래하고 청소하고 애보면서 여자들은 집안 살림을 하면서 행복과 의미를 느꼈다.

그러나 그것도 잠시, 어느새 그런 것들이 그저 여자의 팔자로만 느껴지기 시작하고, 그 네 가지를 할 때마다 분통이 치밀어 오르기 시작한다. 우선 밥을 하면서 불평을 혼자서 쏟아 낸다.

「허구한 날 밥을 이렇게 해 먹어야 하는 건가? 젠장, 하루에 한 끼만 먹고 사는 것은 왜들 못 만들어 내노? 뭐 도대체 해먹을 것이 있어야지. 슈퍼마켓 가봐야 살 것이 뭐 있나, 만날 그렇지. 그럼에도 애써서 해놓으면 맛있게 먹기를 하나?」

불평은 밥할 때만 나오는 것이 아니다. 빨래할 때도 튀어나온다.

「하여간 알아줘야 돼, 꼭 뒤집어서 벗어 놓는단 말이야. 그것 좀 똑바로 벗어 놓으면 뭐 누가 뭐라나! 하여튼 이틀을 못 입어, 매일 벗어봐, 매일. 깔끔은 혼자 떨구 있어. 겉만 깨끗하면 뭐 하나, 속이 깨끗해야지!」

청소할 때는 분통이 더 터진다.

「이 집엔 어지르는 사람 따로 있고 치우는 사람 따로 있냐! 어지르기는 어른이고 애고 똑같애. 도대체 치울 줄을 몰라. 신문은 봤으면 좀 접어 놓지, 그냥 있는대로 펴놓고, 신문사는 도대체 신문지가 남아도남, 뭐가 이렇게 많나! 발톱을 깎았으면, 잘 주워 모아서 버릴 것이지, 이리 튀고 저리 튀고, 하여간 못 말려!」

또 아이를 보면서는 뭐라고 하는가.

「하여간 씨는 못 속여, 그냥 하는 짓마다 어쩜 자기 아버지를 빼닮

308

았노? 닮을 걸 닮아야지. 못된 것은 죄 닮아가지고!」

분통의 연속이다. 하루종일 불평이 터져 나온다. 짜증만 자꾸 난다. 삶의 의미는커녕 삶이 지겹다. 하루하루 똑같이 반복되는 그런 일들에서 아무런 의미를 느끼지 못한다. 그러면 왜 그러는 것일까?

처음엔 그렇게도 의미가 있었던, 행복의 원천이었던 일들이 왜 이제 와서는 전부 불평 불만의 근원이 된 것일까? 너무 오랫동안 똑같은 일만 계속해서 그런 것일까? 하긴 그것도 그럴 것이다.

어린아이들도 그런 것은 마찬가지다. 초등학교에 처음 입학할 때, 아이들은 설레는 기쁨으로 학교에 간다. 새 가방, 새 공책, 새 교과서, 새 연필, 그리고 새 선생님, 새 친구, 모든 것이 새롭다. 공부를 한다는 것도 새롭다. 유치원 때의 공부와는 전혀 다른 공부를 하니까 재미가 있다. 학교에 갔다 오면, 설레는 기쁨으로 숙제를 한다. 알림장에 베껴 온 준비물들을 엄마의 도움을 받으며 챙기고, 또 챙기는 과정에서 아이는 가슴 뿌듯한 기쁨을 느낀다. 그러기를 1년, 2년, 3년 하다 보면 점차 공부가 지겨워지고 재미없고 화딱지 나고 신경질나게 된다. 그러다가 중학교에 입학하면, 다시금 반짝 좀 새로운 기쁨을 느끼는가 싶다가도 이내 공부가 하기 싫어지고 재미없고 아무런 의미를 느끼지 못한다.

「어쩔 거야, 남들 다 하는 일이고, 또 그렇게 해야 대학을 간다니까 하는 수밖에.」

꼭 「밥·빨·청·애」를 하는 엄마와 똑같은 심정이다.

「그래도 어쩌겠냐. 남들 다 하는 일이고 또 그렇게 해야 먹고 산다니까 하는 수밖에!」

결국, 어른이고 애고 늘상 하는 일에서는 웬만해서 의미를 찾기가 어렵다는 것이다. 더욱이 그것을 하기 좋아서 하는 것이 아니고, 자기의 직분이 그렇기에 마지못해서 한다고 생각할 때는 더욱 의미를 찾기가 이려워지는 것이다. 그래서 일의 능률도 떨어지고, 또 그만큼 심신은 더 피곤해지고, 나아가서는 살아가는 그 자체에 대한 회의도 느끼며 침체에 빠져드는 것이다. 그러므로 부모는 아이들이 그러한 침체에 빠지지 않고 그들 스스로 삶의 의미를 찾을 수 있도록 돕는 것이 중요하다. 특히 아이들이 스스로 공부하는 의미를 찾을 수 있도록 하기 위해서 우리는 어떻게 배려해 줄 수 있겠는가? 이렇다 할 방법은 없지만, 부모들이 다음과 같은 몇 가지 노력을 기울여 준다면, 그것은 부모 자신도 삶의 의미를 찾게 되고 더불어 아이들도 공부하는 데 있어 각기 나름대로의 의미를 찾지 않을까 싶어 생각해 본 것이다.

우선 첫째는, 하는 일이 궁극적으로는 자신을 위한 일이라는 생각을 보다 완벽하게 하는 것이 중요하다. 여자들이 「밥·빨·청·애」에서 겪는 불만과 지겨움은 그것이 꼭 자기 아닌 다른 집안 식구들만을 위한 것처럼 생각할 때가 많아서이다. 밥을 누굴 위해서 하는가? 남편만을 위해서, 자녀만을 위해서 하는 것인가? 자기 자신을 위해서는 하지 않는가? 그렇기에 나는 이따금 여자들에게 권한다. 자기 자신이 가장 맛있어하고 좋아하는 음식을 만들어 보라고. 아이들의 경우도 그렇다. 공부를 누굴 위해서 하는 것인가, 엄마를 기쁘게 하기 위해서 열심히 하는 것인가? 아이들은 그것이 자기 자신을 위해서 하는 것이라고 어렴풋이 생각은 하지만, 그러다가도 꼭 그것이 엄마 아버지에게 기쁨을 가져다 주기 위해서 꼭두각시처럼 내가 부모의 장단에 맞추어 춤추는 것은 아닌가 하고 생각할 때가 많은 것이다. 그러고 보면 공부가 지겨워지고, 공부 잘하기를 기대하는 부모님이 꼴보기 싫어지고 미워지는 것이다. 그리고 공부에 대해 혐오감까지 느끼게 되는 것이다.

둘째는, 사람은 저마다 생긴 것이 다 다르고 지각도 서로가 다르듯이 느끼는 의미도 제각기 자기 수준마다 다르다. 이름하여 저마다 개성 있는 일종의 현상학적 의미를 갖고 사는 것이다. 물론 다른 사람들과 공통된 의미도 있음을 전제한 다음, 제각기의 의미를 생각하는 것이다. 아이가 1등을 하면, 100점을 맞으면 부모가 좋아하고, 그래서 그 속에서 어떤 의미를 느끼는 경우는 많은 부모, 많은 어린이들에게 있어서 공통적이다.

그러나 그것말고도, 아이들은 각자 자기 나름대로 은밀한 의미를 느낄 수 있다. 예컨대, 「내가 이번 중간 시험에서 기술과목의 점수만큼은 꼭 올려놓을 거야. 지난번 기술 시간에 선생님이 내가 기술은 영 못하는 줄 알고 은근히 나를 무시하셨는데, 어디 두고 보지, 정말인가?」 이렇게 생각하고 기술과목을 열심히 공부해서 그야말로 좋은 성적을 올렸다고 하자. 그러면 그 아이는 적어도 그 부분에 대해서만은 남달리 자기만의 은밀한 기쁨을 겪게 되고 그 은밀한 기쁨이 아이에게는 특별한 의미가 되는 것이다.

그러나 어린 자녀들은 제각기 그런 자기만의 의미를 잘 찾아내거나 설정하지 못한다. 그저 부모들이 이끌어 가는 대세에 밀려서, 또는 동네 아줌마들이 모여서 이야기하는 가운데 형성되는 어떤 기류에 그냥 끌려가다 보면, 다른 아이들과의 공통 보편적인 의미는 찾게 될지언정, 그 자신만의 의미는 못 찾는 셈이 되고 마는 것이다. 그래서 부모들은 자녀들이 각기 은밀한 목표를 세워 자기만의 성취감을 느끼도록 적극 권유하고 인정해 주어야 한다. 그저 주위들은 기준 하나를 가지고 아이들을 판별하여, 그동안 아이가 신중하게 가꾸어 낸 그 아이만의 의미를 통째로 무시해 버려서는 안 된다. 예컨대 이렇게 말이다.

「야, 기술 같은 것은 중요한 과목도 아냐. 그까짓 기술에서 좋은 점수 받아 봤자 무슨 소용 있니? 이 녀석아, 아무래도 국어, 영어, 수학을 잘해야 돼. 그런데 너는 진짜 중요한 과목에서는 성적이 형편없고, 어찌 기술 같은 교과목에서는 성적이 그렇게 좋으냐?」
이는 심하게 표현하면 몰지각한 부모의 횡포라고도 할 수 있다.

결코 어떤 획일적인 잣대로 아이들 나름의 의미를 재고 평가해서는 안 될 노릇이다.

셋째는, 지난날을 자꾸 돌이켜 정리해 보면서 앞날을 생각하도록 할 때, 아이들은 자기가 해야만 하는 그 지겨운 공부에서 자기들 나름의 의미를 찾아낼 수도 있는 것이다. 지난날을 돌이켜 보는 방법에는 여러 가지가 있겠으나, 어른이고 아이고 쉽게 할 수 있는 방법으로 '생애곡선'이란 것이 있다. 이는 특정한 기간을 놓고서 그것을 성공(또는 만족)과 실패(불만)의 양극으로 된 척도에다 꺾은그림표로 그리게 하는 것이다. 즉, 아래 그림과 같이 가로로 길게 종이를 놓고, 세로에는 성공과 만족의 정도를 나타내고, 가로에는 특정한 기간의 시작과 종결을 적게 한다. 인생 전체를 놓고 생각할 때, 시작은 출생년도가 될 것이고 종결은 예측되는 사망년도가 될 것이다. 그리고 현재는 바로 오늘이 될 것이다. 그런 다음 옛날을 돌이켜 보면서 그때 나는 얼마나 성공적으로 살았는가, 아니면 불만족스럽게 살았는가를 해당되는 시기에 해당되는 수준으로 표한 다음 그것을 선으로 이으면 하나의 꺾은그림표가 그려지는 것이다.

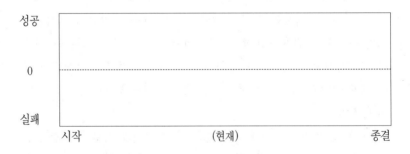

자녀들에게도 생애 전체를 놓고 해볼 수도 있지만 아직은 어리니까, 학교 다닌 기간만을 놓고 해보는 것도 좋다. 예컨대 지금 중학교 2학년 아이인 경우, 중학교에 입학해서 얼마만큼 성공적이었는가,

아니면 실패하였는가를 표시해 보게 할 수 있다. 시작은 중학교 1학년 입학이 되고, 종결은 중학교 3학년 졸업이 될 것이다. 그리고 생각을 구체적으로 하게 하기 위해서 밑의 기간을 학기별로 여섯 토막쯤 칠 수도 있을 것이다. 그리고 그 위에다 그때그때 얼마나 성공적이었는가를 생각하여 표하게 할 수 있다. 아래 그림에서와 같이 말이다.

그림에서 보면, 이 학생의 경우는 1학년 1학기 때는 그런대로 만족을 느끼고 성공했다 생각하며 지냈는데, 1학년 2학기 때 그만 실패 쪽으로 뚝 떨어졌다가 다시금 중2로 올라오면서 조금씩 나아지고 있음을 보여 주고 있다. 그러면 여기에서 무엇을 따져볼 수 있는가? 도대체 1학년 1학기 때는 어떠했길래 만족을 느낀다 생각했고, 1학년 2학기 때는 무엇 때문에 실패 쪽으로 떨어졌는가를 따져 보는 것이다. 이는 곧 자기 자신의 성공과 실패의 기준이나 그 의미를 생각해 보게 할 것이다. 그리고 현재는 어느 정도 성공의 기쁨을 누리고 있는데, 그것이 앞으로는 어떻게 발전할 것인가? 계속 그런 수준으로 졸업할 때까지 유지해 나갈 것인가? 그러면 지금 내가 공부하고 학교 다니는 데 있어서 느끼는 의미는 제대로 된 느낌인가? 그런 것을 생각해 보는 것이 지난날과 앞날을 함께 생각하면서 자신의 의미를 거듭 되새겨 보고 다시 찾아보는 것이 된다.

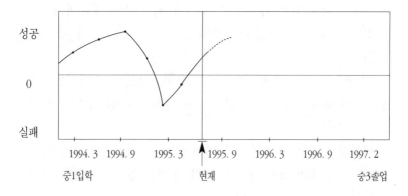

앞날을 예측하고 생각해 보는 데도 여러 가지 방법이 있지만, 어른이나 아이들 모두가 한번쯤 해봄직한 것으로 '일기쓰기'가 있다. 오늘은 1995년 6월 19일인데, 지금부터 꼭 1년 후인 1996년 6월 19일의 일기를 미리 써보는 것이다. 1년 후에는 내가 어떻게 변할 것인가? 변할 수 있는 것인가, 변해야만 되겠는가를 따져서 미리 써본다. 그리고 그것을 잘 봉해 두었다가 1년 후에 꺼내어 읽어 보면, 새삼 살아가는 데 있어서 여러 가지 의미를 되새겨 보는 값진 계기가 될 것이다.

예컨대, 지금이 1995년 6월 19일 고3인 아들에게 꼭 1년 후인 1996년 6월 19일 일기를 미리 써보라고 하자! 그러면 그 아들은 이렇게 시작할지도 모른다.

> 1996년 6월 19일(날씨 흐림)
> 오늘로서 1학년 1학기 학기말 시험이 모두 끝났다. 그토록 내가 원했던 이 대학에 입학해서 첫 학기를 보낸 기쁨이 가슴에 꽉 찬다…….

이는 1년 후에는 자기가 원하는 대학에 입학해서 다니고 있음을 나타낸 것이다. 그렇다면, 지금부터 그 아들은 남은 기간 동안 어떻게 공부를 할 것인가, 어디에 의미를 두면서 공부에 더욱 박차를 가할 것인가, 다시금 각오를 새롭게 할 것이다. 남은 기간 최선을 다할 것이다.

우리네 부모들도 길게는 5년 후의, 짧게는 1년 후의 일기를 아이들과 함께 써두었다가, 그 기간이 지난 다음 해당되는 그날 읽어 보면 매우 흥미로울 것이다.

나는 실제로 몇 년 전에 내가 가르친 4학년 학생들에게 이런 1년 후의 일기를 미리 쓰게 한 다음 내가 잘 보관했다가 그들에게 우편으로 되돌려준 적이 있다. 그때 대부분의 학생들은 새삼 그 글 속에서 자기들의 지난 1년을 돌이켜 보게 되었고, 또 그만큼 앞날에 대한 준비를 성실히 하게 되었다는 것을 토로하였다.

삶에서의 의미? 그것은 결코 남이 만들어 줄 수가 없다. 모두 각자가 찾아야 하는 것이다. 어른도 어린아이도 모두 제각기 찾아야만 하는 것이다. 또한 그런 의미는 한번 찾았다고 해서 영원히 그 의미만을 갖고 살아가기가 어렵다. 어떤 사람은 아침에는 의미를 찾았다가 저녁에는 잃어버리고 헤매기도 한다. 이렇듯 의미는 자꾸 변화되고, 그래서 우리는 의미를 끈질기게 찾아 대는 것이다.

인생은 어찌 보면, 의미개발의 연속일지도 모른다. 지금 우리네 자녀들도 공부하고 살아가는 데 있어서 의미를 찾았다가 잃어버렸다가, 바꾸었다가 다시금 되돌려 놓았다가 하는 식의 의미탐구에 허덕이고 있을지도 모르는 것이다. 과거를 늘상 돌이켜 보면서, 그리고 꿈 많은 미래를 멀리도 가까이도 내다보면서, 흔들리는 의미를 바로 세울 수 있도록 조언을 아끼지 말아야 할 것이다.

지금 당신의 자녀가 흔들리고 있다 ②

초 판 1쇄 발행일 · 1995년 7월 25일
초 판 6쇄 발행일 · 1998년 1월 15일
개정판 1쇄 발행일 · 2004년 7월 30일
지은이 · 이성호
펴낸이 · 임성규
펴낸곳 · 문이당

등록 · 1988. 11. 5. 제 1-832호
주소 · 서울시 성북구 동소문동 4가 111번지
전화 · 928-8741~3(영) 927-4990~2(편)
팩스 · 925-5406
ⓒ 이성호, 2004

홈페이지 http://www.munidang.com
전자우편 webmaster@munidang.com

ISBN 89-7456-256-1 04810
ISBN 89-7456-254-0 04810 (전2권)